Os Patins de Prata

(Hans Brinker)

Mary Mapes Dodge

Os Patins de Prata

(Hans Brinker)

Tradução
Marcos Malvezzi

Principis

Esta é uma publicação Principis, selo exclusivo da Ciranda Cultural

Traduzido do original em inglês
Hans Brinker

Texto
Mary Mapes Dodge

Editora
Michele de Souza Barbosa

Tradução
Marcos Malvezzi

Preparação
Walter Sagardoy

Produção editorial
Ciranda Cultural

Diagramação
Linea Editora

Revisão
Fernanda R. Braga Simon

Capa
Vicente Mendonça

Dados Internacionais de Catalogação na Publicação (CIP) de acordo com ISBD

D644h Dodge, Mary Mapes

Os patins de prata (Hans Brinker) / Mary Mapes Dodge ; traduzido por Marcos Malvezzi Leal. – Jandira, SP : Principis, 2025.
288 p. : il. ; 15,5cm x 22,6cm.

ISBN: 978-65-5097-247-9

1. Literatura infantojuvenil. 2. Contos clássicos. 3. Superação. 4. Família. 5. Relacionamentos familiares. I. Leal, Marcos Malvezzi. II. Título.

2025-871 CDD 028.5
CDU 82-93

Elaborado por Odilio Hilario Moreira Junior - CRB-8/9949

Índice para catálogo sistemático:
1. Literatura infantojuvenil 028.5
2. Literatura infantojuvenil 82-93

1ª edição em 2025
www.cirandacultural.com.br

Esta obra reproduz costumes e comportamentos da época em que foi escrita.

Este livro é dedicado a meu pai,
James J. Mapes,
com gratidão e amor.

SUMÁRIO

Prefácio

Esta pequena obra tem o objetivo de combinar as características instrutivas de um livro de viagens com a graça de um conto singelo. Em todas as páginas, as descrições de locais, costumes e características gerais da Holanda são apresentadas com um cuidado escrupuloso. Muitos dos incidentes aqui descritos foram tirados da vida real, e a história de Raff Brinker se baseia em fatos.

Além de meu reconhecimento a muitos escritores famosos de história, literatura e arte da Holanda, expresso minha especial gratidão àqueles gentis amigos holandeses que, com generoso zelo, vislumbraram o passado de seu país por mim, vendo-o como era vinte anos atrás, quando mal se notava a casa dos Brinkers sob o sol ou nas sombras.

Se esta leitura fizer que ao menos um coração sinta uma confiança mais profunda na bondade e no amor de Deus, ou se ajudar a tecer uma vida na qual, por intermédio de nós, o fio dourado nunca escureça nem se rompa, a prece com a qual o livro começa e termina será atendida.

– M. M. D.

Uma carta da Holanda

Amsterdã, 30 de julho de 1873

QUERIDOS MENINOS E QUERIDAS MENINAS DE NOSSO PAÍS:

Se estivessem comigo aqui, hoje, como nos divertiríamos passeando por esta linda cidade holandesa! Ficaríamos deslumbrados ao ver as casas tortas, com telhados que apontam para a rua; os espelhos um pouco inclinados, presos do lado de fora das janelas; os tamancos de madeira e as carroças; os moinhos distantes; os grandes armazéns; os canais, que servem ao mesmo tempo de rua e rio; e a singular mistura de árvores e mastros vista em todas as direções. Ah, seria tão agradável!

Mas estou sentada em um grandioso hotel, contemplando todas essas coisas, ciente de que nem mesmo o espírito dos holandeses, que parece capaz de realizar tudo, pode trazê-los aqui neste momento. Há, porém, um consolo: seria horrível ver alguém tropeçar e cair nos canais; além disso, o que eu faria se alguns de vocês escorregassem para baixo das carroças holandesas de toras, com suas rodas pesadas e tão separadas umas das outras? E talvez um de meus meninos mais marotos machucasse uma cegonha, e a

Holanda inteira ficaria contra nós! Não, é melhor assim. Vocês virão, um por um, com o passar dos anos, e verão tudo por conta própria.

A Holanda é maravilhosa hoje, como era vinte anos atrás, quando Hans e Gretel[1] patinavam no outro lado do Y, congelado (um braço do Zuider Zee). Na verdade, é ainda mais magnífica, pois a cada dia se intensifica o milagre de ela não ser varrida pelo mar. Suas cidades cresceram, e algumas peculiaridades se extinguiram pelo contato com outras nações; entretanto, ainda é Holanda, e sempre será: repleta de idiossincrasia, coragem e atividade, o país mais ousado na terra. Nesta carta não quero falar dos costumes, das cidades, palácios, igrejas, galerias de arte e museus, pois são todos descritos na história, mas direi apenas que eles ainda existem neste bom ano de 1873, pois vi quase tudo em uma semana.

Hoje, um garoto americano e eu, vendo algumas crianças entrarem em uma casa velha na parte comercial de Amsterdã, resolvemos segui-los, e o que imaginam que encontramos? Uma velha senhora, bem no meio do verão aqui, que vendia água quente e turfa como combustível para fogo! Ganha a vida assim. Passa o dia todo a atiçar a turfa, ocupada em manter os tanques de cobre brilhantes sobre ela cheios de água. As crianças chegam e levam, em estranhos baldes de pedra, suas chaleiras de água fervente e blocos de turfa quente. Pagam à mulher um centavo holandês, que vale menos da metade do nosso. Com isso, as pessoas que não têm condições de manter um fogo aceso em clima quente conseguem, mesmo assim, tomar suas xícaras de chá ou café e comer um pouco de peixe fervido com batatas.

Depois de nos despedirmos da senhora, que respondeu com um simpático aceno da cabeça e guardou, de bom grado, em um bolso externo grande, o dinheiro que lhe demos, fomos passear pelas ruas e desfrutar as cenas peculiares de um dia de lavação pública. Sim, em alguns setores da cidade, longe dos canais, as ruas estavam repletas de lavadeiras ocupadíssimas com seu trabalho. Centenas delas, com aqueles desajeitados tamancos,

[1] Conhecidos no Brasil como "João e Maria", personagens dos contos de fada. (N.T.)

as saias enroladas, braços desnudos e toucas apertadas, se curvavam sobre grandes tinas de madeira e fofocavam, totalmente descontraídas, em plena via pública, usando apenas água fria e não quente, como fazemos. Seria maravilhoso para a velha mulher do fogo se, de uma hora para outra, a água fervente virasse moda nesses dias de lavação púbica!

E agora me despeço. Ah! Preciso dizer mais uma coisa. Vimos hoje em uma livraria em Amsterdã esta história de Hans Brinker, narrada em holandês. É um volume de aparência esdrúxula, impressão requintada, com imagens coloridas, mas tão repleto de palavras espantosas, que tive pena das crianças holandesas que as lerem.

Mais uma vez, despeço-me, nas palavras de nosso tradutor holandês, com as quais tenho certeza de que vocês logo concordarão: *Toch ben ik er mijn landgenooten dank baar voor, die mijn arbeid steeds zoo welwillend outvangen en wier genegenheid ik voortdurend hoop te verdienen*[2].

Com carinho,
A autora.

[2] Mesmo assim sou grato aos meus conterrâneos, que sempre tão bem recebem meu trabalho e cujo carinho espero conquistar continuamente.

Hans e Gretel

Muito tempo atrás, em uma bonita manhã de dezembro, um garoto e uma menina que vestiam roupas leves se ajoelharam na margem de um canal congelado na Holanda.

O sol ainda não havia aparecido, mas o céu cor de cinza se dividia perto do horizonte, e suas bordas brilhavam no tom escarlate do alvorecer. A maioria dos simpáticos holandeses ainda desfrutava uma boa soneca. O próprio *Mynheer*[3] Von Stoppelnoze, aquele honrado velho holandês, ainda não havia acordado do "sono dos justos".

De vez em quando, alguma camponesa carregando um cesto cheio sobre a cabeça deslizava sobre a superfície vítrea do canal; ou um vigoroso rapaz, que ia de patins para o trabalho na cidade, mostrava um sorriso amistoso aos dois irmãos, que tremiam de frio.

Enquanto isso, com fôlego e um bom puxão, os dois jovens pareciam amarrar algo aos pés; não eram patins, com certeza, mas pedaços toscos de madeira afinados e alisados nas bordas inferiores, com furos, através dos quais passavam fios de pele crua de animal.

---

[3] Mynheer, termo que equivale a "senhor". (N.T.)

Esses arranjos foram feitos pelo menino, Hans. A mãe das crianças era uma camponesa pobre demais para pensar em adquirir patins para os filhos. Apesar de rudimentares, os pedaços de madeira proporcionavam aos dois irmãos muitas horas alegres sobre o gelo. E naquele momento, enquanto os dedos vermelhos e frios dos dois jovens holandeses puxavam os cordões e os rostinhos solenes quase tocavam os joelhos, nem pensavam nas lâminas de ferro dos patins convencionais, tamanha era a satisfação.

De repente, o garoto se levantou e, com um movimento pomposo dos braços, deslizou tranquilamente pelo canal e chamou, descontraído:

– Vamos, Gretel.

– Ah, Hans – gritou a irmã, em tom de lamúria. – Este pé ainda não está bom. Os fios me machucaram no último dia do mercado, e agora não consigo amarrá-los no mesmo lugar.

– Amarre mais alto – retrucou Hans, sem olhar para ela, desenhando uma magnífica cama de gato no gelo.

– Como? O cordão é muito curto.

Dando vazão a um bom assobio holandês bem-humorado, cujo sentido é que as meninas são criaturas problemáticas, ele girou para voltar até onde estava a irmã.

– Foi tola em usar esses sapatos, Gretel, quando tem um par de couro, bem mais resistente. Até seus *klompen*[4] seriam melhores.

– Ah, Hans! Esqueceu? Papai atirou no fogo meus sapatos novos e bonitos. Quando percebi, já estavam encolhidos na turfa quente. Com estes, posso patinar, mas com os tamancos, não. Tome cuidado...

Hans tirou um cordão do bolso. Cantarolando, ajoelhou-se ao lado dela e amarrou o patim de Gretel com toda a força de seu braço jovem e forte.

– Ai! – a menina gritou de dor.

Ele teria jogado tudo no chão, ao verdadeiro estilo de um irmão mais velho, se não visse naquele momento uma lágrima escorrendo pelo rosto da irmã.

---

[4] Tamancos de madeira. (N.T.)

– Vou cuidar disso, não tenha medo – disse, com súbita ternura. – Mas precisamos ser rápidos. Mamãe logo precisará de nós.

O menino lançou um olhar inquiridor ao redor, primeiro para o chão, depois para alguns galhos desfolhados de um salgueiro bem acima de sua cabeça, e por fim para o céu, já lindo com fiapos de azul, carmesim e ouro. Nada encontrando nesses locais que fosse útil, os olhos de Hans de repente brilharam quando, com ar de um sujeito que sabe o que faz, ele tirou o boné, arrancou o forro e ajustou-o como uma palmilha em cima do sapato puído de Gretel.

– Agora – disse, triunfante, enquanto transpassava os cordões com a agilidade permitida pelos dedos amortecidos de frio –, aguenta se eu puxar um pouco?

Gretel moveu os lábios como que a dizer "não dói mais", mas não respondeu.

No minuto seguinte, riam juntos, deslizando pelo canal de mãos dadas, sem se preocuparem com uma possível trinca do gelo sob o peso dos dois, pois, na Holanda, o gelo costuma durar o inverno todo. Assenta-se na superfície com tenacidade e, em vez de afinar e parecer perigoso sob o sol forte, torna-se mais rijo a cada dia e desafia cada raio luminoso.

Pouco depois, algo guinchou sob os pés de Hans. De repente, os movimentos ficaram mais curtos, interrompidos, até ele se estatelar no gelo, esbaforido e chutando o ar.

– Ha-ha! – riu Gretel. – Que tombo, hein?

Mas debaixo de sua jaqueta azul muito fina batia um coração generoso; e, mesmo enquanto ria, fez um giro elegante e se aproximou do irmão caído.

– Machucou-se, Hans? Ah, está rindo! Pegue-me agora!

E a menina deslizou para longe. Já não tremia e tinha as faces vermelhas e os olhos cintilando pela diversão.

Hans ficou de pé e partiu em perseguição, mas não era fácil acompanhar Gretel. Antes que ela fosse muito longe, porém, os patins da menina também começaram a guinchar.

Crente de que ser discreta indicava coragem, ela se virou bruscamente e patinou em direção aos braços do irmão.

– A-há! Peguei – gritou Hans.

– A-há! EU é que o peguei – ela corrigiu, remexendo-se para se libertar.

Nesse exato momento, uma voz severa foi ouvida:

– Hans! Gretel!

– É a mamãe – disse Hans, subitamente sério.

O canal já brilhava sob a luz do sol. O ar puro da manhã era delicioso, e aos poucos chegavam mais patinadores. Era difícil obedecer ao chamado. Mas Gretel e Hans eram bons filhos; sem pensar em ceder à tentação de continuar ali, tiraram os patins e deixaram metade dos nós feitos. Hans, com seus grandes ombros retos e cabelos loiros espessos, era bem mais alto que sua irmãzinha. Via-se o contraste enquanto os dois caminhavam juntos de volta para casa. Ele tinha quinze anos, e Gretel, apenas doze. Hans era um garoto de aparência robusta e gentil, com olhos honestos e uma expressão no rosto que parecia mostrar os dizeres BONDADE INTERIOR, assim como a pequena *zomerhuis*[5] holandesa exibe um lema no portal. Gretel era esbelta e rápida; seus olhos tinham sempre um brilho de animação, e, quando alguém olhava para ela, o colorido de suas faces empalidecia e se aprofundava, como fazem flores cor-de-rosa e brancas em um canteiro agitado pelo vento.

Ao se afastarem do canal, os dois logo avistaram o chalé dos pais. A figura alta da mãe, vestindo jaqueta, camisa por baixo e uma touca apertada, parecia um retrato na estrutura retorcida da porta de entrada. Mesmo que o chalé estivesse longe, pareceria perto. Neste país plano, tudo se destaca a distância; as galinhas são tão visíveis quanto os moinhos. Na verdade, se não fosse pelos diques e pelas margens altas dos canais, uma pessoa poderia ficar de pé no meio da Holanda sem ver um morro ou sequer uma elevação entre si e "o fim do horizonte".

Ninguém conhecia melhor a natureza desses diques que a senhora Brinker e os adolescentes ofegantes que atendiam ao seu chamado. Mas, antes de explicar POR QUÊ, peço ao leitor que leve uma cadeira de balanço comigo àquele país distante, onde poderá ver, talvez pela primeira vez, algumas coisas curiosas que Hans e Gretel viam todos os dias.

---

[5] Casa de verão. (N.T.)

Holanda

A Holanda é um dos países mais peculiares que existem. Deveria se chamar “Terra Estranha” ou “Terra Contrária”, pois em quase tudo é diferente dos outros lugares do mundo. Primeiro, grande parte do país é mais baixa do que o nível do mar. Grandes diques, ou fortificações, foram construídos com muito dinheiro e trabalho para refrear o avanço do oceano. Em certos trechos do litoral, o mar empurra com todo o seu peso a terra, e o pobre país nem sempre aguenta a pressão. Às vezes, os diques cedem ou vazam, e os resultados são desastrosos. Eles são altos e largos, encimados por edifícios e árvores. Possuem até estradas públicas boas, de onde os cavalos podem olhar para os chalés, lá embaixo. Frequentemente, as quilhas dos barcos se encontram em pontos mais altos que os telhados das casas. A cegonha que cuida dos filhotes no alto de uma casa pode sentir que o ninho está acima do perigo, mas o sapo a coaxar nos arbustos próximos está mais perto das estrelas que ela. Insetos aquáticos voam de um lado para outro acima do topo das chaminés, e os salgueiros parecem pender de vergonha porque não chegam à mesma altura dos juncos nos arredores.

Valas, canais, lagoas, rios e lagos são vistos em todo lugar. Altos, mas não secos, reluzem à luz do sol, concentrando quase todos os negócios e atividades, zombando dos campos tranquilos que se estendem, úmidos, ao lado deles. Tem-se a tentação de perguntar: "O que é a Holanda: a encosta ou a água?" A única vegetação verde que deveria se confinar à terra cometeu um erro e se assentou nas lagoas de peixes. Na verdade, o país inteiro é uma espécie de esponja saturada ou, nas palavras do poeta inglês Butler:

Uma terra que se move ancorada, e atracada,
Onde não se mora, mas se embarca.

Pessoas nascem, vivem e morrem, e até cultivam seus jardins em barcos do canal. Fazendas, com telhados que parecem chapéus puxados sobre os olhos, se erguem em palafitas, com ar desafiador, como se dissessem: "Pretendemos nos manter secas, se pudermos". Os próprios cavalos usam um banquinho em cada casco para ficarem fora do terreno pantanoso. Em suma, a paisagem geral sugere um paraíso para os patos. É um país glorioso no verão, para meninas e meninos descalços. Andar na água! Imitar um navio singrando o mar! Remar, pescar e nadar! Imagine a série de poças onde se podem lançar barquinhos de lascas de madeira o dia inteiro, sem jamais esperar que voltem! Mas agora basta. Um recital completo atrairia todos os jovens americanos em um êxodo até o Zuider Zee.

As cidades holandesas parecem, à primeira vista, um emaranhado de casas, pontes, igrejas e navios, de onde brotam mastros, torres e árvores. Em algumas cidades, barcos são amarrados como cavalos às colunas da entrada da casa e recebem a carga a partir das janelas do piso superior. As mães alertam Lodewyk e Kassy para não se balançarem no portão do jardim, pois temem que se afoguem! Vias aquáticas são mais frequentes que as estradas e ferrovias comuns; cercas na água, criadas como lânguidas valas verdes, circundam a área de lazer, a fazenda e o jardim.

Às vezes, a gente vê belas cercas verdes, mas as de madeira, como temos na América, raramente são usadas na Holanda. Quanto a muros de pedra, um holandês levantaria as mãos, atônito, se ouvisse tal ideia. Não há pedras lá, exceto aquelas grandes massas de rocha trazidas de outras terras para fortalecer e proteger a costa. Todas as pedras pequenas e pedregulhos, se algum dia existiram, devem estar aprisionados no concreto das ruas ou derreteram. Garotos com braços ágeis e fortes podem passar a vida, desde os cueiros até a barba espessa, sem encontrar um único pedregulho para criar ondulações esféricas na água ou espantar coelhos. As vias aquáticas são nada menos que canais intersectando o país em todas as direções. Existem em todos os tamanhos, desde o Canal de Embarcações do Norte da Holanda, que é uma maravilha do mundo, até aqueles que um garoto consegue saltar. Os barcos chamados de *trekschuiten*[6] podem ter até mais de nove metros de comprimento. Parecem casas verdes alojadas em barcaças, puxadas por cavalos trotando ao longo da margem do canal. Os *trekschuiten* são divididos em dois compartimentos, primeira e segunda classe, e, quando não estão muito cheios, os passageiros se sentem perfeitamente à vontade; os homens fumam, as mulheres tricotam ou costuram, enquanto as crianças brincam no pequeno deque externo. Muitos dos barcos de canal possuem velas brancas, amarelas ou da cor do chocolate. Esta última é o produto de uma espécie de torrefação para preservá-las. Esses barcos sobem e descem constantemente ao longo das vias, transportando passageiros. Carroças de água conhecidas como *pakschuyten* são usadas para carregar combustível e mercadorias. Em vez de alamedas rurais verdejantes, canais verdes se estendem do campo ao celeiro, e do celeiro ao jardim; e as fazendas (ou *polders*, com são chamadas) são meros lagos grandes de onde se bombeou a água. Algumas das ruas mais movimentadas são água, enquanto muitas estradas rurais são pavimentadas com tijolos. Os barcos da cidade, com popa arredondada, proa revestida de ouro e laterais pintadas de cores vivas, diferem de toda embarcação que conhecemos; e uma carroça holandesa, com seu mastro torto e engraçado, é um mistério dos mistérios.

– Uma coisa é certa – afirma o mestre Brightside –, os holandeses nunca passarão sede.

Mas não é verdade. Novamente a alcunha de Terra Estranha serviria. Embora o oceano pressione para entrar e os lagos para sair, e apesar dos

[6] Embarcações próprias para canais. (N.T.)

canais, rios e valas transbordando, em muitos distritos não há água potável. Para matar a sede, os pobres holandeses precisam beber vinho ou encomendar de Utrecht ou outras localidades do interior do país aquele líquido precioso mais velho que Adão, mas mais jovem que o orvalho da manhã. Às vezes, as pessoas bebem até água de chuva se puderem armazená-la; mas, de modo geral, são como os marinheiros assolados pelos albatrozes, no famoso poema de Coleridge, "O Velho Marujo". Elas veem

Água, água por toda parte,
Nem ao menos uma gota para beber!

Os imensos moinhos de vento agitando as pás dão ao país a impressão de que uma revoada de enormes pássaros marinhos vem e se assenta por toda parte. Para onde os olhos se voltam, veem-se as árvores mais estranhas, em formatos fantásticos, com os troncos pintados de um ofuscante branco, amarelo ou vermelho. Os cavalos geralmente são atrelados em grupos de três. Ouve-se em todo lugar o ruído dos tamancos de madeira com calcanhar frouxo de homens, mulheres e crianças; garotas camponesas que não têm namorados pagam para alguns rapazes as acompanharem até a *kermis*[7], e maridos e mulheres se aninham carinhosamente lado a lado sobre a margem do canal e arrastam suas *pakschuyts* até o mercado.

Outra característica peculiar da Holanda é a duna, ou colina de areia. São numerosas em alguns trechos da costa. Antes de serem semeadas com grama de junco e outras plantas que detêm sua movimentação, as dunas provocavam grandes tempestades de areia até as regiões mais interiores. Enfim, para acrescentar às estranhezas, os fazendeiros às vezes cavam sob a superfície para encontrar solo; e em dias de vento, CHUVAS SECAS (de areia) costumam cair sobre campos que umedeceram em uma semana de sol.

Em suma, praticamente a única coisa que nós, ianques, encontraríamos de familiar na Holanda é uma canção de colheita muito popular no país,

[7] Feira. (N.T.)

embora nenhum linguista consiga traduzi-la. Devemos fechar os olhos e apenas escutar a melodia, cujo significado deixo por conta do leitor adivinhar.

Yanker didee dudel down
Didee dudel lawnter;
Yankee viver, voover, vown,
Botermelk and Tawnter!

Em contrapartida, muitas das estranhezas da Holanda servem apenas para comprovar a parcimônia e a perseverança do povo. Não há no mundo inteiro jardim mais bem cuidado que este pequeno país úmido e esponjoso. Não existe raça mais valente e heroica que os holandeses, apesar de sua aparência tão passiva. Poucas nações se comparam em descobertas e invenções importantes; nenhum país a supera em comércio, navegação, estudo e ciência, nem dá tão nobres exemplos no acesso à educação e nas caridades públicas; proporcionalmente ao tamanho de seu território, ninguém jamais empregou tanto dinheiro e labor em obras públicas.

A Holanda possui atas com nomes de homens e mulheres nobres e ilustres; registros históricos grandiosos de paciência, resistência e vitória; liberdade religiosa; empreendimento informado; arte, música e literatura. É chamada, inclusive, de "o campo de batalha da Europa"; e podemos verdadeiramente considerá-la o asilo do mundo, pois os oprimidos de toda nação encontram aqui abrigo e apoio. Se nós, americanos, que afinal de contas somos preparações homeopáticas de origem holandesa, podemos rir dos holandeses, chamá-los de castores humanos e insinuar que seu país um dia será levado pela maré alta, também podemos sentir orgulho e dizer que eles se mostraram heróis e que a Holanda não será varrida pelas águas enquanto existir um holandês disposto a sustentá-la.

Dizem que há no mínimo 9.900 grandes moinhos de vento na Holanda, cujas pás medem entre 24 e 36,5 metros de comprimento. São usados para serrar madeira, amassar grãos, moer e muitos outros tipos de trabalho; o principal uso, porém, é bombear água das terras baixas para os canais e proteger a terra contra aguaceiros, que são tão comuns e alagam tudo. O custo anual dos moinhos é estimado em cerca de dez milhões de dólares. Os moinhos grandes têm maior potência. A enorme torre circular, às vezes construída em meio aos edifícios das fábricas, é encimada por uma menor, que se afina até formar um telhado com aparência de chapéu. Essa torre superior é circundada na base por um terraço muito alto que se projeta do eixo girado pelas prodigiosas quatro pás com escadinhas traseiras.

Muitos desses moinhos de vento são primitivos e parecem necessitar de "melhorias" ianques, mas alguns dentre os mais novos são admiráveis. Foram construídos com tanta engenhosidade que suas pás, ou "asas", se voltam para o vento na direção exata para funcionarem com a potência necessária. Em outras palavras, o moleiro pode tirar uma soneca, na certeza de que o moinho estudará o vento e o aproveitará da melhor maneira até ele acordar. Se houver uma leve corrente de ar, todas as pás se abrem para apanhá-la, mas, caso ocorra uma "ventania" forte, encolhem-se, como folhas de mimosa, e só dão ao vento meia chance de movê-las.

Uma das velhas prisões de Amsterdã, chamada de Casa de Raspagem, porque os ladrões e vagabundos lá confinados tinham de raspar madeira para lenha, continha uma cela para a punição de prisioneiros preguiçosos. Em um canto dessa cela, havia uma bomba-d'água, e em outra, uma abertura pela qual entrava um fluxo constante de água. O prisioneiro podia escolher entre ficar parado e se afogar ou manusear a bomba até o carcereiro resolver soltá-lo. Parece-me que, por toda a Holanda, a natureza aplica essa ocupação em grande escala. Os holandeses sempre são forçados a bombear água para sobreviver, e provavelmente farão isso até o fim dos dias.

Todos os anos, milhões de dólares são aplicados em consertos de diques e controle dos níveis de água. Se esses deveres importantes fossem negligenciados, o país seria inabitável. Já houve consequências terríveis, como mencionei, após a ruptura desses diques. De tempos e tempos, centenas de aldeias e cidades já foram engolfadas pela violência das águas, e quase um milhão de pessoas perderam a vida. Uma das inundações mais medonhas conhecidas ocorreu no outono de 1570. Até então, vinte e oito enchentes terríveis já haviam assolado partes da Holanda, mas aquela foi a pior. O desafortunado país já sofria sob a tirania espanhola; de repente, a inundação pareceu o auge das agruras. Quando lemos a obra de Motely sobre a advento da república holandesa, aprendemos a reverenciar aquele valente povo que resistiu, sofreu e foi muito ousado.

Em seu relato emocionante da inundação, o senhor Motley nos explica que um vento contínuo e violento já empurrava as águas do Atlântico para o Mar do Norte, arremessando-as contra o litoral das províncias holandesas. Os diques, no limite de sua força, estouraram em todas as direções. O próprio Handbos, uma fortificação formada de pilhas de carvalho e revestida de ferro, fixa com âncoras e reforçada com cascalho e granito, foi despedaçado como um barbante. Barcos pesqueiros e embarcações pesadas flutuando em direção ao país se embaraçaram em árvores ou se chocaram contra os telhados e paredes das casas. No fim, toda a região de Friesland se converteu em um mar revolto.

"Multidões de homens, mulheres, crianças, cavalos, bois, ovelhas e todos os animais domésticos se agitavam nas ondas vindas de toda direção. Todo barco e todo objeto que servisse de embarcação era agarrado. Todas as casas foram inundadas; até os cemitérios devolveram seus mortos. O bebê no berço e o cadáver havia muito sepultado no caixão flutuavam lado a lado. O antigo dilúvio parecia ter voltado. Em todo lugar, no topo das árvores, nas torres das igrejas, seres humanos se aglomeravam, rogando a Deus por misericórdia e a outros homens por ajuda. À medida que a tempestade amainava, os barcos partiam em todas as direções, resgatando pessoas que tremiam na água, apanhando fugitivos dos telhados e das árvores e juntando os corpos dos afogados".

Nada menos que cem mil seres humanos pereceram em poucas horas. Milhares e milhares de animais se estiravam mortos sobre as águas, e o prejuízo material era incalculável.

Robles, o governador espanhol, fez nobres esforços para salvar vidas e diminuir os horrores da catástrofe. Se antes era odiado pelos holandeses por causa de seu sangue espanhol ou português, de repente conquistou todos os corações em gratidão pela bondade e pelo empenho. Não tardou a introduzir um método aperfeiçoado de construir diques e criou uma lei que deveria ser respeitada pelos proprietários do solo. Desde então, as grandes enchentes se tornaram mais raras, embora, em menos de trezentos anos, seis inundações terríveis tenham abalado o país.

Na primavera, sempre há um grande risco de alagamentos menores, principalmente em tempos de seca, porque os rios, sufocados com blocos de gelo, transbordam antes de poderem descarregar no oceano as águas, que sobem muito rápido. Além disso, o mar fustiga e pressiona os diques, e não é à toa que a Holanda se encontra em frequente estado de alarme. Tomam-se os maiores cuidados para impedir acidentes. Engenheiros e trabalhadores se posicionam em todos os lugares ameaçados, e é mantida uma vigilância constante, noite e dia. Quando alguém dá um sinal geral de perigo, todos os moradores se preparam para o resgate, ávidos por unirem forças contra o inimigo comum. Enquanto, em todos os lugares, a palha é considerada de todas as coisas a mais indefesa na água, na Holanda ela se torna o sustentáculo contra uma maré invasora. Capachos enormes de palha são pressionados contra as margens, fortificados com argila e pedra pesada, e, se estiverem devidamente ajustados, as ondas quebram sobre eles sem causar danos.

Raff Brinker, o pai de Gretel e Hans, trabalhou muitos anos nos diques. Foi na época de ameaça de inundação, quando, no meio de uma tempestade terrível, na escuridão e debaixo de granizo, os homens trabalhavam em um ponto fraco perto do canal Veermyk, que ele caiu do andaime e perdeu a lucidez. A partir daquele momento, nunca mais trabalhou; apesar de sobreviver à queda, perdera a sanidade e a memória.

Gretel só se lembrava dele como um homem estranho, silencioso, cujos olhos a acompanhavam, sem brilho, aonde ela fosse; mas Hans tinha recordações de um pai vigoroso, com a voz alegre, que nunca se cansava de carregá-lo sobre o ombro e cuja cantoria descontraída parecia ecoar por perto, quando ele se deitava à noite, mas prestava atenção, ainda acordado.

Os patins de prata

A senhora Brinker ganhava o sustento apertado da família cultivando legumes, tecendo e tricotando. Certa vez, trabalhara a bordo das barcaças que subiam e desciam o canal, e ocasionalmente fora empregada, com outras mulheres, para trabalhar na corda de reboque de uma *pakschuyt* cujo percurso era entre Broek e Amsterdã. Mas, quando Hans cresceu e ficou forte, insistiu em fazer aquele serviço pesado no lugar dela. Além disso, Raff se tornara tão incapaz que precisava da atenção constante da esposa. Apesar de ter a inteligência de uma criancinha, ele ainda era forte e vigoroso, e a senhora Brinker às vezes enfrentava grande dificuldade para controlá-lo.

– Ah, meus filhos! Ele era tão bom e firme – às vezes a mãe comentava. – E sábio como um advogado. Até o prefeito vinha lhe fazer perguntas. E hoje, vejam só, não reconhece a esposa e os filhos. Lembra-se de seu pai, Hans? Quando era um homem saudável e valente?

– Sim, minha mãe. Ele sabia de tudo e era capaz de qualquer coisa. E cantava tão bem! A senhora ria e falava que a música bastava para pôr os moinhos para dançar!

– É verdade. Bendito seja, como você se lembra! Gretel, querida, tire aquela agulha de tricô das mãos de seu pai, rápido. Ele pode enfiar nos olhos;

e calce os sapatos nele. Os pés do coitado parecem gelo, mas não consigo mantê-los calçados, só o que posso fazer é... – E, entre as lamentações e os resmungos, a senhora Brinker se sentava e começava a fiar, permeando o chalé com o som da roca.

Quase todo o trabalho fora da casa, bem como as tarefas domésticas, era feito por Hans e Gretel. Em determinadas épocas do ano, os dois adolescentes saíam dia após dia para pegar turfa, que guardavam em pedaços quadrados, como tijolos, para ter combustível. Em outras ocasiões, quando o trabalho em casa permitia, Hans montava os cavalos de reboque nos canais, para ganhar alguns *stivers*[8] por dia, e Gretel cuidava dos gansos para os fazendeiros vizinhos.

Hans sabia talhar madeira muito bem, e tanto ele quanto Gretel eram ótimos jardineiros. Gretel cantava, costurava e corria em pernas de pau feitas em casa com mais habilidade que qualquer outra menina na região. Conseguia aprender uma balada em cinco minutos e sabia o nome, em qualquer estação do ano, de qualquer erva ou flor. Mas tinha pavor dos livros. E, geralmente, a mera visão do mural de figuras na escola a colocava em devaneio. Hans, ao contrário, era firme e atento. Quanto mais difícil a tarefa, tanto nos estudos quanto na labuta diária, mais ele gostava. Os garotos que o olhavam com desprezo fora da escola, por causa de suas roupas remendadas e dos calções puídos de couro, eram obrigados a lhe conceder o posto de honra em quase todas as aulas. Não tardou até que Hans fosse o único jovem na escola que JAMAIS teve de ficar no canto dos horrores, onde se dependurava um chicote, acima do qual se lia o lema: "Leer, leer! jou luigaart, of dit endje touw zal je leeren[9]!"

Só no inverno, Gretel e Hans eram poupados de frequentar a escola, e no decorrer do último mês tiveram de ficar em casa porque a mãe precisava da assistência dos dois. Raff Brinker necessitava de atenção constante; eles tinham de fazer pão preto, limpar a casa, tricotar meias-calças e outras coisas para vender na praça do mercado.

---

8 Dois centavos de real. (N.T.)

9 Aprenda! Aprenda! Você, preguiçoso, ou a ponta desta corda o ensinará! (N.T.)

Enquanto ajudavam a mãe naquela fria manhã de dezembro, um grupo animado de meninas e meninos deslizava pelo canal. Usavam bons patins, e, à medida que uma amálgama colorida de roupas passava, parecia, a distância, que o gelo tinha subitamente derretido e um canteiro de belas tulipas flutuava na correnteza.

O grupo incluía a filha do rico prefeito, Hilda van Gleck, com seu luxuoso casaco de peles e uma bolsinha de veludo, e, perto dela, uma bonita garota camponesa, Annie Bouman, que vestia uma jaqueta simples de um tom escarlate alegre e saia azul que deixava à mostra as meias-calças cinza, tecidas em casa. Em seguida, vinha a arrogante Rychie Korbes, cujo pai, *mynheer* Van Korbes, era um dos homens mais importantes em Amsterdã; e, alegre a deslizar perto dela, Carl Schummel, Peter e Ludwig van Holp, Jacob Poot e um garotinho com o nome tremendo de Voostenwalbert Schimmelpenninck. Participavam do grupo outros quase vinte meninos e meninas, todos exultantes de alegria e agitação.

No espaço de meia milha, subindo e descendo o canal, os jovens patinavam, explorando ao máximo a própria proeza. Geralmente, os mais rápidos eram vistos desviando debaixo do nariz de algum pomposo legislador ou doutor que, com os braços cruzados, patinava descontraidamente em direção à cidade; ou uma fileira de garotas parava ante a aproximação do velho e gordo prefeito, que, com a bengala de cabo de ouro erguida, resfolegava a caminho de Amsterdã. Equipado de patins magníficos, com suntuosas correias e lâminas que se curvavam para dentro, e com a parte de cima folheada a ouro, ele abria um pouco as pálpebras obesas se uma das donzelas o cumprimentasse com uma reverência, mas não fazia o mesmo gesto por medo de perder o equilíbrio.

Não havia apenas jovens ociosos e homens de importância no canal. Trabalhadores com os olhos cansados se apressavam para chegar às lojas e fábricas; mulheres iam aos mercados com cestos sobre a cabeça; vendedores ambulantes pendiam sob o peso de suas caixas; barqueiros com os cabelos embaraçados e o rosto pálido quase cambaleavam; e, dali a alguns minutos, grupos de crianças com mochilas penduradas no ombro deslizavam rapidamente em direção à escola distante. Todos usavam patins, exceto um fazendeiro coberto até a boca, cuja carroça estranha sacolejava ao longo da margem do canal.

Logo os alegres meninos e meninas quase se perderam na confusão de cores vívidas e movimento incessante, com o reflexo da luz do sol nos patins. Talvez nada mais soubéssemos deles naquele dia, se o grupo inteiro não tivesse parado subitamente e, enquanto se afastava para abrir caminho, começasse a falar, todos ao mesmo tempo, com uma pequena e bonita donzela que haviam tirado da maré de pessoas deslizando em direção à cidade.

– Oh, Katrinka! – chamavam em uníssono. – Não soube? A corrida. Queremos que participe.

– Que corrida? – perguntou Katrinka, rindo. – Por favor, não falem todos juntos, pois não consigo entender.

Sem fôlego, eles dirigiram o olhar para Rychie Korbes, a reconhecida porta-voz do grupo.

– Ora – disse Rychie. – Teremos uma grande competição de patins no dia 20, aniversário de *mevrouw*[10] Van Gleck. Tudo providenciado por Hilda. Vão dar um prêmio esplêndido ao melhor patinador.

– Sim – juntou-se uma meia dúzia de vozes. – Um lindo par de patins de prata. Magníficos! Ah, com correias e fivelas e sininhos de prata!

– QUEM disse que eles têm sininhos? – interveio, com voz baixa, o menino de nome grande.

– Eu digo, menino Voost – respondeu Rychie.

Do resto do grupo vinham réplicas e tréplicas:

– E têm mesmo.

– Não, claro que eles não têm sininhos.

– Oh, como pode dizer isso?

– É uma seta.

– *Mynheer* Van Korbes disse à MINHA MÃE que os patins têm sininhos.

---

[10] *Mevrouw*: senhora. (N.T.)

Mynheer Voostenwalbert Schimmelpennick estava decidido a pôr um fim na disputa:

– Ora, nenhum de vocês sabe de nada. Os patins não têm sinos, e sim...

– Oh, oh! – E o coro de opiniões conflitantes recomeçou.

– Os patins das meninas terão sinos – interpôs-se Hilda, calmamente. – Mas o par dos meninos vem com uma seta gravada na lateral.

– Viu? Não falei? – clamaram todos os jovens em coro.

Katrinka os observava com um brilho de espanto nos olhos.

– Quem quer participar? – perguntou

– Todos nós – respondeu Rychie. – Será tão divertido! Você também precisa se inscrever, Katrinka. Mas está na hora da escola. Falaremos disso de novo ao meio-dia. Ah, é claro que participará.

Sem retrucar, Katrinka fez uma graciosa pirueta, riu em voz alta e disse, petulante:

– Não ouviram o último sino? Peguem-me!

Veloz, ela partiu em direção à escola, a meia milha do canal.

Tumultuosos, todos dispararam atrás dela, mas tentaram em vão acompanhar a jovem de olhos claros e risonha, cujos cabelos dourados esvoaçavam sob a luz do sol, e que de vez em quando lançava olhares cintilantes de triunfo para trás, enquanto deslizava.

Bela Katrinka! No vigor da juventude e saúde, cheia de vida, alegria e agitação, que linda imagem flutuaria até os sonhos de um garoto naquela noite! Não é nenhuma surpresa que a hora mais trevosa da vida desse garoto viria anos depois, quando Katrinka se afastaria dele para sempre.

A nova amiga de Hans e Gretel

Ao meio-dia, nossos jovens amigos saíram aos borbotões da escola, ansiosos pela hora de treino no canal.

Haviam patinado por poucos minutos quando Carl Schummel disse a Hilda, em tom de zombaria:

– Olhe que dupla bonita chegando! Os pequenos apanhadores de trapos! Os patins que usam devem ser sido um presente do próprio rei.

– São criaturas pacientes – disse Hilda, gentil. – Deve ter sido difícil aprenderem a patinar com aquilo. Camponeses pobres, sabe? Provavelmente foi o garoto que fez os patins.

Carl se espantou.

– Talvez sejam pacientes, mas começam muito bem e terminam com tropeços. Poderiam participar de seu novo *staccato*, penso.

Hilda riu e se afastou dele. Após se juntar a uma pequena tropa de patinadores e deslizar à frente deles, deteve-se ao lado de Gretel, que observava os outros com olhos ávidos.

– Como se chama, garotinha?

– Gretel, senhora – respondeu a menina, deslumbrada pela posição de Hilda, embora fossem quase da mesma idade. – E meu irmão se chama Hans.

– Hans é um jovem robusto – disse Hilda, em tom animado. – E parece ter um fogão embutido, mas *você* deve estar com frio. Deveria se agasalhar melhor, minha pequena.

Gretel, que nada mais possuía para vestir, tentou responder com risos:

– Não sou tão pequena. Já fiz doze.

– Ah, desculpe-me. Tenho quase catorze, e sou tão alta para minha idade que as outras meninas me parecem pequenas, mas isso não tem importância. Talvez você fique mais alta que eu, mas só se usar roupas apropriadas para o frio. Meninas trêmulas não crescem.

Hans enrubesceu ao ver lágrimas nos olhos de Gretel.

– Minha irmã não se queixa do frio, mas esse inverno é rigoroso, todos dizem.

Tristonho, ele olhou para Gretel.

– Isso não é nada – disse a menina. – Geralmente sinto calor quando estou patinando. É bondosa, *jufvrouw*[11], por se importar comigo.

– Não, não – retrucou Hilda, zangada consigo. – Sou desatenta, cruel, mas não quis entristecê-la. Apenas queria perguntar se... – E, nesse ponto, quando chegou ao motivo de sua aproximação, titubeou diante dos jovens malvestidos, porém de aparência nobre, que ela pretendia ajudar.

– Pois não, senhorita? – pressionou Hans. – Há algo que possamos fazer por você?

– Oh, não, não – riu Hilda, livrando-se do embaraço. – Só queria lhes falar da grande corrida. Por que não se inscrevem? Os dois patinam bem, e a inscrição é gratuita. Qualquer um pode concorrer ao prêmio.

Gretel dirigiu um olhar pensativo a Hans, que puxou o boné e respondeu, respeitoso:

---

[11] Senhorita; moça. (N.T.)

– Ah, *jufvrouw*, mesmo que pudéssemos nos inscrever, só patinaríamos por pouco tempo. Nossos patins são feitos de madeira dura, veja. – Ele levantou a sola do pé. – Logo ficam úmidos, grudam e nos fazem tropeçar.

Os olhos de Gretel brilharam quando ela se lembrou, ainda achando graça, da queda de Hans naquela manhã, mas o rosto ruborizou quando disse, tímida:

– Ah, não, não participaremos da corrida, mas será que podemos estar presentes no grande dia e assistir?

– Claro – respondeu Hilda, com um olhar gentil para os dois rostos singelos, arrependida, do fundo do coração, de ter usado tanto de sua mesada em renda e joias. Possuía apenas oito *kwartjes* [*pequena moeda de prata que valeria dez centavos do dinheiro americano*], que só dariam para comprar um par de patins, no máximo.

Com um suspiro, olhou para os dois pares de pés, de tamanhos tão diferentes, e perguntou:

– Qual dos dois patina melhor?

– Gretel – respondeu Hans, sem hesitar.

– Hans – disse Gretel, ao mesmo tempo.

Hilda sorriu.

– Não posso comprar um par para cada um, nem mesmo um par muito bom, mas peguem estas oito *kwartjes*. Decidam quem terá a melhor chance de vencer a corrida, e comprem os patins apropriados. Gostaria de ter o suficiente para lhes comprar os melhores tipos. Até mais!

Com um sorriso e um aceno, após dar o dinheiro ao estupefato Hans, Hilda deslizou em direção aos companheiros.

– *Jufvrouw*! *Jufvrouw* Van Gleck! – o garoto chamou, em tom alto, tropeçando atrás dela, pois um dos patins estava desamarrado.

Hilda se virou e, com uma mão a proteger os olhos do sol, parecia flutuar no espaço, cada vez mais perto.

– Não podemos aceitar este dinheiro – declarou Hans, ofegante. – Embora reconheçamos sua gentileza.

– Ora, por que não? – perguntou Hilda, corada.

Com um gesto de reverência como um palhaço, mas o olhar de um príncipe para uma garota da realeza, Hans respondeu:

– Porque nada fizemos para ganhá-lo.

Hilda foi perspicaz. Notara uma bonita corrente de madeira em volta do pescoço de Gretel.

– Faça para mim uma corrente, Hans, como a de sua irmã.

– Com prazer, senhorita, de todo o coração. Temos madeira branca em casa, fina como marfim. Terá sua corrente amanhã.

E, apressadamente, o jovem tentou devolver o dinheiro.

– Não, não – protestou Hilda, decidida. – Essa quantia é baixa pela corrente.

E deslizou como um relâmpago, passando à frente dos mais velozes patinadores.

Hans a acompanhou com o olhar atônito. Sentiu que seria inútil resistir.

– Muito bem – murmurou, mais para si do que para sua fiel sombra, Gretel. – Preciso trabalhar com afinco, sem parar, e até metade da noite, se mamãe me deixar acender uma vela. Mas a corrente será feita. Podemos ficar com o dinheiro, Gretel.

– Que moça gentil! – exclamou Gretel, batendo palmas. – Oh! Hans, será à toa que a cegonha pousou no telhado de casa no último verão? Lembra-se de que mamãe disse que traria sorte e como gritou quando Janzoon Kolp atirou na cegonha? Ela disse que ele teria muito azar. Mas a sorte finalmente sorriu para nós! Agora, Hans, se mamãe nos mandar à cidade amanhã, compre os patins no mercado.

Hans balançou a cabeça.

– A moça nos deu o dinheiro para comprar patins, mas, se eu fizer por *merecê-lo*, Gretel, será usado em lã. Você precisa de um casaco mais quente.

– Ora! – protestou Gretel, abismada. – Não vai comprar patins? Mas não sinto frio o tempo todo. Mamãe diz que o sangue corre nas veias de crianças pobres quando a gente cantarola “Vou ficar quente, vou ficar quente!". Puxa, Hans – continuou, com a voz chorosa. – Não diga que não quer comprá-los. Tenho vontade de chorar. Além do mais, quero sentir frio. Estou com muito calor!

Hans olhou para o alto. Tinha um horror holandês a lágrimas, ou a qualquer emoção, e principalmente temia ver os olhinhos azuis de sua irmã transbordando em choro.

A menina, claro, aproveitou-se disso e choramingou:

– Vou me sentir muito mal se você desistir dos patins. Não quero para mim. Não sou egoísta. Mas quero muito que *você* os use. E, quando eu crescer, seus patins servirão para mim... Oh, veja, Hans. Conte as moedas. Já viu tantas assim?

Pensativo, Hans remexeu as moedas na palma da mão. Jamais em sua vida desejara tanto um par de patins, pois ouvira falar da corrida e queria muito uma chance de testar suas habilidades com os outros garotos. Tinha certeza de que, com boas lâminas de aço, venceria de longe os meninos no canal. E o argumento de Gretel era plausível. Por outro lado, ele sabia que a irmã, forte e ágil, apesar de pequena, precisava de apenas uma semana de prática com bons patins para se tornar melhor que Rychie Korbes ou até Katrinka Flack. Assim que essa última ideia lhe ocorreu, chegou a uma conclusão. Se Gretel não queria o casaco, teria os patins.

– Não, Gretel – disse, por fim. – Posso esperar. Algum dia, terei economizado dinheiro suficiente para comprar um par dos bons. Esses serão para você.

Os olhos da menina cintilaram, mas dali a pouco ela insistiu, menos enfática:

– A moça deu o dinheiro a *você*, Hans. Não ficaria bem se eu usasse.

Hans balançou a cabeça, decidido, e apressou o passo, obrigando a irmã a andar e pular, no esforço para acompanhá-lo. Já tinham tirado os "patins" de madeira e corriam para casa, com a intenção de dar a boa notícia à mãe.

– Ah, sei o que podemos fazer! – anunciou Gretel, em tom animado. – Você compra um par um pouco menor que o seu número e um pouco maior que o meu, e podemos revezar. Não é uma boa ideia? – Ela bateu palmas de novo.

Pobre Hans! Apesar da tentação grande, conseguiu afastá-la, pois era um jovem de bom coração e coragem.

– Bobagem, Gretel. Não conseguiria usar patins maiores que o seu número. Já tropeçava com estes, como um pintinho cego, antes de eu curvar as pontas. Não. Precisa de um par do seu tamanho, e deve praticar sempre que puder, até o dia 20. Minha pequena Gretel ganhará os patins de prata.

Ela começou a rir de felicidade, só de imaginar.

– Hans! Gretel! – chamou uma voz familiar.

– Estamos aqui, mamãe!

Os dois correram até o chalé, Hans ainda com as moedas de prata na mão.

No dia seguinte, não havia rapaz mais orgulhoso ou feliz em toda a Holanda que Hans Brinker ao observar a irmã, com movimentos graciosos, voar em meio aos patinadores que enchiam o canal sob o pôr do sol. A gentil Hilda lhe dera um casaco quentinho, e os sapatos arrebentados haviam sido devidamente consertados pela senhora Brinker. Enquanto a pequena criatura deslizava de um lado para outro, corada de alegria e alheia aos olhares surpresos, sentia que os patins brilhantes sob seus pés transformavam a terra em um país das fadas e em seu coração ecoavam as palavras “Hans, querido Hans!”.

– Pelos céus! – exclamou Peter van Holp para Carl Schummel. – Aquela pequenina de casaco vermelho e meias-calças remendadas sabe patinar. Parece que tem asas nos pés e olhos na nuca! Olhe só para ela! Seria muito engraçado se participasse da corrida e derrotasse Katrinka Flack, afinal.

– Fale baixo – censurou Carl, em tom de deboche. – Aquela garotinha maltrapilha é a queridinha de Hilda van Gleck. Se não me engano, os patins foram um presente dela.

– Faz sentido! – comentou Peter, com um sorriso radiante, pois Hilda era sua melhor amiga. – Então, andou fazendo suas boas ações ali também!

– E *mynheer* Van Holp, após desenhar um oito duplo no gelo, além de um enorme P, um salto e um H, deslizou até se emparelhar com Hilda.

De mãos dadas, os dois patinaram juntos, a princípio rindo, e depois conversando em voz baixa.

Por estranho que pareça, Peter van Holp logo resolveu que sua irmã precisava de uma corrente de madeira como a de Hilda.

Dois dias depois, na véspera de São Nicolau, Hans, após queimar três tocos de velas e cortar o polegar no trabalho, estaria na praça do mercado em Amsterdã providenciando outro par de patins.

Sombras em casa

Bondosa senhora Brinker! Depois de tirar os pratos da parca refeição daquela tarde, ela vestiu as roupas de festa em homenagem a São Nicolau. "As crianças ficarão animadas", pensou, e tinha razão.

O vestido de feriado fora usado pouquíssimas vezes nos últimos dez anos; antes, tinha prestado já um bom serviço e chamado boas atenções em muitos bailes e *kermis*, quando ela era conhecida por toda parte como a bonita Meitje Klenck. Os filhos o tinham vislumbrado algumas vezes, estendido sobre o velho baú de carvalho. Apesar de desbotado e puído, era maravilhoso aos olhos dos dois irmãos, com a gola de linho branco em volta da garganta rechonchuda da mãe e desaparecendo sob o corpete azul, tecido em casa, e a saia marrom-avermelhada com barra preta.

As luvas de tricô e o delicado chapéu que deixava à mostra os cabelos, normalmente escondidos, faziam-na parecer quase uma princesa aos olhos de Gretel, enquanto o jovem Hans a contemplava sério e bem-comportado.

Dali a pouco, enquanto fazia tranças dos próprios cabelos dourados, a pequena donzela dançou em volta da mãe, em um êxtase de admiração.

– Mamãe, mamãe, está tão bonita! Veja, Hans. Não parece uma pintura?

– Sim, parece – concordou Hans, jovial. – Parece uma pintura. Só não gosto daquelas coisas nas mãos.

– Não gosta de luvas, meu irmão? Ora, mas são muito importantes. Veja, cobrem tudo o que é vermelho. Ah, mamãe, como seu braço é branco, até mais que o meu. Mas o corpete parece apertado. A senhora está crescendo! Está, sim!

A senhora Brinker riu.

– Acontece que ele foi feito muito tempo atrás. Minha cintura era tão fina como um pilão. E o que achou do chapéu? – ela perguntou, girando a cabeça de um lado para outro.

– Adorei, mamãe. É *lindo*! Veja, o papai notou!

Teria notado mesmo? Apenas lhe dirigia um olhar vazio. Sua *vrouw*[12] se virou para ele, curiosa, com as bochechas ruborizadas e um brilho inquiridor nos olhos. Que se apagou em um instante.

– Não, não – suspirou. – Ele não vê nada. Vamos, Hans. – E o sorriso da senhora Brinker voltou, discreto. – Não fique me olhando o dia todo, os novos patins esperam por você em Amsterdã.

– Ah, minha mãe – ele disse. – Precisa de tantas coisas. Por que devo comprar patins?

– Bobagem, meu filho. O dinheiro lhe foi dado para esse fim, ou o trabalho seria… Enfim… Vá enquanto o sol ainda está forte.

– Sim, e volte logo, Hans! – riu Gretel. – Se mamãe deixar, vamos patinar no canal hoje à noite.

Detendo-se no limiar da porta, o jovem se virou para comentar:

– Sua roca precisa de uma alavanca nova.

– Você pode fazer uma, Hans.

– Posso. E não custa nada. Mas a senhora precisa de penas, lã e comida, e…

– Chega. As moedas de prata não podem comprar tudo. Se ao menos o dinheiro que nos roubaram voltasse na véspera desta linda noite de São Nicolau, como seríamos felizes! Ontem à noite, rezei para o bom santo…

[12] Esposa. (N.T.)

– Mamãe! – interrompeu Hans, perplexo.

– Por que não, Hans? Deveria ter vergonha por me criticar! Sou uma autêntica protestante, como qualquer boa senhora que frequente a igreja, mas não há mal algum em às vezes recorrer ao bom São Nicolau. Até parece que uma mãe não pode fazer isso sem que seus filhos a censurem! Ainda mais que ele é o santo dos meninos e das meninas. Desde quando o potro sabe mais que a égua?

Hans conhecia a mãe muito bem para saber que não adiantava contradizê-la quando ela falava com aquela voz aguda e irritada (o que sempre acontecia quando mencionava o dinheiro perdido); por isso, o rapaz apenas perguntou, delicadamente:

– E o que pediu ao bom São Nicolau, mãe?

– Ora, que não dê um minuto de descanso aos ladrões até que tragam o dinheiro de volta, claro, se ele tiver o poder para tal coisa. Ou que nos envie uma luz mostrando-nos onde está, para que o recuperemos. Nunca vi o menor sinal desse dinheiro desde o dia em que seu pai se machucou. Sabe disso muito bem, Hans.

– Sei, minha mãe – ele assentiu, tristonho. – Apesar de a senhora ter revirado a casa à procura dele.

– Sim, mas de nada adiantou – gemeu a senhora. – Só quem o escondeu pode encontrá-lo.

Hans teve uma ideia.

– Acha que papai saberia?

– É possível – disse a mãe, reforçando a resposta com um gesto afirmativo da cabeça. – Acho que sim, mas não há indício. A cada dia, penso algo diferente. Talvez ele o tenha usado para pagar pelo bonito relógio de prata que guardamos desde aquele dia. Mas, não… não posso acreditar nisso.

– O relógio não valeria um quarto do dinheiro, mamãe.

– Não. E seu pai era esperto, até o último momento. Controlado e firme, não metia os pés pelas mãos.

– De onde teria vindo aquele relógio? – murmurou Hans, mais para si próprio que para a família.

A senhora Brinker balançou a cabeça e olhou com tristeza para o marido, que tinha o olhar fixo no chão. Ao lado dele, Gretel tricotava.

– Nunca saberemos, Hans. Mostrei-o ao seu pai muitas vezes, mas ele não o distingue de uma batata. Quando entrou em casa naquela noite terrível, entregou-me o relógio e me mandou cuidar bem dele até que o pedisse de novo. Ia falar mais alguma coisa, quando Broom Klatterboost apareceu de supetão, dizendo que o dique estava em perigo. Ah! As águas foram devastadoras naquela semana de festival da primavera! Meu marido pegou as ferramentas e correu para lá. Foi a última vez que o vi com o juízo perfeito. Trouxeram-na por volta da meia-noite, quase morto, com a cabeça toda machucada e cheio de cortes. A febre logo passou, mas a apatia nunca, e só piorou a cada dia. Jamais saberemos.

Hans já ouvira a história inteira antes. Mais de uma vez vira a mãe tirar o relógio do esconderijo, em momentos de extrema necessidade, quase decidida a vendê-lo, mas sempre venceu a tentação.

– Não, Hans – dizia ela, em cada ocasião. – Precisamos estar quase mortos de fome antes de sermos infiéis ao seu pai!

A lembrança de uma dessas cenas ocorreu ao seu filho de repente, pois, após um profundo suspiro, enquanto jogava um pedacinho de cera para Gretel, do outro lado da mesa, ele disse:

– Sim, minha mãe, foi corajosa ao guardar o relógio. Muita gente já o teria trocado por ouro há muito tempo.

– O que seria uma vergonha! – exclamou a senhora, indignada. – Não farei isso. Além do mais, a elite é tão injusta com os pobres que, se visse um objeto daquele em nossas mãos, ainda que contássemos a verdade, poderia suspeitar que seu pai…

Hans corou, zangado.

– Ninguém se *atreveria* a dizer tal coisa, minha mãe! Se isso acontecesse, eu…

O garoto cerrou o punho e parecia achar que o resto da frase seria terrível demais para dizer na presença da mãe.

Em meio às lágrimas, a senhora Brinker sorriu com a interrupção.

– Ah, Hans, você é um jovem franco e valente. Jamais nos desfaremos do relógio. É possível que, perto da hora da morte, seu pai acorde e o peça.

– É possível que *acorde*, mãe? – repetiu Hans. – E nos reconheça?

– Sim, meu filho – ela quase sussurrou. – Esse tipo de coisa acontece.

Hans quase se esquecera de sua tarefa em Amsterdã. A mãe raramente lhe falara em tom tão íntimo. Ele se sentia não apenas seu filho, mas também amigo e conselheiro:

– Tem razão, mãe. Não devemos nos desfazer do relógio. Pelo bem de papai, precisamos guardá-lo sempre. O dinheiro talvez apareça quando menos esperarmos.

– Nunca! – contradisse a senhora Brinker, dando o último ponto com a agulha bruscamente, enquanto largava o tricô sobre o colo. – Não há a menor chance! Mil florins sumidos da noite para o dia! Mil florins. Oh, o que aconteceu com eles, afinal? Se tivessem mesmo sido furtados, o ladrão acabaria confessando no leito de morte. Não arriscaria morrer com essa culpa na alma!

– Talvez ele ainda esteja vivo – sugeriu Hans, em tom apaziguador. – Cedo ou tarde, poderemos ter notícias dele.

– Ah, meu filho – suspirou a mãe, em um tom diferente. – Que ladrão teria entrado *aqui*? Graças a Deus, nossa casa está sempre limpa e arrumada, mas não é rica, pois seu pai e eu economizamos para garantir o futuro. "De grão em grão, a galinha enche o papo". Acreditávamos nisso. Aliás, seu pai já tinha uma boa soma, graças ao serviço prestado nas terras Heernocht, na época da grande inundação. A cada semana, sobrava um florim, às vezes mais, pois ele trabalhava horas extras e era bem pago. Todo sábado à noite, guardávamos um pouco, exceto quando você teve febre e quando Gretel nasceu. No fim, a bolsa de dinheiro ficou tão cheia que remendei uma meia velha e começamos de novo. Agora que penso nisso, parece que naqueles dias o dinheiro chegou ao calcanhar da meia em poucas semanas ensolaradas. Na época, pagavam bem a um homem que fosse dinâmico em obras de engenharia. A meia foi se enchendo de cobre, prata e até ouro. Você arregala os olhos de surpresa, Gretel, mas eu ria e dizia ao seu pai que não era por pobreza que vestia meu vestido velho. E a meia se enchia cada vez mais, tanto que às vezes eu acordava no meio da noite, levantava-me em silêncio e ia apalpá-la sob o luar. Em seguida, de joelhos, agradecia a Deus por meus filhinhos logo poderem ter uma boa educação e meu marido descansar da labuta na velhice. Às vezes, durante o jantar, seu pai e eu conversávamos sobre uma nova chaminé e um bom abrigo de inverno para a vaca, mas meu marido tinha planos ainda mais arrojados. "Uma boa vela", dizia ele, "pega o vento. Logo poderemos fazer o que quisermos", e cantarolávamos enquanto eu lavava a louça. Ah, "um vento suave é um bom leme". Nada me importunava, desde a manhã até a noite. A cada semana, seu pai pegava a meia e punha dinheiro nela, ria e me beijava enquanto a amarrávamos novamente. Mas, Hans, vá logo! Não fique aí boquiaberto, perdendo tempo! – a senhora Brinker se interrompeu, brusca, ruborizada ao perceber que conversava de maneira tão franca com o filho. – Está na hora de sair.

Mas Hans, que já se sentara de novo, fitou-a atentamente. Levantou-se, então, e quase em sussurros, perguntou-lhe:

– Já tentou, mamãe?

Ela compreendeu.

– Sim, filho, várias vezes. Mas seu pai apenas ri, ou me encara de um modo tão estranho que prefiro não perguntar mais nada. Quando você e Gretel tiveram febre no inverno passado, e quase não tínhamos mais pão, e eu não ganhava nada porque tinha medo de que vocês morressem se me afastasse, oh, como tentei! Alisei os cabelos dele e sussurrei, delicada como um gatinho, a respeito do dinheiro. Onde estava? Quem ficara com ele? Em vão! Ele segurava minha manga e resmungava qualquer coisa ininteligível até meu sangue gelar. Por fim, enquanto Gretel estava mais lívida que a neve e você delirava na cama, gritei com ele. Parecia que *tinha* de meu ouvir: "Raff, onde está nosso dinheiro? Sabe alguma coisa, Raff?

O dinheiro na bolsa e na meia, dentro do baú grande?" Mas era como se falasse com uma pedra. Poderia…

A voz da mãe soava tão estranha, e os olhos brilhavam tanto, que Hans, mais uma vez preocupado, pôs a mão sobre o ombro dela.

– Calma, mãe – disse. – Tentemos esquecer o dinheiro. Sou grande e forte. Gretel também é ágil e está sempre disposta. Logo seremos prósperos de novo. Ora, mamãe, Gretel e eu preferimos ver a senhora animada e feliz a possuir toda a prata do mundo. Não é verdade, Gretel?

– Mamãe sabe que sim – concordou a menina, soluçando de lágrimas.

Raios de sol

A senhora Brinker espantou-se com a emoção dos filhos; alegrou-se, também, pois demonstrava como os dois eram sinceros e amorosos.

As belas senhoras em suas casas suntuosas costumam sorrir de repente, encantadoras, alegrando o ar à sua volta; mas duvido que o sorriso de cada uma delas fosse mais agradável aos olhos de Deus que aquele da mulher de trajes simples, cujo intento era reanimar o rapaz e a menina naquele humilde chalé. A senhora Brinker sentiu que fora egoísta. Ruborizada e com o vigor recuperado, ela logo enxugou os olhos e observou os filhos de um jeito que só as mães são capazes.

– Ora, ora, que bela conversa quando é quase véspera de São Nicolau! Não é à toa que a linha cutuca meus dedos! Olhe, Gretel, pegue este centavo[13] e, enquanto Hans vai providenciar os patins, compre um bolo no mercado.

– Deixe-me ficar em casa com a senhora, mamãe – pediu Gretel, com os olhos cintilando por baixo das lágrimas. – Hans pode comprá-lo.

– Está certo, filha. Hans, espere um momento. Mais três voltas desta agulha e você terá um par de meias-calças tricotado com capricho, pois a lã

[13] O centavo holandês vale menos da metade de um centavo americano. (N.T.)

é firme, para vender ao lojista na rua Harengracht. Com isso, teremos três quartos de florins, se fizer um bom negócio. E, como é época de comer bem, poderá comprar quatro bolos. Celebraremos a festa de São Nicolau, enfim.

Gretel bateu palmas.

– Que bom! Annie Bouman me contou das bonitas festas nas casas grandes hoje à noite. Mas nós também ficaremos felizes. Hans terá patins bons e novos e comeremos bolo! Ah, não vá quebrá-los, meu irmão. Embrulhe bem, e guarde-os debaixo do casaco com muito cuidado.

– Claro – retrucou Hans, exultante de prazer e importância.

– Ah, mamãe! – chamou Gretel, maravilhada. – Logo você estará ocupada com o papai, mas agora está só tricotando. Conte-me sobre São Nicolau.

A senhora Brinker riu ao ver que Hans pendurou o chapéu, preparando-se para ouvir.

– Que bobagem, meus filhos – ela disse. – Já contei essa história tantas vezes.

– Conte de novo! Ah, por favor, de novo! – insistiu Gretel, atirando-se sobre o magnífico banco de madeira que o irmão tinha construído no último aniversário da mãe. Como não queria parecer infantil, mas desejava ouvir a história, Hans permaneceu de pé, balançando os patins diante da lareira.

– Bem, crianças, vamos lá. Mas não devemos desperdiçar a luz do dia novamente dessa maneira. Pegue seu novelo, Gretel, e mãos à obra, enquanto eu conto. Não precisa fechar as mãos para abrir os ouvidos. São Nicolau, vocês sabem, é um santo maravilhoso. Zela pelo bem-estar dos marinheiros, mas cuida principalmente de todos os meninos e meninas. Bem, certa vez, quando o santo ainda vivia na terra, um mercador da Ásia mandou seus três filhos para uma grande cidade chamada Atenas, onde fariam seus estudos.

– Atenas fica na Holanda, mamãe? – quis saber Gretel.

– Não sei, filha. Provavelmente, sim.

– Não, mamãe – interveio Hans, respeitoso. – Estudei isso em minha aula de geografia, algumas lições atrás. Atenas é na Grécia.

– Bem – retomou a mãe. – Que importa? Talvez a Grécia pertença ao rei, quem sabe? Enfim, esse rico mercador mandou os filhos para Atenas. Durante a viagem, pararam certa noite em uma hospedaria vagabunda, pretendendo seguir na manhã seguinte. Bem, eles possuíam roupas luxuosas, talvez de veludo e seda, como as crianças de famílias ricas no mundo inteiro, que nem se preocupam com isso, e tinham os cintos recheados de dinheiro. O perverso estalajadeiro bolou um plano para matar os garotos e pegar o dinheiro e as roupas bonitas. Então, naquela noite, enquanto todos dormiam, ele se levantou e assassinou os três rapazes.

Gretel juntou as mãos e estremeceu, mas Hans tentava demonstrar que matança e assassinato pareciam questões corriqueiras para ele.

– O pior não foi isso – continuou a senhora Brinker, tricotando devagar, na tentativa de contar os pontos enquanto falava. – Não, o pior veio depois. O malvado estalajadeiro cortou os corpos dos três em pedacinhos e os jogou em um tonel de água salina para preservar e vender como comida em picles!

– Oh! – gemeu Gretel, horrorizada, apesar de já ter ouvido a história antes. Hans permanecia imóvel e dava a impressão de achar que preservar carne como picles era o melhor procedimento naquelas circunstâncias.

– Pois é, o homem mau fez isso. E a gente pode pensar que aquela foi a última notícia que se tem dos jovens. Mas, não. Naquela noite, São Nicolau teve uma visão extraordinária, em que aparecia o estalajadeiro esquartejando os filhos do mercador. Nem precisou se apressar, sabem, pois era santo, mas de manhã foi até a estalagem e acusou o proprietário de assassinato. O perverso confessou tudo, do começo ao fim, e se ajoelhou a fim de pedir perdão. Ficou tão arrependido do crime que implorou ao santo que trouxesse os jovens de volta à vida.

– E o santo fez isso? – perguntou Gretel, maravilhada, ciente da resposta.

– Claro que sim. Os pedaços em conserva se rejuntaram imediatamente, e os três rapazes saltaram para fora do tonel. Prostraram-se aos pés de São Nicolau, e ele os abençoou. E… misericórdia! Hans, terá escurecido quando você voltar, se não sair agora mesmo!

A senhora Brinker ficou quase sem fôlego e não sabia mais o que dizer. Não se lembrava de alguma vez ter visto os filhos ociosos tanto tempo em plena luz do dia, e esse luxo a assustava. Para compensar, começou a correr pela sala com pressa extrema. Jogou um pedaço de turfa no fogo, soprou chamas invisíveis da mesa e entregou o trabalho de tricô já pronto a Hans, tudo ao mesmo tempo.

– Vamos, meu filho – disse, enquanto o garoto se detinha junto à porta. – O que está esperando?

Hans beijou-lhe a face rechonchuda, rósea e ainda bonita, a despeito de todas as dificuldades.

– Minha mãe é a melhor do mundo, e bem que eu gostaria de ter um par de patins, mas... – Enquanto abotoava o casaco, o rapaz olhou, incomodado, para uma estranha figura agachada em frente à lareira. – Se meu dinheiro pudesse trazer um *meester*[14] de Amsterdã para examinar meu pai, talvez encontrássemos uma solução.

– Nem pelo dobro dessa quantia os médicos viriam, Hans. E de nada adiantaria. Ah, quantos florins gastei para isso, mas seu pobre e bom pai não se recuperou. É a vontade de Deus. Vá, Hans, e compre os patins.

Hans saiu com o coração pesado, mas como era jovem e, no fundo, com alma de menino, em menos de cinco minutos começou a assobiar. A mãe lhe dirigira a palavra com tanto carinho que até um dia de mau tempo pareceria ensolarado.

Os holandeses não costumam trocar palavras afetivas, como fazem os franceses e os alemães. Mas a senhora Brinker trabalhara como bordadeira para uma família de Heidelberg, na Alemanha, quando era menina e aprendera com eles a usar em casa termos mais afetuosos, em momentos de extremo amor e ternura.

Por isso, o jeito carinhoso como se dirigira ao filho se refletia agora no assobio do rapaz, e o fazia acreditar que sua tarefa era abençoada.

---

[14] Médico, ou *dokter* em holandês, chamado *meester* pelas classes mais baixas. (N.T.)

Hans faz o certo

Broek, com suas ruas tranquilas, imaculadas, os riachos congelados, o calçamento de tijolos amarelos e as vistosas casas de madeira, estava perto. Era uma aldeia onde a elegância e a organização se destacavam, mas os moradores pareciam estar adormecidos ou mortos.

Não havia uma única pegada nas trilhas polidas, revestidas de pedregulhos e conchas que formavam belos desenhos. Todas as janelas estavam muito bem fechadas, como se a luz do sol e o ar fossem venenosos, e as pesadas portas de entrada jamais se abriam, exceto em dias de casamento, batizado ou funeral.

Nuvens serenas de fumaça de tabaco flutuavam através de esquinas ocultas, e as crianças, que poderiam acordar os adultos, estudavam em cantos reservados ou patinavam no canal das redondezas. Alguns pavões e uns poucos lobos decoravam os jardins, mas jamais desfrutavam a regalia de carne e sangue. Eram feitos de cercas de buxo e pareciam vigiar as propriedades com uma espécie de ferocidade vegetal. Certos bonecos de corda em forma de patos, damas, esportistas ficavam guardados nas casas de verão, esperando pela primavera, quando seriam acionados, rivalizando seus donos em animação; e os telhados de telhas brilhantes, os pátios em mosaico, e o acabamento polido das casas reluziam em uma homenagem silenciosa ao céu, onde jamais residiria um único grão de poeira.

Hans lançou um olhar sobre a aldeia, enquanto sacudia as *kwartjes* de prata, e se perguntou se seria verdade que, conforme diziam, alguns moradores de Broek eram tão ricos que usavam utensílios de cozinha feitos de ouro sólido. Já vira os queijos doces de *mevrouw* Van Stoop no mercado e sabia que a nobre senhora ganhava muitos florins de prata com a venda do produto. Mas ela deixava o creme endurecer em panelas de ouro? Usava peneiras de prata? Quando as vacas eram recolhidas no inverno, suas caudas ficavam amarradas com fitas?

Tais ideias lhe passavam pela cabeça quando ele virou o rosto na direção de Amsterdã, a menos de cinco milhas, do outro lado do Y[15]. O gelo sobre o canal era perfeito, mas os patins de madeira de Hans, que logo seriam descartados, guinchavam em uma despedida deprimente enquanto ele os raspava e deslizava pela superfície.

Ao atravessar o Y, quem ele viu patinando em sua direção? O próprio doutor Boekman, o médico e cirurgião mais famoso na Holanda. Hans não o conhecia pessoalmente, mas vira seu retrato em diversas vitrinas em Amsterdã. Era um rosto inesquecível. Magro e flácido, apesar de holandês, olhos azuis sérios e lábios comprimidos de um jeito estranho que pareciam dizer "Não é permitido sorrir", sem dúvida ele não era um personagem muito simpático ou sociável, nem o tipo de homem do qual um adolescente comportado quisesse se aproximar espontaneamente.

Mas Hans *era* espontâneo e dava atenção a uma voz que não costumava ignorar: de sua consciência.

– Lá vem o melhor médico do mundo – sussurrou a voz. – Foi enviado por Deus. Você não tem o direito de comprar patins, quando poderia com esse dinheiro buscar ajuda para seu pai!

Os patins improvisados de madeira emitiram um guincho exultante. Centenas de bonitos patins cintilavam e desapareciam no ar acima de Hans.

---

[15] Um braço do Zuider Zee congelado. (N.T.)]

Ele sentia o dinheiro tilintar nos dedos. O velho médico parecia assustadoramente enfezado e antipático. O coração de Hans subia até a garganta, mas ele encontrou força na voz para chamar, enquanto o doutor passava:

– *Mynheer* Boekman!

A imponente figura se deteve e, com o lábio inferior se movendo, lançou um olhar severo sobre o rapaz.

Hans não perdeu tempo.

– *Mynheer* – resfolegou, ao se aproximar do médico de aparência zangada. – Sei que só pode ser o famoso Boekman. Preciso lhe pedir um grande favor...

– Ora! – grunhiu o médico, preparando-se para se afastar do intruso. – Saia do caminho. Nunca dou dinheiro a pedintes.

– Não sou pedinte, *mynheer* – corrigiu Hans, orgulhoso, ao mesmo tempo exibindo seu dote de prata, confiante. – Só quero consultá-lo a respeito de meu pai. Está vivo, mas parece morto. Não pensa. Não consegue falar, mas não está doente. Ficou assim depois de uma queda dos diques.

– Como? Quer me explicar? – disse o médico, pronto para ouvir.

Hans contou toda a história, de maneira um tanto incoerente, deixando escapar um ou outro detalhe, e por fim terminando com um apelo:

– Por favor, vá vê-lo, *mynheer*. Fisicamente, está bem. O problema é a cabeça. Sei que esse dinheiro não é suficiente, mas aceite-o, *mynheer*. Ganharei mais, sei disso. Oh, posso trabalhar para o senhor a vida toda, se curar meu pai!

O que se passou com o velho doutor? Seu rosto se iluminou como se banhado de sol. Os olhos pareciam gentis e úmidos; a mão que segurava a bengala, pronta para desferir um golpe, pousou carinhosamente sobre o ombro de Hans.

– Guarde o dinheiro, garoto. Não o quero. Verei seu pai. Mas temo que não possa fazer nada. Há quanto tempo, você disse?

– Dez anos, *mynheer* – balbuciou Hans, radiante com uma súbita esperança.

– Ah, situação difícil. Mas irei vê-lo. Deixe-me pensar. Viajo hoje para Leyden e volto daqui a uma semana. Pode me esperar. Onde é?

– Uma milha ao sul de Broek, *mynheer*, perto do canal. É um chalé humilde, um tanto dilapidado. Qualquer criança da região poderá indicar a casa ao senhor – acrescentou Hans, com um suspiro profundo. – As crianças têm medo dela. Dizem que é o chalé do louco.

– Muito bem – disse o médico, despedindo-se com uma ríspida reverência, já de costas para Hans. – Estarei lá.

"Será inútil", pensou o doutor. "Mas gostei do garoto. Seus olhos me lembram os de meu pobre Lauren. Ora essa, jamais me esquecerei daquele jovem maroto!"

E com uma expressão mais severa que nunca seguiu em frente, silencioso.

Mais uma vez, Hans deslizava em direção a Amsterdã com seus patins de madeira improvisados. Mais uma vez, os dedos fizeram tilintar o dinheiro no bolso; e, mais uma vez, o assobio de garoto saiu-lhe inconscientemente dos lábios.

Deveria correr de volta para casa, dar a boa notícia, ou comprar os bolos e os novos patins antes? De repente, decidiu!

E Hans comprou os patins.

Apresentando Jacob Poot e seu primo

A véspera de São Nicolau foi divertida para Hans e Gretel. A lua brilhava, e a mãe dos jovenzinhos, embora não acreditasse muito na melhora do marido, estava tão feliz com a perspectiva da visita do *meester* que cedeu aos apelos dos dois para patinar por uma hora antes de irem dormir.

Hans adorou os novos patins e, ávido por mostrar a Gretel como "funcionavam" com perfeição, fez inúmeras peripécias, enquanto a pequena donzela batia palmas em solene admiração. Os dois não estavam sozinhos, embora parecessem não ser notados pelos diversos grupos reunidos no canal.

Os dois Van Holps e Carl Schummel se encontravam lá, testando ao máximo sua agilidade. De quatro ensaios, Peter van Holp ganhou três vezes. Consequentemente, Carl, nunca muito amigável, não estava de bom humor. Descontava a zanga no jovem Schimelpennick, que, por ser menor que os outros, acompanhava-os com timidez, sem se sentir realmente parte do grupo. De repente, uma nova ideia ocorreu a Carl; ou melhor, aproveitou-se de tal pensamento e incitou os amigos.

– Pessoal, vamos dar um basta aos dois jovens maltrapilhos do chalé do louco, que querem participar da corrida. Hilda deve ter enlouquecido só por considerar a possibilidade. Katrinka Flack e Rychie Korbes estão furiosas com a ideia de correr ao lado da menina; aliás, não as censuro. E quanto ao garoto, se somos homens de verdade, devemos desprezar a mera...

– Claro que somos! – interrompeu Peter van Holp, propositalmente interpretando de modo errôneo a intenção de Carl. – Quem duvida disso? Nenhum sujeito com um mínimo de virilidade se recusaria a deixar dois bons patinadores se inscreverem só porque são pobres!

Carl se virou, zangado.

– Pode parar, garoto! E lhe agradeço se não puser palavras em minha boca. É melhor não tentar isso de novo.

– Ha-ha! – riu o pequeno Voostenwalbert Schimmelpenninck, animado ante a perspectiva de uma briga e convicto de que, se terminasse em socos, seu favorito, Peter, derrotaria uma dúzia de nervosinhos como Carl.

Algo no olhar de Peter fez Carl se voltar contra um adversário mais fraco. Girou, furioso, na direção de Voost.

– O que está resmungando, vermezinho? Macaquinho magricela, com nome comprido como um rabo!

Uma meia dúzia de observadores e colegas de patinação aplaudiram, jubilosos, a tirada; e Carl, sentindo que derrotara os inimigos, recuperou parte do bom humor. Resolveu, contudo, adiar a trama contra Hans e Gretel até um momento em que Peter não estivesse por perto.

Nesse momento, seu amigo Jacob Poot foi visto aproximando-se. A princípio, não o distinguiram, mas, como era o garoto mais robusto na vizinhança, não havia como ignorar sua figura.

– Olá! Chegou o Gorducho! – exclamou Carl. – E acompanhado de um sujeito magro, um forasteiro.

– Ha-ha! É como um bom bacon – comentou Ludwig. – Parte carne magra e parte gordura.

– É o primo inglês de Jacob – interpôs-se o pequeno Voost, feliz por poder dar a informação. – Sim, inglês, e com um nome muito engraçado: Ben Dobbs. Vai ficar com ele até a grande corrida.

Até então os garotos vinham girando, deslizando e rolando, além de realizar outras proezas com os patins, mantendo as conversas em tons discretos; agora, porém, ficaram todos em silêncio, como que blindados contra o ar frio que parecia vir da presença de Jacob Poot e do estranho.

– Meu primo, pessoal – apresentou Jacob, meio ofegante. – Benjamin Dobbs. É um John Bull e participará da corrida.

Bem ao estilo da garotada, todos se aglomeraram em volta dos recém--chegados. Benjamin logo concluiu que os holandeses, apesar da fala enrolada, eram bons sujeitos.

Para me ater à verdade, explico que Jacob pronunciou o nome do primo como Penchamin Dopps, e o chamou de Shon Pull, mas, como traduzo cada palavra das conversas de nossos jovens amigos, nada mais justo que fazer as correções para a pronúncia inglesa correta. No primeiro contato, o jovem Dobbs se sentiu pouco à vontade entre os amigos do primo. Embora a maioria tivesse estudado inglês e francês, tinham vergonha de falar essas línguas, e ele cometeu erros engraçados na tentativa de conversar em holandês. Sabia que *vrouw* significa esposa; *ja*, sim; *spoorweg*, ferrovia; *kanaals*, canais; *stoomboot*, barco a vapor; *ophaalbruggen*, pontes levadiças; *buiten plasten*, casas de campo; *mynheer*, senhor; *tweegevert*, duelo ou "duas lutas"; *koper*, cobre; *zadel*, sela; mas não conseguia formar frases com essas palavras nem usar a longa lista de expressões que aprendera em seus "diálogos em holandês". Os temas eram úteis, mas jamais abordados pelos garotos. Como o coitado que aprendeu em Ollendorf a perguntar em alemão perfeito "Você viu a vaca vermelha de minha avó?", e ao chegar à Alemanha, descobriu que nunca haveria uma ocasião para inquirir a respeito desse animal interessante, Ben desenvolveu um forte desprezo por Jan van Gorp, um holandês que escreveu um livro em latim para provar que Adão e Eva falavam holandês, e mostrou um sorriso sábio quando seu tio Poot lhe garantiu que o idioma holandês tinha grande semelhança com o inglês, porém era muito, muito melhor.

Entretanto, o divertimento da patinação vence qualquer barreira linguística. Graças a isso, Ben logo sentiu que conhecia bem os garotos, e quando

Jacob (com um misto de francês e inglês, para alívio de Ben) contou-lhe sobre o grande projeto que planejavam, o primo foi capaz de reagir com um *ja*, ou um gesto afirmativo com a cabeça, de maneira bastante íntima.

O projeto *era* de fato grandioso, e haveria uma ótima oportunidade para realizá-lo; pois, além do feriado da Festa de São Nicolau, eles teriam quatro dias de folga enquanto a escola passava por uma faxina geral.

Jacob e Ben foram autorizados a patinar por um longo percurso, nada menos que o trecho entre Boek até Haia, capital da Holanda; ou seja, uma distância de cinquenta milhas[16]!

– E agora, pessoal – continuou Jacob, após explicar o plano –, quem virá conosco?

– Eu! Eu! – clamaram os garotos, entusiasmados.

– Eu também! – aventurou-se o pequeno Voostenwalbert.

– Ha-ha! – riu Jacob muito alto, com as mãos nos flancos rechonchudos, as bochechas balançando. – *Você?* Assim tão pequenino? Ora, meu menino, nem largou as almofadas ainda!

Na Holanda, crianças muito novas usam uma almofada em volta da cabeça, revestida de uma estrutura de osso de baleia e uma fita, para protegê-las caso caiam; é a linha divisória entre a fase de bebê e a infância, quando finalmente a deixam. Voost já alcançara tal dignidade anos antes. Portanto, o insulto de Jacob era grande demais para ele suportar.

– Cuidado com o que fala! – grunhiu. – Sorte sua se um dia largar essas almofadas do corpo inteiro!

Todos riram muito, exceto o jovem Dobbs, que não compreendeu. O próprio Jacob, bem-humorado, riu mais que qualquer outro.

– Ele disse que sou gordo, que tenho almofadas no corpo inteiro – ele explicou a Ben, em inglês sofrível.

Enfim, foi unânime o voto para permitir que Voost se juntasse ao grupo, desde que seus pais consentissem.

---

[16] A referência nesta história é a milha inglesa, isto é, 1.609 quilômetros; a holandesa é quatro vezes maior.

– Boa noite! – despediu melodiosamente o garotinho feliz, enquanto deslizava para casa, com toda a sua agilidade possível.

– Boa noite!

– Podemos parar em Haarlem, Jacob, para mostrar ao seu primo o grande órgão – sugeriu Peter Van Holp, animado. – E em Leyden também, pois as paisagens são infinitas, e passar um dia e uma noite em Haia, onde mora minha irmã casada. Ela vai adorar nos receber. E, na manhã seguinte, voltamos para casa.

– Certo! – concordou Jacob, que não era de falar muito.

Cada vez mais admirado do irmão, Ludwig o observava.

– Parabéns, Pete! Ninguém bola planos como você! Mamãe ficará feliz quando lhe dissermos que vamos visitar a mana Van Gend. Puxa, está frio – emendou. – Frio de arrancar a cabeça dos ombros. É melhor irmos para casa.

– E qual o problema com o frio, senhor pele-macia? – implicou Carl, ocupado em fazer um passo que ele chamava de "dupla borda". – Nem poderíamos patinar agora, se estivesse quente como em dezembro passado. Não sabe que, sem esse frio extra e prematuro, não poderíamos ir?

– Só sei que a noite será extrafria – resmungou Ludwig. – Uhhh! Vou embora!

Peter van Holp tirou do bolso um relógio volumoso, segurou-o contra a luz do luar pelo tempo que seus dedos amortecidos permitiam, e anunciou:

– Ei! São quase oito horas! Logo é a hora de São Nicolau, e quero ver os olhinhos esbugalhados dos pequenos. Boa noite!

– Boa noite! – responderam todos em uníssono, e partiram cantarolando, gritando e rindo, enquanto deslizavam pelo gelo.

Onde estavam Gretel e Hans?

Ah, como a alegria parece acabar logo!

Os dois haviam patinado por uma hora, longe dos demais, satisfeitos na companhia um do outro, e Gretel exclamara:

– Ah, Hans, que lindo! Que gostoso! Nós dois com patins de verdade! É como lhe digo: a cegonha nos trouxe sorte!

Mas, de repente, ouviram algo.

Um grito… Um grito abafado! Ninguém mais no canal percebeu, mas Hans sabia o significado muito bem. Gretel o viu empalidecer sob o luar, enquanto se apressava em tirar os patins.

– O papai! – o garoto exclamou. – Assustou nossa mãe!

E Gretel correu atrás do irmão em direção ao chalé, o mais rápido que pôde.

A festa de São Nicolau

Como sabemos, antes que a árvore de Natal entrasse para os lares em nosso país, certo "velho elfo risonho", puxado por "oito renas minúsculas", chegava em seu trenó cheio de brinquedos aos telhados das casas, descia pela chaminé e enchia as meias penduradas na lareira. Os amigos desse elfo o chamavam de Santa Claus, ou Papai Noel, e os mais íntimos se referiam a ele como o "Velho Nick". Diziam que era originário da Holanda. Sem dúvida, era mesmo; e, como muitos outros estrangeiros, mudou muito após aportar em nossas praias. Na Holanda, São Nicolau é um autêntico santo, que costuma aparecer paramentado, com túnicas bordadas e brilhantes de tantas joias e ouro, mitra, cajado e luvas ornamentadas. Na América, o Papai Noel chega espalhafatoso no dia 25 de dezembro, nossa santa manhã de Natal. Mas, na Holanda, São Nicolau visita a terra no dia 5, ocasião especial para ele. No começo da manhã do dia 6, ele distribui doces, brinquedos e tesouros e depois desaparece por um ano.

Para os holandeses, o Dia de Natal é dedicado a ritos nas igrejas e visitas agradáveis entre familiares. É na véspera que os jovens quase enlouquecem de alegria e expectativa. Para alguns, é um tempo um pouco triste, pois o santo, sempre muito franco, repreende aqueles que se comportaram mal durante o ano. Às vezes, traz uma vara de marmelo sob o braço e aconselha os pais a darem bronca em vez de guloseimas, e uma surra no lugar dos brinquedos.

Era natural, portanto, que os garotos se apressassem de volta às suas casas naquela bonita noite de inverno, pois, em menos de uma hora, o santo apareceria em metade dos lares da Holanda. Ele visitava o palácio do rei e, ao mesmo tempo, aparecia no confortável lar de Annie Bouman. Provavelmente um de nossos meio-dólares de prata compraria tudo o que a santidade deixava na casa do camponês Bouman; mas meio-dólar às vezes pode fazer pelos pobres o que centenas de dólares não proporcionam aos ricos: deixá-los felizes e gratos, além de lhes trazer paz e amor.

As irmãs e os irmãos mais novos de Hilda van Gleck passavam uma noite de grande exultação e expectativa. Tiveram permissão de entrar na grande sala; vestiam suas melhores roupas e cada um ganhou dois bolos no jantar. Hilda estava alegre como todos os outros. Por que não estaria? São Nicolau jamais excluiria de sua lista uma menina de catorze anos só por ser alta e parecer uma mulher. Pelo contrário, provavelmente faria questão de honrar uma donzela tão majestosa. Quem podia saber? Assim, ela brincava, ria e dançava com o mesmo entusiasmo dos irmãos mais novos e era a alma de todas as brincadeiras. O pai, a mãe e a avó aprovavam o que viam, assim como o avô, antes de abrir o grande lenço vermelho sobre o rosto, deixando apenas o topo da touca visível. Aquele lenço era a insígnia do sono.

Mais cedo naquela noite, todos participaram da diversão. Na alegria geral, a única diferença era o tamanho entre o avô e o bebê. Aliás, o sinal de solene expectativa, de vez em quando discernível nos rostos dos membros mais jovens da família, os fazia parecer mais sérios que os adultos.

O espírito de diversão reinava supremo. As próprias chamas dançavam e crepitavam atrás da grade polida. Um par de velas pristinas, de frente para a lâmpada astral, começou a piscar para outras velas nos distantes espelhos. Havia uma longa corda de sino suspensa do teto no canto da sala, feita de contas de vidro encrustadas em um cordão da largura de um punho. Costumava ficar pendurada na sombra, imperceptível, mas naquela noite ela cintilava de um extremo a outro. O cabo de vidro carmesim projetava raios vermelhos no papel de parede, convertendo suas listras azuis em roxas. Os transeuntes paravam para captar os risos de júbilo no ar, que atravessavam as cortinas e iam até a rua, mas logo retomavam o caminho, com a agradável surpresa de que a aldeia estava plenamente desperta. De repente, a diversão se tornou tão ruidosa que o lenço do velho senhor foi puxado de cima de seu rosto. Que cavalheiro idoso e decente dormiria em meio a tal balbúrdia! Espantado, *mynheer* Van Gleck observou os filhos. Até o bebê mostrava sintomas de euforia. Estava na hora de pôr mãos à obra. A senhora sugeriu que, se quisessem ver o bom São Nicolau, deveriam cantarolar o mesmo convite adorável que o atraíra no ano anterior.

O bebê arregalou os olhos e enfiou o punho na boca, enquanto *mynheer* o assentava no chão. Dali a pouco, a criança se endireitou e dirigiu um olhar meigo à assembleia. Com as rendas e bordados, e a coroa de fitas azuis e o osso de baleia (pois ainda não passara da idade de levar tombos), ele parecia o rei dos bebês.

As outras crianças, cada uma com um bonito cesto de vime, formaram um círculo imediatamente e se moveram devagar em volta do pequenino, erguendo os olhos, pois o santo a quem iam recorrer ainda tinha um paradeiro misterioso.

A senhora começou a tocar o piano, delicada. Logo, as vozes se elevaram, suaves, jovens, ainda mais meigas em sua vibração:

Bem-vindo, amigo! São Nicolau, bem-vindo!
Não nos traga a vara nesta noite especial,
Em que nossas vozes o saúdam, bem-vindo,
E nosso coração se ilumina, jovial!

Diga-nos onde erramos,
Repreenda-nos, escutamos,
E assim cantamos, cantamos,
Para que nos diga aonde vamos!

Bem-vindo, amigo! São Nicolau, bem-vindo!
Bem-vindo a esta feliz nação!
Crianças felizes o saúdam, bem-vindo!
É a alegria nesta imensidão!

Encha as mãos e os cestos vazios
Destes pequeninos, que, se antes fugidios,
Agora só querem cantar e cantar
E de seus presentes se fartar!

Durante a cantiga, os mais diversos olhares, entre entusiasmados e temerosos, eram dirigidos às portas dobráveis polidas. De repente, ouviu-se uma forte batida. O círculo se dispersou no mesmo instante. Alguns dos pequenos, com uma estranha mistura de medo e prazer, se comprimiram contra o joelho da mãe. O avô se inclinou para a frente, pousando o queixo na mão; a avó ergueu os óculos; *mynheer* Van Gleck, sentado perto da lareira, lentamente tirou o cachimbo de espuma da boca, enquanto Hilda e as outras crianças se assentavam ao lado dele.

A batida à porta se repetiu.

– Pode entrar – disse a senhora, em tom discreto.

A porta se abriu lentamente, e São Nicolau, em pleno aparato, apareceu diante deles.

Podia-se ouvir a queda de um alfinete.

E, então, ele falou. Que voz misteriosa e nobre! Que tom de bondade!

– Karel van Gleck, tenho prazer em cumprimentar você e sua honorável *vrouw* Kathrine, e seu filho e sua bondosa *vrouw* Annie! Meus jovens, cumprimento a todos! Hendrick, Broom, Katy, Huygens e Lucretia! E seus primos, Wolfert, Diedrich, Mayen, Voost e Katrina! Foram bons meninos e boas meninas desde que os vi pela última vez. Diedrich foi rude na feira de Haarlem no último outono, mas vem tentando se redimir. Mayken não vai muito bem nas lições, comeu doces e guloseimas demais e guardou pouquíssimos *stivers* em sua caixinha. Diedrich, penso que será um rapaz digno e educado no futuro e Mayken se esforçará para melhorar nos estudos. Também deve se lembrar que economia e parcimônia são necessárias para as bases de uma vida digna e generosa. A pequena Katy foi cruel mais de uma vez com o gato. São Nicolau ouve o gemido do gato quando alguém puxa a cauda dele. Mas a perdoará se ela se lembrar de que mesmo as menores e mais tolas criaturas têm sentimentos e não devem ser maltratadas.

Assustada, Katy começou a chorar, e o santo permaneceu em silêncio até os outros conseguirem acalmá-la.

– Menino Broom – ele voltou a falar. – Quero avisá-lo que meninos com o hábito de colocar rapé no aquecedor de pés da professora podem cedo ou tarde levar uma boa surra.

O pequeno Broom corou, com os olhos arregalados de susto.

– Mas como é um estudante excelente, não o repreenderei.

– Você, Hendrick, se destacou no torneio de arquearia na primavera passada e acertou o alvo, apesar de o pássaro ter passado na frente e atrapalhado sua visão. Dou-lhe crédito por se sair tão bem em esportes e exercícios viris, embora não aprove suas corridas de barco, pois toma o tempo de seus estudos mais apurados. Lucretia e Hilda terão um sono abençoado hoje à noite. A consciência de serem gentis com os pobres, de sua alma devota, e da obediência correta e bem-disposta às regras da casa as deixará felizes.

E para concluir, o santo declarou:

– Estou muito satisfeito com todos. Bondade, empenho, benevolência e economia imperam entre vocês. Portanto, deixo minhas bênçãos, e que o ano novo encontre-os seguindo os caminhos da obediência, sabedoria e amor. Amanhã, terão provas mais substanciais de que passei por aqui. Adeus!

Com essas palavras, veio uma chuva de ameixas doces sobre uma toalha de linho aberta diante das portas. A correria foi geral. As crianças quase tropeçavam umas nas outras, ansiosas para encherem os cestos. A senhora segurou com cautela o bebê no meio delas, até os pequeninos e rechonchudos punhos se encherem. Em seguida, o mais valente dos pequenos pulou e escancarou as portas fechadas. Em vão, tentaram espiar o interior do misterioso cômodo. São Nicolau não estava lá.

Dali a alguns instantes, houve uma corrida geral para a outra sala, onde estava posta uma mesa com a mais bela toalha de linho branco. Cada criança, agitada de tanta expectativa, colocou sobre ela um sapato. A porta foi trancada, e a mãe guardou a chave em seu quarto. Em seguida, vieram os beijos de boa-noite, uma enorme procissão da família até o andar superior, despedidas diante das portas dos quartos, e por fim reinou o silêncio na mansão Van Gleck.

Bem cedo na manhã seguinte, a porta foi solenemente destrancada e aberta na presença da família reunida. Eis que a cena, então, comprovou que São Nicolau era um santo de palavra!

Todos os sapatos transbordavam, e ao lado de cada um havia diversas pilhas coloridas. A mesa estava repleta de presentes: doces, brinquedos, bijuterias, livros e outros artigos. Todos ganharam presentes, desde o avô até o bebê.

A pequena Katy bateu palmas de júbilo e jurou para si que nunca mais causaria qualquer desconforto ao gato.

Hendrick saltitava pela salta, acenando com um soberbo conjunto de arco e flechas acima da cabeça. Hilda ria, alegre, ao abrir uma caixa escarlate e tirar de dentro seu conteúdo brilhante. Os demais riam, celebravam e exclamavam "Oh!" e "Ah!" diante de seus tesouros, exatamente como fizemos na América no Natal passado.

Com um colar reluzente nas mãos e uma pilha de livros nos braços, Hilda correu até os pais e aproximou o rosto para um beijo. Em seus olhos havia um brilho tão sincero, carinhoso, que a mãe suspirou uma bênção ao se curvar.

– Adorei este livro. Obrigada, papai – ela disse, tocando o de cima da pilha com o queixo. – Vou lê-lo o dia inteiro.

– Sim, querida – disse *mynheer*. – Nada poderia ser melhor. Não existe ninguém como o velho Cats. Se minha filha aprender os "Emblemas Morais" de cor, sua mãe e eu não precisaremos dizer mais nada. Esta obra que ganhou é *Emblemas*, a melhor dele. Verá que tem ilustrações lindas de Van de Venne.

Já que a última capa do livro não era visível, *mynheer* certamente demonstrava uma incrível familiaridade com um volume não aberto, presenteado por São Nicolau. Também parecia estranho que o santo tivesse encontrado algumas coisas feitas pelos filhos mais velhos e as colocado sobre a mesa, com etiquetas que tinham os nomes dos pais e avós. Mas tudo isso era absorvido na enorme felicidade, e as inconsistências passavam despercebidas. Hilda viu no rosto do pai a expressão de êxtase que era típica sempre que citava Jakob Cats[17]. Por isso, ela colocou os livros na mesa e se preparou para escutá-lo.

– O velho Cats, minha filha, foi um grande poeta, não um dramaturgo como Shakespeare, seu contemporâneo. Li as peças de Shakespeare em alemão e são muito boas. Mas não como a obra de Cats. Cats não vê adegas no ar, não apresenta mulheres apaixonadas por vales sombrios; nele não vemos rapazes tolos que gostariam de ser as luvas de uma moça nem príncipes loucos que confundem cavalheiros idosos e respeitáveis com ratazanas. Não, não. Ele escreve com bom senso. Grande sabedoria em pequenas porções, uma para cada dia de sua vida. Você pode entrar em êxtase com os poemas de Cats e ninar um bebê com suas lindas canções. Ele foi um dos maiores homens da Holanda. Quando você for a Haia comigo, vou lhe mostrar o Kloosterkerk[18] onde ele está sepultado. Ali jaz um personagem para vocês estudarem, meus filhos! Homem bom do começo ao fim. Como ele dizia mesmo?

Oh, Senhor, permite-me de Ti isto receber:
Vida com paciência e morte com prazer!

[O Heere! laat my daat van uwen hand verwerven,
Te leven met gedult, en met vermaak te sterven.]

---

[17] Jacob Cats foi um poeta, humorista, jurista, diplomata e político neerlandês. É conhecido pelos seus livros de emblemas. Em Cats, o hábito genuíno neerlandês de pensamento, o espírito utilitário e didático atingiu o seu apogeu de fluência e popularidade.

[18] Mosteiro. (N.T.)

"Paciência significava ficar de braços cruzados? Não. Ele era advogado, estadista, embaixador, fazendeiro, filósofo, historiador e poeta. Foi o porta-voz do Grande Selo da Holanda! Foi... Ora, há tanto barulho aqui que não consigo falar."

E *mynheer*, atônito ao notar que a tigela de *meerschaum* já se esvaziara, acenou com a cabeça para sua *vrouw* e saiu da sala, apressado.

Na verdade, a preleção fora acompanhada o tempo todo por um coro misto de latidos, miados e balidos, sem falar do chocalho de marfim que o bebê sacudia com infinito deleite. Por fim, o pequeno Huygens, aproveitando-se dos tons cada vez mais altos de *mynheer*, aventurou-se a soprar seu novo trompete, enquanto Wolfert se apressava na tentativa de acompanhá-lo com o tambor. Foi o auge da crise, para a alegria dos pequenos. O santo não tinha trazido ingressos para assistirem a uma palestra sobre Jakob Cats. Não fazia parte da cerimônia. Assim, quando as crianças viram que a mãe não parecia assustada nem ofendida, criaram coragem. O grande coro se ergueu, triunfante, e as brincadeiras e diversões reinaram supremas.

Bondoso São Nicolau! Pelo bem dos jovens holandeses, estou disposta a reconhecê-lo e defender sua realidade contra todos os descrentes.

Carl Schummel passou o dia todo ocupado em revelar às crianças, em tom confidencial, que não fora São Nicolau, e sim seus pais e mães que haviam feito o oráculo e enchido a mesa de presentes. Mas *nós* sabemos que ele estava errado.

Entretanto, se era mesmo um santo, por que não visitou o chalé dos Brinkers naquela noite? Por que aquela casa, tão escura e triste, foi ignorada?

O que os meninos viram e fizeram em Amsterdã

– Todos presentes? – indagou Peter, animadíssimo, enquanto o grupo se reunia no canal, bem cedo pela manhã, equipados para a jornada de patinação. – Deixem-me ver. Como Jacob me nomeou capitão, preciso fazer a chamada. Carl Schummel está aqui?

– Sim!

– Jacob Poot?

– Sim!

– Benjamin Dobbs?

– S-sim!

– Lambert van Mounen?

– Sim!

– Muito bom. Não poderíamos ir sem *você*, pois é o único que fala inglês. Ludwig van Holp?

– Sim!

– Voostenwalbet Schimmelpenninck?

Nenhuma resposta.

– Ah, o pequeno safado não pôde sair de casa! Bem, pessoal, são oito horas em ponto. O clima está ótimo, e o Y, firme como rocha. Chegaremos a Amsterdã em trinta minutos. Um, dois, três, JÁ!

De fato, em menos de meia hora haviam atravessado um dique de alvenaria sólida e se encontravam bem no coração da grande metrópole da Holanda: uma cidade com noventa e cinco ilhas e quase duzentas pontes, cercada por muralhas. Apesar de Ben já a ter visitado duas vezes desde que chegara ao país, tinha ainda muito com que se deslumbrar, mas seus colegas holandeses, moradores próximos da cidade, consideravam-na o local mais comum do mundo. Ben achava tudo interessante: as casas altas com chaminés bifurcadas e telhados inclinados de frente para a rua; os armazéns dos mercadores, construídos no alto, abaixo do telhado das residências, com seus guindastes longos e parecidos com braços, içando ou baixando as mercadorias enquanto passavam diante das janelas das casas; os grandiosos edifícios públicos erguidos sobre palafitas de madeira em terrenos pantanosos; as ruas estreitas; os canais que atravessam a cidade em todos os lugares; as pontes; as comportas; os trajes variados; e o mais estranho de tudo, lojas e moradias acocoradas rente às fachadas das igrejas, com chaminés longas e desproporcionais que se erguem ao longo dos muros sagrados.

Quando olhava para cima, ele via casas altas e inclinadas que pareciam perfurar o céu com seus telhados brilhantes. Para baixo, a rua estranha, sem interseções ou sarjeta. Nada separava a rua de pedras da calçada de tijolos. E, se Ben pousasse os olhos no meio do caminho, veria complicados espelhinhos (*spionnen*) afixados no lado de fora de quase toda janela, dispostos de maneira que os moradores das casas podiam observar tudo o que se passava na rua ou verificar quem batia à porta, sem serem vistos.

Às vezes, uma carroça carregada de produtos de madeira passava por ele; em seguida, um burro de carga com um par de alforjes cheios de cerâmica ou vidro; depois, era a vez de um trenó puxado sobre as pedras lisas da rua (era posto ali um óleo pegajoso para facilitar a passagem); e por último, talvez, uma suntuosa, porém desajeitada carruagem de família, puxada pelos cavalos mais marrons de Flandres, que sacudiam de um lado para outro as caudas brancas como neve.

A cidade estava toda enfeitada para a festa. Cada loja se ornamentara em homenagem a São Nicolau. O capitão Peter foi obrigado a ordenar aos homens, mais de uma vez, que resistissem à tentação das vitrines, pois exibiam tudo quanto era tipo de brinquedo já imaginado ou existente. A Holanda é famosa por esse ramo de manufatura. Qualquer coisa pode ser copiada em miniatura para o deleite das crianças; os intrincados brinquedos mecânicos que os pequeninos holandeses sacolejam por todos os lados, sem a menor preocupação, criaria um pandemônio em nosso departamento de patentes. Ben chegava mesmo a rir de algumas miniaturas de barcos pesqueiros. Eram muito pesadas, apesar de minúsculas, bem ao estilo das embarcações esquisitas que vira nas cercanias de Roterdã. Os diminutos *trekschuiten*, porém, com poucos mais de trinta centímetros de comprimento e plenamente equipados, faziam doer seu coração. Queria comprar um imediatamente para seu irmãozinho na Inglaterra. Mas não tinha dinheiro extra, pois, com a devida prudência holandesa, o grupo concordara em levar consigo apenas a soma necessária para as despesas de cada garoto e confiar a bolsa aos cuidados de Peter. Portanto, o jovem Ben resolveu dedicar todas as suas energias à mera observação e pensar o menos possível no pequeno Robby.

Fez uma visita rápida à escola marítima e invejou os estudantes pelo brigue de pleno velame e pelos sacos de dormir pendurados sobre os baús ou armários; espiou o Setor Judaico da cidade, onde os ricos lapidadores de diamantes e os esquálidos e velhos alfaiates moram, e tomou a sábia decisão de se afastar dali; também aproveitou para dar uma rápida olhada nas quatro principais avenidas de Amsterdã: Prinsengracht, Keizersgracht, Herengracht e Singel. Elas são de formato semicircular, e as três primeiras têm em média mais de duas milhas de extensão. Cada uma é atravessada por um canal, com uma rua bem pavimentada dos dois lados, onde se veem edifícios majestosos. Fileiras de olmos desfolhados margeiam o canal e projetam uma rede de sombras sobre sua superfície congelada.

Tudo era tão limpo e brilhante que Ben disse a Lambert que parecia uma pureza petrificada.

Felizmente, estava frio o suficiente para impedir a costumeira lavação das ruas e das janelas; do contrário, os garotos teriam se ensopado mais de uma vez. Varrer, lavar e esfregar são as paixões das donas de casa holandesas, e manchar suas mansões imaculadas é quase um crime. Em todos os lugares, sente-se um desprezo profundo por aqueles que não raspam as solas dos sapatos até brilharem, antes de cruzar a soleira de uma porta. Em algumas localidades, espera-se que os visitantes tirem os sapatos pesados antes de entrar.

Em suas memórias sobre *O que se passou no Cristianismo entre 1672 e 1679*, *sir* William Temple conta a história de um pomposo magistrado que visitava uma senhora em Amsterdã. Uma garota holandesa abriu a porta e lhe disse, de um só fôlego, que a patroa estava e os sapatos deles não pareciam muito limpos. Sem mais uma palavra, ela agarrou o homem estupefato com os dois braços, colocou-o sobre as costas, carregou-o através de duas salas, soltou-o diante da escadaria, apanhou um par de chinelos que lá ficava e os deu para o visitante. Só então a jovem explicou que a senhora estava no piso superior e ele podia subir.

Enquanto Ben patinava com os amigos sobre as ruas abarrotadas da cidade, achava difícil crer que os sonolentos holandeses à sua volta, fumando cachimbo tranquilamente e com a aparência de quem nem resistiria se alguém lhes derrubasse o chapéu, fossem capazes daqueles levantes ocorridos na Holanda, que fossem conterrâneos daqueles heróis valentes e dedicados, sobre os quais ele lera na história do país.

Enquanto o grupo deslizava suavemente, Ben falou a Van Mounen de um ritual de sepultamento ocorrido em 1696, quando as mulheres e crianças saíram às ruas, assim como os homens, e formaram uma simulada procissão fúnebre pela cidade, a fim de mostrar aos burgomestres que certos novos regulamentos acerca dos enterros não seriam aceitos; e a multidão acabou ficando tão incontrolável e ameaçadora de estragos na cidade que os burgomestres retiraram a lei ofensiva.

– É aquela esquina – anunciou Jacob, apontando para grandes edifícios onde, mais ou menos quinze anos atrás, as grandes casas de milho afundaram na lama. Eram resistentes, construídas sobre boas palafitas, mas armazenavam mais de três milhões e cem mil quilos de milho e não aguentaram.

Era uma história comprida e Jacob parou para descansar.

– Como sabe que havia tanto milho assim? – perguntou Carl, ferino. – Ainda usava fraldas naquela época.

– Meu pai sabe tudo a respeito disso – foi a resposta sugestiva de Jacob. Com um esforço para se levantar, continuou: – Ben gosta de pinturas. Mostre-lhe algumas.

– Certo – disse o capitão.

– Se tivéssemos tempo, Benjamin – interpôs-se Lambert van Mounen em inglês –, gostaria de levá-lo à Prefeitura, ou Stadhuis. Tem de ver as estruturas que a sustentam! Quase catorze mil colunas, fincadas a vinte e três metros de profundidade. Mas o que quero mesmo que veja é o grande quadro de Van Speyk explodindo seu navio. Linda pintura.

– Van *quem*? – perguntou Benjamin.

– Van Speyk. Não se lembra? Estava no auge de um acordo com os belgas, até descobrir que queriam dominá-lo e capturar sua embarcação. Então, preferiu explodir o navio e a si próprio, em vez de se entregar ao inimigo.

– Mas esse não foi Van Tromp?

– Ah, não. Van Tromp foi outro sujeito valente. Há um monumento em homenagem a ele em Delftshaven, o local de onde os Peregrinos desembarcaram para a América.

– Foi um grande almirante holandês, não foi?

– Sim, participou de mais de trinta combates marítimos. Derrotou os espanhóis e um inglês, e amarrou uma vassoura em seu mastro para mostrar que tinha varrido os ingleses do mar. Não é fácil vencer um holandês, meu garoto!

– Espere um pouco! – exasperou-se Ben. – Com vassoura ou sem vassoura, os ingleses o derrotaram, no fim. Lembro-me agora. Foi morto em algum lugar da costa holandesa, em uma batalha na qual a frota inglesa saiu vitoriosa. Uma pena – acrescentou, maldoso. – Não é?

– Onde estamos? – desconversou Lambert após raspar a garganta. – Ei! Os outros nos passaram. Exceto Jacob. Puxa, como ele é gordo! Não aguentará metade do caminho.

Claro que Ben gostava de patinar ao lado de Lambert, que, apesar de fiel holandês, estudara perto de Londres e falava inglês com a mesma fluência que holandês, mas não achou ruim quando o capitão Van Holp anunciou:

– Tirem os patins! Chegamos ao museu!

Estava aberto e a entrada era gratuita naquele dia. Entraram arrastando os pés, como costumam fazer os garotos em brincadeira, sempre que podem, só para ouvir o som dos sapatos no chão polido.

Esse museu é, na verdade, uma galeria de arte onde são exibidas algumas das maiores obras dos mestres holandeses, além de quase duzentos portfólios de gravuras raras.

Ben logo notou que alguns quadros estavam pendurados em painéis fixos à parede com dobradiças. Podiam ser movidos como as venezianas de uma janela, o que permitia que a pintura fosse vista sob a melhor luz. O arranjo servia perfeitamente para exibir uma pequena coleção de Gerard Douw, chamada "Escola Noturna", e os garotos puderam observar os toques belíssimos e a maneira magnífica como o quadro parecia iluminado através das próprias janelas da pintura. Peter ressaltou as belezas de outro quadro de Douw, chamado *O eremita*, e contou aos amigos histórias interessantes do artista, que nasceu em Leyden, em 1613.

– Três dias pintando um cabo de vassoura! – espantou-se Carl, enquanto o capitão dava exemplos da extrema vagarosidade de execução por parte de Douw.

– Sim, três dias. E dizem que passou cinco até terminar uma mão no retrato de uma moça. Vejam a clareza e os detalhes mínimos em tudo neste quadro. As obras ainda em andamento eram guardadas com grande cuidado, e os materiais de pintura, armazenados em caixas hermeticamente fechadas logo que ele parava de usá-los. Segundo todos os relatos, o próprio estúdio devia ser tão bem fechado quanto uma caixa de chapéu. O artista sempre entrava na ponta dos pés, além de se sentar e permanecer imóvel, antes de começar o trabalho, até a última partícula de poeira provocada por seus passos se assentar. Li em algum lugar que seus quadros ficam ainda mais belos se observados com uma lupa. Ele forçava tanto os olhos com o toque final que teve de usar óculos antes dos trinta anos. Aos quarenta, mal enxergava para pintar, e não conseguia encontrar um par de óculos em lugar algum que lhe fosse útil nesse sentido. Por fim, uma alemã idosa e pobre pediu que experimentasse os dela. Serviram perfeitamente, e ele pôde continuar pintando como sempre.

– Ora essa! – exclamou Ludwig, indignado. – Que mau negócio! Como *ela* se virou sem os óculos?

– Ah – disse Peter, rindo. – Provavelmente tinha outro par. Seja como for, a mulher insistiu para que ele os aceitasse. O pintor ficou tão grato que fez um quadro dos óculos para ela, com estojo e tudo, e ela o vendeu a um burgomestre por uma renda anual que lhe permitiu viver com conforto até o fim de seus dias.

– Pessoal! – chamou Lambert, em um sussurro. – Venham ver esta "Caça ao Urso".

Era um belo quadro de Paul Potter, artista holandês do século XVII, que produziu obras excelentes antes mesmo de completar dezesseis anos. Os garotos admiraram a pintura porque o tema era do interesse deles. Passaram sem dar atenção às obras-primas de Rembrandt e Van der Helst e se divertiram a valer diante com uma obra feia de Van der Venne, que representava uma batalha marítima entre holandeses e ingleses. Também se detiveram, fascinados, diante de uma pintura de dois garotinhos: um tomava sopa e o outro comia um ovo. O maior mérito desse quadro era o fato de o jovem comedor de ovo gentilmente lambuzar o rosto com a gema para a diversão dos garotos que agora o viam.

Uma representação excelente da "Festa de São Nicolau", a atração seguinte, teve a honra de atraí-los.

– Veja, Van Mounen – Ben disse a Lambert. – Pode existir coisa melhor que o rosto desse menino? Ele parece *saber* que merece uma surra, mas espera que São Nicolau não descubra isso. Este é o tipo de quadro que admiro; uma cena contando uma história.

– Pronto, pessoal! – chamou o capitão. – Dez horas e precisamos ir.

Apressaram-se até o canal.

– Ponham os patins! Todos prontos? Um, dois... Ei! Onde está Poot?

De fato, onde *estava* Poot?

Uma abertura quadrada recente era visível no gelo, a menos de dez jardas deles. Peter a observou e patinou rapidamente naquela direção.

Claro que os demais o seguiram.

Peter espiou dentro da abertura. Todos os imitaram. Depois, entreolharam-se, aflitos.

– Poot! – gritou Peter, após olhar de novo no buraco.

Tudo quieto. A água preta não dava sinal; já começava a cristalizar em cima.

Com ar de mistério, Van Mounen se voltou para Ben:

– Ele já não teve uma convulsão certa vez?

– Meu Deus, sim! – respondeu Ben, apavorado.

– Pode crer que aconteceu de novo, no museu!

Os garotos entenderam. Todos os patins foram tirados com um piscar de olhos. Peter teve a presença de espírito de encher um boné com água do buraco, e todos se apressaram para o resgate.

Realmente, encontraram o pobre Jacob se convulsionando: mas era uma convulsão de sono. Estava deitado em um recesso da galeria, roncando como um soldado! O coro de risos seguiu-se a essa descoberta e atraiu um funcionário irritado ao local.

– Podem parar com essa barulheira! Você, barril de cerveja, acorde!

E o jovem Jacob foi sacudido sem a menor cerimônia.

Ao notar que a condição de Jacob não era séria, Peter correu para a rua e esvaziou seu desafortunado boné. Enquanto o forrava com o lenço para impedir que a coroa já congelada lhe tocasse a cabeça, os outros meninos saíram, arrastando no meio o aturdido e indignado Jacob.

Mais uma vez, foi dada a ordem de saída. O jovem Poot já estava devidamente acordado. Embora o gelo se mostrasse áspero e quebradiço ali, todos os garotos tinham o ânimo renovado.

– Será melhor irmos pelo canal ou pelo rio? – perguntou Peter.

– Ah, pelo rio, com certeza – disse Carl. – Será divertido. Dizem que é perfeito para patinação até o fim, mas é muito mais longe.

Jacob Poot se mostrou logo interessado.

– Meu voto é para o canal! – declarou.

– Bem, iremos pelo canal – decidiu o capitão. – Se todos estiverem de acordo.

– De acordo! – ecoaram em uníssono, em tom de decepção; e o capitão Peter deu o passo inicial.

– Muito bem, vamos. Podemos chegar a Haarlem em uma hora!

Grandes manias e pequenas excentricidades

Enquanto patinavam a toda velocidade, os meninos ouviam o trem de Amsterdã, atrás e bem próximo.

– Ei! – chamou Ludwing, com o olhar voltado para os trilhos. – Quem vai mais rápido que uma locomotiva? Vamos tentar!

O assobio soou como se ouvisse a ideia. Os meninos responderam, e saíram em disparada.

Por um instante, ganharam a dianteira, gritando "viva!" com toda a força dos pulmões. Foi muito breve, mas como valeu a pena!

Passado o desafio, começaram a patinar de maneira mais descontraída, engajados em bate-papo e diversão. Às vezes, paravam para trocar uma palavra com os guardas de plantão em determinados pontos do canal. No inverno, esses homens se incumbem de manter a superfície livre de obstruções e lixo. Após uma tempestade de neve, precisam varrer os flocos caídos antes de endurecerem como mármore, belo de se ver, mas perigoso para quem patina. De vez em quando, os garotos se esqueciam de sua dignidade e subiam nos barcos atracados no porto ampliado do canal, mas os guardas, sempre vigilantes, não tardavam a vê-los e, com um resmungo ameaçador, mandavam-nos descer.

Nada podia ser mais estreito que o canal onde nosso grupo patinava, ou que as longas fileiras de salgueiros, finas e desfolhadas, rente às margens. Do lado oposto, erguendo-se acima do terreno circundante, ficava a estrada para carruagens em cima do grande dique construído para segurar o lago Haarlem; estendendo-se até se tornar um pontinho a distância, aparecia o canal cristalino com seus numerosos patinadores, barcos de gelo com velas marrons, carrinhos e estranhos trenós pequenos, leves como cortiça, voando sobre o gelo por meio de bastões de ferro nas mãos dos viajantes. Ben se maravilhou com a cena.

Ludwing van Holp achava estranho o garoto inglês saber tanto sobre a Holanda. Segundo Lambert, tinha mais conhecimento do país que os próprios holandeses. Nosso jovem holandês não estava muito feliz com isso. De repente, pensou em algo que talvez fizesse o inglesinho arregalar os olhos; achegou-se a Lambert e sugeriu:

– Fale sobre as tulipas!

Ben captou a palavra *tulpen*.

– Ah, sim! – exclamou em inglês, alegre. – A Mania das Tulipas. É disso que está falando? Já ouvi várias referências, mas sei muito pouco a respeito. O maior sucesso delas foi em Amsterdã, não é verdade?

Ludwig grunhiu; as palavras eram difíceis de compreender, mas a expressão no rosto de Ben era inconfundível. Animado, Lambert nem de longe percebeu o descontentamento de seu jovem conterrâneo, e respondeu:

– Sim, aqui e em Haarlem, principalmente. Mas a agitação pegou a Holanda inteira e a Inglaterra também, aliás.

– A Inglaterra, nem tanto – comentou Ben. – Mas não tenho certeza, porque eu ainda não existia.

Embora a Mania das Tulipas não tenha sido tão popular na Inglaterra quanto na Holanda, a flor logo se tornou objeto de especulação, vendida a preços altos. Em 1636, tulipas eram vendidas publicamente na Bolsa de Londres. Até 1800, o preço comum era quinze guinéus por um bulbo. Ben não sabia que, mesmo em sua época, uma única planta de tulipa, chamada "Fanny Kemble", custava mais de setenta guinéus em Londres.

Em suas *Memórias das ilusões populares*, o senhor Mackay conta uma história engraçada de um botânico inglês que deparou com um bulbo de tulipa no conservatório de um rico holandês. Ignorante do valor da planta, tirou um canivete do bolso, cortou a raiz pelo meio e ficou muito interessado em investigá-la. De repente, o proprietário apareceu e, com um salto furioso sobre o homem, perguntou-lhe se sabia o que estava fazendo.

– Descascando uma cebola estranha – respondeu o filósofo.

– *Hundert tousant tuyvel!* – esbravejou o holandês. – É uma planta chamada Almirante Van der Eyk!

– Obrigado – retrucou o viajante, imediatamente escrevendo o nome em uma caderneta. – Diga-me, por favor, elas são muito comuns em seu país?

– Que diabos! – vociferou o holandês. – Siga-me e saberá!

Embora protestasse, o ingênuo investigador (seguido por uma multidão indignada) foi levado até a presença de um juiz. Logo descobriu, atônito, que destruíra um bulbo no valor de quatro mil florins. Foi preso até conseguir levantar a quantia e pagar pelo estrago.

– Ha-ha! É verdade, a menos que tivesse mais de duzentos anos – retrucou Lambert ao comentário de Ben. – Enfim, nunca houve nada igual antes nem depois. Ora, as pessoas ficavam tão enlouquecidas atrás de raízes de tulipas naqueles tempos, que pagavam o peso em ouro por elas.

– Puxa, o peso de uma pessoa! – surpreendeu-se Ben, com tanto assombro que Ludwig deu uma gargalhada.

– Não, não. O peso de um *bulbo* – corrigiu Lambert. – A primeira tulipa neste país chegou de Constantinopla por volta do ano de 1560. Era tão admirada que os ricaços de Amsterdã mandaram buscar mais na Turquia. Assim começou a febra, que duraria anos. Raízes individuais custavam entre mil a quatro mil florins; e uma em especial, a Semper Augustus, cinco mil e quinhentos florins.

– Mais de quatrocentos guinéus em nosso dinheiro – observou Ben.

– Sim, e sei que estou certo porque li a respeito disso em uma tradução de Beckman, ainda ontem mesmo. Era incrível. Todos especulavam em torno das tulipas, cada barqueiro e cada mulher maltrapilha, até os limpadores de chaminés. Os mercadores mais ricos não tinham a menor vergonha de participar da mania. Muita gente comprava os bulbos e os vendia com um lucro tremendo, sem sequer olhar para as plantas. Virou uma espécie de jogo de apostas. Alguns ficaram ricos em poucos dias, mas outros perderam tudo o que possuíam. Terra, casas, gado e até roupas era trocados por tulipas quando o dinheiro acabava. As mulheres vendiam suas joias e bijuterias para poderem entrar na diversão. Ninguém pensava em outra coisa. Por fim, os Estados Gerais dos Países Baixos intervieram. As pessoas começaram a perceber como foram tolas e o preço das tulipas caiu. Dívidas antigas delas não podiam ser cobradas. Os credores procuravam a justiça, que deu as costas para eles; diziam que dívidas contraídas em apostas não eram garantidas pela lei. E que tempos vieram em seguida! Milhares de especuladores ricos eram reduzidos a mendigos em questão de uma hora. Como diz o velho Beckman: "A bolha finalmente se rompeu".

– Sim, e que bolha grande – concluiu Ben, ouvindo com muito interesse. – A propósito, sabia que a palavra tulipa deriva de um termo turco que significa "turbante"?

– Não me lembrava mais – respondeu Lambert. – Mas é uma ideia genial. Imagine um bando de turcos, com aqueles turbantes na cabeça, sentados em um gramado. Perfeito canteiro de tulipas! Ha-ha! Ótima ideia.

– Que dúvida – gemeu Ludwig, para si. – Está contando a Lambert algo maravilhoso sobre as tulipas. Eu sabia!

– Aliás – continuou Lambert –, podemos visualizar uma imagem humana extraordinária de um canteiro de tulipas desabrochadas, principalmente quando se balançam ao vento. Já notou isso?

– Não. Mas noto, Van Mounen, que vocês, holandeses, ainda apreciam muito essa flor até hoje.

– Com certeza. Não há jardim sem elas. Acho que é a flor mais bonita de todas. Meu tio tem um canteiro magnífico das melhores variedades em sua casa de verão, do outro lado de Amsterdã.

– Pensei que seu tio morasse na cidade.

– E mora. Mas a casa de verão, ou rotunda, fica a algumas milhas de distância. Ele tem outra, construída rio acima. Passamos perto dela, ao entrarmos na cidade. Todos em Amsterdã possuem uma rotunda, quando possível.

– Moram nessas casas de verão? – quis saber Ben.

– Por Deus, não! São pequenas, apropriadas apenas para você passar algumas horas nas tardes de verão. No extremo sul do lado Haarlen, há belas casas desse tipo. Agora que começaram a drenar o lago, estragará a diversão. A propósito, desde que saímos de casa, passamos por umas que têm o telhado vermelho. Deve tê-las visto, acho, com suas pequenas pontes, lagoas e jardins, e os lemas escritos acima da porta de entrada.

Ben assentiu com a cabeça.

– Agora elas não parecem atraentes – prosseguiu Lambert. – Mas, com o clima quente, são lindas. Depois que florescem os salgueiros, meu tio vai até sua casa de verão todas as tardes. Tira uma soneca e fuma; titia pega o tricô, com os pés sobre um banquinho, mesmo em dias quentes; minha prima Rika e outras meninas pescam no lago, debruçadas na janela, ou batem papo com as amigas que passam em barcos a remos; e os jovens passeiam ao lado das pequenas pontes sobre a vala. Tomam café e comem bolo, ao lado de um buquê grande de lírios aquáticos sobre a mesa. É delicioso, garanto-lhe. O único problema (cá entre nós) é que, embora eu tenha nascido aqui, não aguento o odor de água estagnada que penetra a maioria das casas de verão. Quase todas são construídas acima de uma vala. Provavelmente, a mim incomoda mais porque morei muito tempo na Inglaterra.

– Talvez também eu sinta o cheiro – disse Ben –, se ocorrer um degelo. O começo do inverno encobre as águas malcheirosas, para minha sorte. Sou muito grato por isso. Sem essa delícia de patinação, a Holanda não seria igual.

– Você e Poots são tão diferentes! – exclamou Lambert, que o perscrutava com atenção. – Não entendo como podem ser primos.

– Somos primos, ou pelo menos assim nos consideramos, mas a relação não é muito próxima. Nossas avós eram meias-irmãs. Meu lado da família é inteiramente inglês, enquanto a dele é totalmente holandesa. O velho bisavô

Poot se casou pela segunda vez, e sou descendente dessa esposa inglesa. Gosto mais de Jacob, porém, que da metade de meus primos ingleses. É o garoto de coração mais puro e melhor temperamento que já conheci. Por estranho que pareça, meu pai conheceu o de Jacob por acaso, durante uma viagem de negócios a Rotterdam. Desde então, os dois conversam sobre a relação (em francês, aliás) e se correspondem nesse idioma. Acontecem coisas esquisitas neste mundo. Minha irmã Jenny arregalaria os olhos de surpresa com os modos de tia Poot. Titia é uma mulher metódica, mas tão diferente de minha mãe! Também a casa, os móveis, o estilo de vida, tudo é diferente.

– Claro – concordou Lambert, complacente, como se dissesse: "Não poderia esperar tamanha perfeição em qualquer lugar além da Holanda". – Mas terá muita coisa para contar a Jenny quando voltar.

– Sim, de fato. Uma coisa posso afirmar: se a limpeza nos aproxima do divino, como dizem, Broek está garantida. É o local mais limpo que já vi na vida. Minha tia Poot, apesar de tão rica, passa metade do tempo a esfregar a casa, que parece toda envernizada. Outro dia, escrevi para minha mãe que podia ver meu duplo comigo, pés sobre pés, no soalho polido da sala de jantar.

– Seu *duplo*? Não entendo essa palavra. O que quer dizer?

– Ah, meu reflexo, minha aparição. Ben Dobbs Número 2.

– Ah, entendi – retrucou Van Mounen. – Já esteve no grande salão de sua tia Poot?

Ben riu.

– Só uma vez, no dia em que cheguei. Jacob diz que só terei a chance de entrar lá de novo na cerimônia de casamento da irmã dele, Kanau, uma semana depois do Natal. Meu pai me permitiu ficar até o dia do grande evento. Todo sábado, tia Poot e Kate, a gordinha, entram ali, varrem e esfregam; depois, o salão é escurecido e fechado até o sábado seguinte. Nesse período, ninguém entra nele. Mesmo assim, a *schoonmaken*[19], como ela diz, deve ser feita.

---

[19] Limpeza, faxina. (N.T.)

– Isso não é nada. Todo salão em Broek recebe o mesmo tratamento – explicou Lambert. – O que acha daquelas figuras moventes no jardim do vizinho de sua tia?

– Ah, são bonitas. Os cisnes devem parecer de verdade quando se movem pela lagoa no verão. Mas aquele mandarim oscilante no canto, sob as castanheiras, é ridículo e só serve para fazer as crianças rirem. E aqueles canteiros fixos no jardim, e as árvores todas podadas e pintadas. Desculpe-me, Van Mounen, mas jamais aprenderei a apreciar o gosto holandês.

– Levará algum tempo – comentou Lambert, condescendente. – Mas, cedo ou tarde, gostará do que vê aqui. Admirei muita coisa na Inglaterra, e espero que possa voltar com você para estudar em Oxford. Entretanto, se levar tudo em consideração, gosto mais da Holanda.

– Claro – disse Ben, em tom sincero. – Não seria um bom holandês se não gostasse. Nada melhor que a nossa terra natal. É estranho, porém, alguém ter um sentimento tão caloroso por um lugar tão frio. Se não nos exercitássemos o tempo todo, estaríamos congelados.

Lambert riu.

– É seu sangue inglês, Benjamin. *Eu*, por exemplo, não sinto frio. E veja os patinadores aqui no canal. Vermelhos como rosas e felizes como lordes. Lá vem o bom capitão Van Holp – chamou Lambert em holandês. – O que acham de pararmos naquela fazenda adiante e aquecermos os pés?

– Quem está com frio? – perguntou Peter, virando-se para eles.

– Benjamin Dobbs.

– Benjamin Dobbs será aquecido. – E o grupo assentiu.

A caminho de Haarlem

Ao se aproximarem da porta da fazenda, os garotos se viram repentinamente no meio de uma cena doméstica inflamada. Um holandês musculoso corria para fora da casa, seguido de perto por sua querida *vrouw*, que lhe batia com o aquecedor de cama de cabo longo. A expressão no rosto sério da mulher dava aos meninos uma promessa tão pequena de receptividade que acharam prudente procurar outro local para aquecer os pés.

O chalé seguinte se mostrou mais convidativo. O telhado baixo, com suas telhas de um vermelho vivo, se estendia sobre o estábulo das vacas, limpíssimo, rente à construção principal. Uma mulher de aparência imaculada e pacífica se sentava a uma janela, tricotando. Por trás de outra, distinguia-se parte do perfil de uma figura gorda, cachimbo na boca, sentada atrás das pequenas venezianas brilhantes e de uma cortina branca como a neve. Quando Peter bateu discretamente à porta, uma moça de cabelos claros e bochechas rosadas, em trajes de feriado, abriu a parte superior da porta verde (dividida no meio) e perguntou o que desejava.

– Podemos entrar para nos aquecermos um pouco, *jufvrouw*? – perguntou o capitão respeitosamente.

– Sim, sejam bem-vindos – foi a resposta, enquanto a parte inferior da porta girou delicadamente para se juntar à outra metade.

Antes de entrar, cada um dos rapazes raspou, de modo fiel e demorado, os sapatos no capacho duro, e todos se curvaram em reverência à velha senhora e ao cavalheiro à janela. Ben estava inclinado a crer que aqueles personagens eram autômatos como as figuras moventes no jardim em Broek, pois os dois mexeram a cabeça muito devagar, de modo igual, e ambos prosseguiram com suas atividades como que movidos por um mecanismo. O velho deu uma ou duas baforadas, e sua *vrouw* batia as agulhas de tricô. Podiam muito bem ser bonecos com engrenagens internas. Nem a fumaça do cachimbo imóvel era prova de que os dois seriam humanos.

Já a moça de rosto rosado, ah, essa se agitava. Trouxe aos garotos cadeiras com o espaldar alto e polido, fez o fogo da lareira aumentar como que por magia, e quase provocou lágrimas de alegria em Jacob Poot quando trouxe uma grande forma quadrada de pão de gengibre e um jarro de vinho avinagrado! Ela ria e balançava a cabeça enquanto os visitantes comiam como animais selvagens bem-comportados, mas empalideceu quando Ben educadamente recusou pão preto e sauerkraut! Tirou a luva de Jacob, rasgada no polegar, e a costurou diante do garoto, cortando a linha com os dentes e dizendo:

– Ficará mais aquecido agora.

Por fim, deu a mão a todos os garotos, lançou um olhar de censura sobre o autômato feminino e insistiu em encher os bolsos dos visitantes com pão de gengibre!

E, nesse tempo todo, as agulhas de tricô continuaram a trabalhar e o cachimbo não omitiu uma única baforada.

Já adiantados no percurso, os meninos avistaram o Castelo Zwanenburg, com sua maciça fachada de pedra e torres no portão, cada uma encimada com uma escultura de cisne.

– *Halfweg*[20], pessoal – informou Peter. – Tirem os patins.

[20] Metade do caminho. (N.T.)

– Vejam só – Lambert explicou aos companheiros. – Onde o Y e o lago Haarlem se encontram aqui, fica um tanto difícil. O rio é um metro e meio mais alto que a terra; por isso, precisamos tomar muito cuidado com as comportas do canal e os diques, ou ficaremos ensopados. Será um esforço extra, mas, quando caminharmos por cima delas, vocês se surpreenderão. Dizem que a água pura do lago tem as mais magníficas propriedades alvejantes; todas as grandes tinturarias de Haarlem a usam. Não entendo muito do assunto, mas posso lhes dizer ao menos *uma coisa*, por experiência.

– O que é?

– O lago está cheio das maiores enguias que você já viu. Já peguei várias. Extraordinárias! Algumas chegam a ser do tamanho de uma pessoa. Se não se prevenir, elas quase lhe torcem o braço. Mas percebo que não se interessa por enguias. A atração maior é o castelo, não é?

– Sim. O que significam aqueles cisnes? Tem alguma ideia? – indagou Ben, fixando o olhar no alto das torres de pedra.

– O cisne é quase reverenciado aqui na Holanda. O nome da construção vem dele: Zwanenburg, castelo dos cisnes. Sei apenas isso. É um local muito importante, pois nele os sábios se reúnem em conselho para discutir as questões dos diques. O castelo já foi a residência do célebre Christian Brunings.

– Quem era? – quis saber Ben.

– Peter poderia lhe explicar melhor – respondeu Lambert –, se ao menos vocês se entendessem, ou se um não tivesse tanto medo do idioma do outro. Mas ouvi meu avô falar muito de Brunings. Nunca se cansa de nos contar que foi um grande engenheiro, um homem bondoso e culto; e, quando morreu, o país inteiro entrou em luto, como se fosse um amigo íntimo. Pertencia a várias excelentes sociedades intelectuais e era o diretor do Departamento de Estado, responsável pela manutenção dos diques e outras defesas contra o mar. Não há como contar as inúmeras melhorias que ele fez nos diques, canais e moinhos de água, e coisas assim. Nós, holandeses, consideramos nossos grandes engenheiros os maiores benfeitores públicos. Brunings morreu anos atrás; há um monumento em memória dele na catedral de Haarlem. Vi o retrato do homem, e posso lhe dizer, Ben, que tinha mesmo um aspecto nobre. Não é à toa que o castelo parece tão imponente e altivo, pois abrigava um sujeito daquele calibre!

– Sem dúvida – concordou Ben. – Será que você ou eu, Van Mounen, algum dia teremos o direito de sentir tamanho orgulho? Sim, pois ainda há muita coisa a ser feita neste mundo, e a tarefa caberá a alguns de nós, hoje meninos. Cuidado com seu cadarço, Van. Está desamarrado.

Uma catástrofe

Perto da uma hora, o capitão Van Holp e sua tropa entraram na grandiosa e antiga cidade de Haarlem. Haviam patinado quase dezessete milhas desde a manhã, mas se sentiam tão revigorados como jovens águias. Desde o mais jovem (Ludwig van Holp, catorze anos) até o mais velho, indivíduo não menos importante que o próprio capitão, um veterano de dezessete anos, a opinião era unânime: aquela fora a maior aventura de suas vidas. Mesmo Jacob Poot, que perdera o fôlego nas duas últimas milhas e talvez estivesse disposto a tirar outra soneca, parecia apto para mais umas doze. Até Carl Schummel, enturmado com Ludwig na excursão, esqueceu-se de ser ranzinza. Quanto a Peter, era o mais feliz de todos e havia cantarolado e assobiado com tanta alegria enquanto patinava que até os mais severos transeuntes sorriam ao ouvi-lo.

– Vamos, pessoal! Está na hora de um lanchinho – anunciou, quando o grupo se aproximava de uma cafeteria na rua principal. – Precisamos de algo mais sólido que o pão de gengibre da linda donzela. – E o capitão meteu as mãos nos bolsos como que para dizer: "Há dinheiro suficiente aqui para alimentar um exército!"

– Ora! – exclamou Lambert. – O que deu nele?

Peter, pálido e com os olhos esbugalhados, batia as mãos no peito e nos flancos. Parecia ter enlouquecido.

– Está doente! – gritou Ben.

– Não. Perdeu alguma coisa – declarou Carl.

Peter mal podia falar.

– A carteira com todo o nosso dinheiro sumiu!

Por um instante, todos ficaram pasmos demais para falar.

Carl, enfim, quebrou o transe com uma bronca:

– Não foi prudente deixar todo o dinheiro só com uma pessoa. Falei isso desde o começo. Veja o outro bolso.

– Já vi. Não está lá.

– Abra a camisa.

Peter obedeceu mecanicamente. Também tirou o chapéu e olhou dentro, e colocou a mão em cada bolso, desesperado.

– Sumiu, pessoal – disse, resignado. – Nada de lanchinho nem jantar para nós. O que vamos fazer? Não podemos prosseguir sem dinheiro. Se estivéssemos em Amsterdã, eu poderia conseguir o quanto quiséssemos, mas não conheço ninguém em Haarlem para pedir um único *stiver* emprestado. Algum de vocês conhece alguém aqui que nos daria alguns florins?

Cada um dos garotos olhou para os outros cinco rostos perplexos. De repente, um meio-sorriso se formou por todo o círculo e se concentrou em Carl.

– Nem pensem – ele disse, irritado. – Conheço algumas pessoas ricas aqui, mas meu pai me daria uma surra daquelas se eu tomasse emprestado um centavo. Em cima do portão de sua rotunda, está escrito o lema "Um homem honesto não precisa pedir empréstimo".

Peter deu um suspiro de aborrecimento, nem um pouco admirado com aquela premissa.

De repente, todos sentiram uma fome desesperada.

– Foi culpa minha – disse Jacob, em tom penitente, a Ben. – Dei a ideia de guardar todo o dinheiro na bolsa de Peter.

– Bobagem, Jacob. Fez o que era melhor para todos.

O tom do jovem inglês soara tão animado que os dois Van Holps e Carl tinham certeza de que havia proposto um plano para ajudar a todos.

– O que foi? O que foi? Diga-nos, Van Mounen – pediram.

– Ben disse que o sumiço do dinheiro não foi culpa de Jacob e ele fez o que era melhor para todos quando propôs que Van Holp guardasse tudo.

– Só? – disse Ludwig, decepcionado. – Não precisava perder tempo falando isso. Quanto dinheiro perdemos?

– Não se lembra? – disse Peter. – Cada um pôs exatamente dez florins. Havia sessenta na carteira. Sou o sujeito mais idiota do mundo. Até o pequeno Schimmelpenninck teria sido um capitão melhor. Deveria surrar a mim mesmo por deixar vocês na mão.

– Faça isso, então – resmungou Carl. – Ora, só o que sabemos é que foi um acidente, mas de nada adianta. Precisamos de dinheiro, Van Holp, mesmo que você precise vender seu magnífico relógio.

– Vender o presente de aniversário que ganhei de minha mãe? Nunca! Vendo meu casaco, chapéu, tudo menos o relógio.

– Calma, calma – interveio Jacob, cordial. – Estamos dando importância demais ao problema. Podemos ir para casa e recomeçar outro dia.

– Talvez *você* consiga mais dez florins – reclamou Carl. – Mas para nós não será fácil. Se voltarmos para casa, lá ficaremos, pode ter certeza.

Nosso capitão, cuja boa índole não o abandonara por um único momento, indignou-se.

– Acha que os deixarei sofrer por meu descuido? – disse. – Tenho três vezes sessenta florins em meu cofre em casa!

– Ah, perdão – Carl se apressou em dizer, e acrescentou: – Bem, não vejo maneira melhor do que voltar para casa com fome.

– Pois eu vejo – contradisse o capitão.

– Qual? – perguntaram em coro.

– Ora, fazer do pior o melhor possível, e regressarmos animados, como homens – disse Peter, com um ar tão galante e o rosto tão belo, os olhos azuis tão brilhantes fixos nos colegas, que todos se contagiaram com o espírito.

– Viva o capitão! – gritaram.

– Agora, pessoal, chegamos à conclusão de que não há lugar melhor que Broek, afinal de contas. E estaremos lá em duas horas. Todos de acordo?

– De acordo! – responderam, correndo até o canal.

– Ponham os patins! Prontos? Deixe-me ajudá-lo, Jacob. Agora. Um, dois, três, JÁ!

E os rostos juvenis que saíram de Haarlem após o sinal de partida cintilavam quase tanto como quando lá chegaram com o capitão Peter, meia hora antes.

Hans

– Mas em nome de quê! – exclamou Carl, zangado, após o grupo percorrer vinte jardas desde os portões da cidade. – Se não é de novo aquele vagabundo com patins de madeira usando calças de couro remendadas. Esse sujeito parece estar em todos os lugares, miserável! – E acrescentou, em tom de desprezo, ao presumir: – Teremos sorte se nosso capitão não nos mandar cumprimentá-lo.

– Seu capitão é um sujeito terrível – brincou Peter, gentil – Mas é um alarme falso, Carl. Não vejo o alvo de sua preocupação em lugar algum. Ah, lá está ele! Puxa, qual é o problema do garoto?

Pobre Hans! Tinha o rosto pálido e os lábios comprimidos. Patinava como alguém sob o efeito de algum sonho temível. Quando passou perto, Peter o saudou:

– Bom dia, Hans Brinker!

O semblante de Hans se iluminou imediatamente.

– Ah, *mynheer*, é você? Que bom nos encontrarmos!

– Típica impertinência – ralhou Carl Schummel, deslizando veloz ao deixar para trás os companheiros, que pareciam propensos a ficar com seu capitão.

– Alegro-me em vê-lo, Hans – respondeu Peter jovialmente ao cumprimento. – Mas parece chateado. Posso ajudar?

– Tenho um problema, *mynheer* – respondeu Hans, cabisbaixo. De repente, porém, ergueu os olhos de novo e, com uma expressão quase feliz, acrescentou: – Mas *dessa vez* é Hans que pode ajudar *mynheer* Van Holp!

– Como? – indagou Peter em seu jeito holandês franco, sem tentar esconder a surpresa.

– Entregando-lhe isto, *mynheer*.

Hans deu a Peter a bolsa desaparecida.

– Viva!!! – celebraram os meninos, tirando as mãos frias dos bolsos e agitando-as no ar.

Peter, porém, disse apenas:

– Obrigado, Hans Brinker.

E o tom causou em Hans a impressão de que o rei se ajoelhara diante dele.

O grito de júbilo dos garotos chegou aos ouvidos do jovem, que, sob a pressão de uma raiva contida, patinava em direção a Amsterdã. Um menino ianque teria se virado imediatamente, na pressa para satisfazer a curiosidade. Mas Carl apenas se deteve e, de costas para o grupo, tentou imaginar o que acontecera. Permaneceu imóvel, até se aperceber de que só a perspectiva de comida teria causado a celebração tão inusitada. Então, virou-se e deslizou devagar na direção dos colegas agitados.

Enquanto isso, Peter chamara Hans para um lado.

– Como sabia que era minha carteira? – perguntou.

– Pagou-me três florins ontem, *mynheer*, pela corrente de madeira branca, dizendo-me que eram para eu comprar patins.

– Sim, lembro-me.

– Vi sua carteira quando pegou o dinheiro. Era de couro amarelo.

– E onde a encontrou hoje?

– Saí cedo de casa, *mynheer*, muito preocupado. Distraído, tropecei em um pedaço de madeira enquanto patinava. Comecei a esfregar o joelho e vi a carteira embaixo de um tronco.

– Aquele lugar! Ah, lembro-me agora. Quando passamos ali, tirei do bolso meu cachecol e provavelmente derrubei a carteira ao mesmo tempo. Jamais a veria de novo se não fosse por você, Hans. Tome. – Ele tirou o conteúdo da carteira. – Precisa nos dar o prazer de dividir o dinheiro com você.

– Não, *mynheer* – disse Hans. Falava baixo, sem pretensão ou sequer graça; mas Peter se envergonhou e pôs o dinheiro de volta na carteira sem dizer uma palavra.

"Gosto desse rapaz, rico ou pobre", pensou.

E disse:

– Posso lhe perguntar qual é o seu problema, Hans?

– Ah, *mynheer*, é muito triste, mas já me demorei demais aqui. Vou para Leyden, em busca do grande doutor Boekman.

– Doutor Boekman! – exclamou Peter, espantado.

– Sim, *mynheer*, e não posso mais perder tempo. Tenha um bom dia!

– Espere, vou para lá também. Vamos, pessoal! Que tal voltarmos a Haarlem?

– Sim! – responderam, animados.

E partiram.

– Ouça – disse Peter, achegando-se a Hans. Os dois deslizavam pelo gelo com tanta facilidade e leveza que nem pareciam se mover. – Devemos parar em Leyden, e se quiser posso levar sua mensagem ao doutor Boekman. Que tal? Os garotos talvez estejam cansados demais para patinar hoje, mas prometo-lhe que o verei bem cedo amanhã, se ele estiver na cidade.

– Ah, *mynheer*, seria um grande favor. Não é a distância que temo, mas, sim, o inconveniente de deixar minha mãe sozinha por tanto tempo.

– Ela está doente?

– Não, *mynheer*. É meu pai. Talvez saiba do caso. Ele perdeu o juízo anos atrás, desde a construção do grande moinho Schlossen. Mas o corpo permanece bem e forte. Ontem à noite, minha mãe se ajoelhou diante da lareira para soprar a turfa. O único prazer dele é observar as fagulhas, e ela as sopra a cada hora do dia para alegrá-lo. De repente, meu pai pulou sobre ela, como um gigante, e a segurou perto do fogo, rindo e balançando a cabeça. Eu estava no canal, mas ouvi os gritos de minha mãe e corri até ela. Meu pai não a soltava e o vestido já começava a queimar. Tentei apagar o fogo, mas com uma mão ele me empurrou. Se houvesse água no chalé, teria sido mais fácil. Ele ria o tempo todo; um riso terrível, *mynheer*, mal parecia um som, mas transfigurava-lhe o rosto. Tentei puxá-la, mas só piorou. Então… foi horrível, mas podia deixar minha mãe no fogo? Bati nele com um banquinho. Ele me empurrou de novo. O vestido estava em chamas! Eu precisava apagar o fogo. Não me lembro muito bem do que houve depois. Quando percebi, estava no chão e minha mãe rezava. Tive a impressão de que o fogo a cercava, e ainda ouvia aquela risada. Gretel voou até o armário e encheu uma tigela com a comida que ele apreciava e a colocou no chão. De repente, *mynheer*, ele saiu de cima de minha mãe e engatinhou até o prato, como uma criancinha. Ela não se queimou, apenas parte de suas roupas. Ah, e como foi carinhosa com ele a noite toda, olhando e cuidando dele. Ardendo em febre, meu pai dormiu com as mãos apertadas sobre o peito. Minha mãe diz que ele tem feito isso muitas vezes nos últimos tempos, como se sentisse alguma dor ali. Ah, *mynheer*, não devia lhe contar tal coisa. Se meu pai estivesse bem, não faria mal sequer a um gatinho.

Por um instante, os dois garotos seguiram em silêncio.

– É terrível – comentou Peter, por fim. – Como ele está hoje?

– Muito mal, *mynheer*.

– Por que procura o doutor Boekman, Hans? Há outros médicos em Amsterdã que poderiam tratá-lo, talvez. Boekman é famoso, só atende aos mais ricos, e geralmente esperam por ele em vão.

– Ele *prometeu*, *mynheer*. Prometeu-me ontem que iria ver meu pai em uma semana. Com essa mudança agora, não podemos esperar. Achamos que meu pai está morrendo. Oh, *mynheer*, por favor, peça que não demore. Não esperará mais uma semana, e com nosso pai prestes a morrer, o bom *meester* é tão gentil.

– *Gentil?* – repetiu Peter, estupefato. – Ora, ele é conhecido como o homem mais rude da Holanda!

– Parece assim porque é muito magro e tem a cabeça sempre ocupada, mas seu coração é bondoso. Sei disso. Diga ao *meester* o que lhe contei, *mynheer*, e ele virá.

– Espero que sim, Hans, do fundo do coração. Está com pressa de voltar para casa, percebo. Prometa-me que, se precisar de um amigo, procurará minha mãe em Broek. Diga-lhe que foi minha recomendação. E, Hans Brinker, não como recompensa, mas um presente, aceite alguns florins.

Hans balançou a cabeça, resoluto.

– Não, não, *mynheer*. Não posso. Se encontrar algum trabalho em Broek, ou no Moinho Sul, estarei bem, mas é sempre a mesma história: "espere até a primavera".

– Ainda bem que mencionou isso – retrucou Peter, ansioso. – Meu pai precisa de um ajudante com urgência. Gostou muito da corrente que você fez. Disse: "esse rapaz tem boa mão; seria ótimo na marcenaria". Ele quer fazer um novo portão para nossa casa de campo e pagará bem pelo trabalho.

– Deus é bom! – exclamou Hans, deslumbrado. – Oh, *mynheer*, seria maravilhoso. Nunca fiz obras grandes, mas sei que consigo. Sei disso.

– Bem, diga a meu pai que é o Hans Brinker de quem falei. Ele terá prazer em contratá-lo.

Os olhos de Hans demonstravam uma genuína surpresa.

– Obrigado, *mynheer*.

– Agora, capitão – interpôs-se Carl, ávido por parecer mais bem-humorado e redimir-se. – Cá estamos no meio de Haarlem, e ainda não nos deu uma ordem. Aguardamos, famintos como lobos.

Peter deu uma resposta jovial, e logo se virou para Hans.

– Venha fazer um lanche conosco, e não o prenderei por mais tempo.

Que olhar preocupado, pensativo, Hans lhe dirigiu! Só então Peter percebeu que talvez o pobre garoto estivesse com fome.

– Ah, *mynheer*, minha mãe pode precisar de mim, e talvez meu pai tenha piorado. Não posso esperar. Fique com Deus.

Com uma reverência rápida, Hans virou-se para a direção de casa e se foi.

– Vamos, pessoal – suspirou Peter. – É hora de nosso lanche!

Casas

Não pensem que nossos jovens holandeses tinham esquecido a grande corrida de patins marcada para o dia 20. Pelo contrário, pensaram e falaram dela muitas vezes no decorrer do dia. O próprio Ben, embora se sentisse mais como viajante que os outros, não parava de visualizar durante todo o passeio um par de patins de prata que o assombrara dia e noite, na última semana.

Como um verdadeiro "John Bull", nas palavras de Jacob, ele não duvidava que sua velocidade inglesa, força inglesa e tudo inglês permitiriam que envergonhasse a Holanda inteira no gelo, bem como o resto do mundo, aliás. Ben era um patinador magnífico. Não tivera metade das oportunidades de seus novos amigos para praticar, mas se aperfeiçoara como pôde; além disso, tinha uma estrutura física forte e membros ágeis; em suma, era um sujeito preparado, rápido e maleável em todos os sentidos, e patinar era tão natural para ele quanto saltar é para uma camurça ou voar para uma águia.

Era só no coração do amargurado Hans que a imagem dos patins de prata não aparecia naquela noite estrelada de inverno nem no dia claro e ensolarado.

A própria Gretel podia vê-los esvoaçando à sua frente enquanto se sentava ao lado da mãe naquelas horas de exaustiva vigília, não como um prêmio a ser conquistado, mas, sim, um tesouro cada vez mais distante.

Rychie, Hilda e Katrinka mal pensavam em outra coisa além de "A corrida! A corrida! É no dia 20!" Apesar de amigas e embora tivessem quase a mesma idade e posição social, eram muito diferentes.

Hilda van Gleck, como os leitores já sabem, era uma jovem de catorze anos, nobre e de bom coração. Rychie Korbes era bonita, muito mais atraente e formosa que Hilda, mas não possuía nem a metade do brilho interior da outra. Nuvens de arrogância, insatisfação e inveja já se haviam acumulado em seu coração e ficavam mais escuras a cada dia. Claro que, assim como outras nuvens, estas também se descarregavam frequentemente. Mas quem testemunhava as tempestades e o choro? Apenas sua criada, ou o pai, a mãe e o irmãozinho; em outras palavras, aqueles que mais a amavam. Também como as outras nuvens, as dela adquiriam formas estranhas às vezes, e o que não passava de névoa e fantasia diáfana assumia a aparência de injúrias monstruosas e montanhas de dificuldade. Em seu modo de ver as coisas, a pobre garota camponesa, Gretel, não era um ser humano, uma filha de Deus como a própria Rychie: era apenas algo que significava pobreza, trapos e sujeira. E, nessa condição, Gretel não tinha o direito de sentir, de almejar. E, acima de tudo, pessoas assim nunca deveriam atravessar o caminho de seus superiores, pelo menos não de uma maneira desagradável. Podiam trabalhar para eles a uma distância respeitável, até admirá-los, desde que de maneira humilde, e nada mais. Caso se rebelem, que sejam expulsos; se sofrerem, "que não me aborreçam com seus problemas": esses eram os lemas secretos de Rychie.

Entretanto, era uma jovem muito esperta, vestia roupas elegantes, cantava com muito charme; demonstrava sentimento (por gatinhos e coelhos) e enfeitiçava garotos sensatos e de espírito honesto como Lambert van Mounen e Ludwig van Holp!

Carl, porém, tinha um caráter parecido demais com o dela para ser um admirador sincero, e talvez desconfiasse das nuvens. Direto e brusco, sincero a ponto de gerar certo desconforto, claro que ele preferia a vivaz Katrinka, cuja natureza era feita de cem sininhos a repicar. Afetada já nos primeiros anos de vida, continuou assim na infância e ainda o era na idade escolar. Sem maldade, desdenhava dos estudos, dos deveres e até de seus pequenos problemas. Era afetada com a mãe, com seu cordeirinho de estimação, com o irmão ainda bebê, e até com as próprias mechas douradas, que jogava para trás como se os desprezasse. Todos gostavam dela, mas alguém poderia amá-la? Nunca era franca. Um rosto simpático, um coração agradável e maneiras graciosas, tudo isso satisfaz por uma hora. Pobre e jovial Katrinka! Repicava mesmo como um sininho, alegre, sem saber que a vida cedo ou tarde desafina todos os sinos ou simplesmente os silencia, um a um!

Como eram diferentes as casas dessas três meninas do velho e decadente chalé onde vivia Gretel! Rychie morava em uma casa linda perto de Amsterdã, onde os armários entalhados eram repletos de utensílios de ouro e prata, e as obras de tapeçaria de seda se estendiam do teto ao chão.

O pai de Hilda era o dono da maior mansão em Broek. O telhado reluzente de telhas polidas e a fachada de madeira, pintada de uma meia dúzia de cores, eram alvo de admiração da vizinhança.

A residência de Katrinka, a menos de uma milha de distância, era a mais bela das casas de campo holandesas. O jardim era tão meticulosamente recortado em pequenas trilhas e canteiros que os pássaros poderiam confundi-lo com um grande quebra-cabeça chinês, com todas as peças espalhadas e prontas para o uso. No verão, porém, era belíssimo; as flores davam o melhor de si dentro de seus rígidos quadriláteros, e, quando o jardineiro não estava olhando, brilhavam e pendiam umas sobre as outras da maneira mais graciosa imaginável. E que canteiro de tulipas! A rainha das fadas nem precisaria procurar uma cidade mais grandiosa para estabelecer sua corte! Mas Katrinka preferia o canteiro de jacintos brancos e cor-de-rosa. Adorava o frescor, a fragrância e o modo descontraído como os brotos em forma de sino balançavam na brisa.

Carl estava certo e errado ao dizer que Katrinka e Rychie se enfureceram com a ideia da camponesa Gretel participar da corrida. Ouvira Rychie vociferar que era "Uma desgraça, uma vergonha, muito ruim!", em holandês (assim como em inglês) geralmente a expressão mais forte que uma garota indignada pode usar. E vira Katrinka fazer um gesto afirmativo com a cabeça bonitinha, enquanto repetia delicadamente: "Uma vergonha, muito ruim!", tão diferente de Rychie como os sininhos se diferenciam de uma voz zangada. Bastava para ele. Carl nunca desconfiou que se Hilda, e não Rychie, tivesse falado com Katrinka antes sobre o assunto, os sininhos também teriam emitido um eco. Ela teria dito: "Claro, que bom ela participar também!", sem jamais pensar de novo na questão. Entretanto, agora Katrinka enfatizava que era vergonhoso uma pobretona como Gretel, uma criatura esquecida por Deus, ter permissão para estragar a corrida.

Além de Katrinka, a rica e poderosa Rychie Korbes, bem ao estilo de uma colegial, tinha outras seguidoras que eram induzidas a compartilhar de suas opiniões por serem muito alienadas ou covardes demais para pensar por si.

Pobre pequena Gretel! Sua casa estava escura e triste. Deitado na cama dura, Raff Brinker gemia, e sua *vrouw*, que perdoara e se esquecera de tudo, banhava-lhe a testa, os lábios, chorando e rezando para que ele não morresse. Hans, como sabemos, partira para Leyden, desesperado, em busca do doutor Boekman, a fim de convencê-lo, se possível, a examinar o pai imediatamente. Gretel, tomada de um estranho medo, cuidara das tarefas domésticas como podia: esfregou o chão áspero de tijolos, pôs turfa para alimentar o fogo lento e derreteu gelo para a mãe usar. Terminado o serviço, ela se sentou em um banquinho baixo perto da cama e implorou à mãe que tentasse dormir um pouco.

– Está tão cansada – sussurrou. – Não fechou os olhos um minuto sequer desde aquela hora horrível, ontem à noite. Olhe, afofei a cama de salgueiro no canto e pus tudo que é macio por cima, para você se deitar com conforto. Pegue o casaco. Tire esse vestido bonito. Vou dobrar com cuidado e guardar naquele baú grande, antes de você dormir.

A senhora Brinker balançou a cabeça sem desviar os olhos, ainda fixos no marido.

– Posso ficar aqui, mamãe – insistiu Gretel. – E a chamo se ele se agitar. Está tão pálida, com os olhos vermelhos! Oh, mamãe, *por favor*!

Os apelos da menina foram em vão. A senhora Brinker não pretendia abandonar seu posto.

Em silêncio e muito preocupada, Gretel a observava, perguntando-se se era maldade gostar mais da mãe que do pai, e totalmente convicta de que tinha medo dele, enquanto apegava-se à mãe com um amor que beirava a idolatria.

"Hans ama tanto o papai", ela pensou. "Por que não consigo? Se bem que chorei quando vi sua mão sangrar naquele dia, no mês passado, quando ele agarrou a faca. E agora, quando geme, sinto uma dor geral. Talvez o ame, afinal de contas, e Deus verá que não sou uma criança tão má como achei que fosse. Sim, amo meu pobre pai, quase como Hans o ama. Menos, porque Hans é mais forte e não tem medo dele. Oh, será que esses gemidos continuarão para sempre? Coitada da mamãe, como é paciente! Nunca lamenta, como eu, o dinheiro que desapareceu de um jeito tão estranho. Se ao menos ele pudesse abrir os olhos por um instante, olhar para nós, como Hans faz, e nos dizer para onde foram os florins da mamãe, não me importaria com mais nada. Sim, me importaria. Não quero que o coitado morra, ficando todo azulado e frio como a irmãzinha de Annie Bouman. *Sei* que não quero. Senhor Deus, não quero que meu pai morra."

Os pensamentos da garota se converteram em uma prece. A pobrezinha mal percebeu quando parou. Dali a pouco se pôs a observar uma pequena luz pulsante ao lado da lareira, oscilante, porém firme, mostrando que em algum lugar naquela escuridão havia calor e luz e que aos poucos se espalhariam. Uma grande xícara feita de barro, cheia de turfa ardente, fora colocada ao lado da cama por Gretel, para "papai não tremer mais", explicara a menina. Ela viu o efeito da luz em volta da silhueta da mãe, iluminando a roupa desbotada e criando a impressão de que o corpete era novo. Para Gretel, era um alívio ver as linhas daquele rosto cansado suavizarem sob o reflexo delicado do fogo.

Em seguida, ela contou o número de venezianas, quebradas ou com consertos improvisados, e por fim, depois de desenhar mentalmente o contorno de cada rachadura e viga das paredes, pousou o olhar sobre uma prateleira esculpida por Hans. Fora pendurada a uma altura que Gretel alcançava. Continha uma Bíblia grande com capa de couro e fechos de metal, presente de casamento da família em Heidelberg para a senhora Brinker.

"Ah, como Hans é habilidoso! Se estivesse aqui, poderia mover o papai para uma posição em que ele não gemesse tanto. Puxa, se essa doença durar, nunca mais patinaremos. Preciso mandar meus patins de volta para a moça bonita. Hans e eu não veremos a corrida." E os olhos de Gretel, até então secos, se encheram de lágrimas.

– Não chore, querida – disse a mãe, carinhosamente. – Essa doença pode não ser tão séria como pensamos. Papai já ficou prostrado assim antes.

Gretel começou a soluçar.

– Ah, mamãe, não é só isso. A senhora não sabe de tudo. Sou uma pessoa má, perversa.

– Você, Gretel! Tão paciente e tão bondosa! – E uma expressão jovial, apesar de perplexa, apareceu por um momento no rosto da menina. – Fale baixo, minha filha, para não o acordar.

Gretel escondeu o rosto no colo da mãe e tentou não chorar.

Sua mãozinha, tão fina e corada, repousou na palma áspera da mãe, enrugada do trabalho árduo do dia a dia. Rychie tremeria se tocasse uma ou outra, mas as duas encontravam paz naquele carinho. Dali a pouco, Gretel ergueu a cabeça. Tinha aquele olhar lúgubre, pesado, que segundo dizem é próprio das crianças pobres nos cortiços, e disse, com a voz trepidante:

– Papai tentou queimar a senhora! Tentou, sim, eu vi. E ele *ria*!

– Mais baixo, querida!

As palavras da mãe foram tão súbitas e contundentes, que Raff Brinker, alheio a tudo o que se passava à sua volta, contraiu-se um pouco na cama.

Gretel parou de falar, mas cutucou a borda do buraco feito no vestido de festa da mãe, onde se queimou. Sorte dela que era um vestido de lã.

Haarlem: Os meninos ouvem vozes

Revigorados e recompostos, nossos meninos saíram da cafeteria bem quando o grande relógio da praça, no estilo de certos medidores holandeses, badalava duas vezes com o sino de meia hora para duas e trinta.

O capitão estava perdido em pensamentos, pois a triste história de Hans Brinker ainda ecoava em seus ouvidos. Só quando Ludwig o admoestou com um risonho "Acorde, vovô!", foi que reassumiu seu posto de galante líder juvenil de seu bando.

– Por aqui, jovens cavalheiros!

Eles caminhavam pela cidade. Não em uma calçada, pois isso é algo raro na Holanda, mas no espaço feito de tijolos, na borda da rua de pedras para carruagens e que em nenhum ponto fica desnivelada.

Assim como Amsterdã, Haarlem estava mais festiva que de costume, em homenagem a São Nicolau.

Uma figura estranha se aproximava do grupo. Era um homem de preto, pequeno, com um manto curto. Usava peruca e um chapéu armado.

– Quem é aquele? – surpreendeu-se Ben. – Que figura esquisita!

– É o *aanspreeker* – respondeu Lambert. – Alguém morreu.

– É assim que os homens se vestem quando estão de luto neste país?

– Ah, não! O *aanspreeker* vai aos funerais e tem a função de avisar amigos e parentes quando uma pessoa morre.

– Que costume estranho.

– Enfim – suspirou Lambert. – Quanto a esse falecimento específico, não precisamos nos entristecer, pois vejo que nasceu mais uma pessoa no mundo para ocupar a vaga.

Perplexo, Ben arregalou os olhos.

– Como sabe?

– Não vê a bonita almofada de alfinetes sobre aquela porta? – Lambert indicou.

– Sim.

– Bem, o bebê é menino.

– Menino? Como sabe disso?

– Aqui na Holanda, quando nasce um menino, os pais colocam uma almofada de alfinetes vermelha na porta. Se nasce uma menina, a almofada é branca. Em alguns lugares, as pessoas são mais caprichosas, usam rendas, e mesmo nas casas mais pobres vemos um pedaço de fita ou até um fio amarrado no trinco da porta.

– Veja! – exclamou Ben. – Há uma almofada branca na porta daquela casa geminada com telhado engraçado.

– Não vejo nenhuma casa com telhado engraçado.

– Ah, claro que não – compreendeu Ben. – Esqueço que vive aqui, mas para mim todos os telhados são estranhos. Refiro-me àquela casa ao lado do edifício verde.

– É verdade! Nasceu uma menina ali. Sabe de uma coisa, capitão? – Lambert chamou, mudando habilmente de idioma. – Precisamos sair desta rua logo. Está cheia de bebês! Daqui a pouco, será uma choradeira.

O capitão riu.

– Eu os levarei para ouvir uma música melhor – disse. – Está na hora do órgão de Saint Bavon. A igreja fica aberta hoje.

– O quê? O grande órgão de Haarlem? – animou-se Ben. – Seria fabuloso, realmente. Já li muito a respeito dele, com seus tubos imensos e *vox humana*[21] que soa como um gigante cantando.

– O próprio – confirmou Lambert van Mounen.

Peter estava certo. A igreja ficara aberta, embora não para cultos religiosos. Alguém tocava o órgão. Quando os garotos entraram, foram recebidos por um som harmonioso. Parecia transportá-los, um por um, para dentro das sombras da construção.

O som se elevava até lembrar o rugido e o clamor de uma forte tempestade, ou do oceano quebrando-se sobre a praia. No meio do tumulto, ouviu-se um sininho; outro respondeu, e depois outro, e a tempestade parou para escutar. Os sinos começaram a tocar com mais coragem, o som era límpido e alto. Outros sinos, de tom mais grave, se juntaram a eles; todos repicavam em um solene concerto: ding, dong, ding, dong! A tempestade retornou com fúria redobrada, ribombando em trovões distantes. Os garotos se entreolharam sem dizer uma palavra. Parecia haver algo estranho. O que era aquilo? *Quem* gritou? *O que* gritou? De onde vinha aquele terrível urro musical? Era uma pessoa ou um demônio? Ou algum monstro encarcerado atrás daquela estrutura metálica esculpida, daquelas enormes colunas de prata? Um monstro desesperado que suplicava, gemia por liberdade! Era a *vox humana*!

Finalmente veio a resposta ao apelo, suave, carinhosa, delicada como uma cantiga de ninar. A tempestade amainou; pássaros antes ocultos apareceram, enchendo o ar de música extática, alegre, em voos cada vez mais altos, até a última nota diminuir e se perder a distância.

A *vox humana* se aquietou, mas, no glorioso hino de ação de graças em seu lugar, quase se podia ouvir os batimentos de um coração humano. O que significava? Que o grito de súplica do homem depararia com um profundo desprezo? Que a gratidão nos daria liberdade? Para Peter e Ben, parecia um cântico dos anjos. Os olhos embaçavam e a alma se inebriava de um estranho prazer. Por fim, como se carregados no ar por mãos invisíveis, eles flutuavam para longe da música, livres de toda a fadiga, e com

---

21 Um registro do órgão cujo efeito lembra a voz de uma pessoa. (N.T.)

nenhum outro desejo além de ouvir para sempre aqueles sons tão belos, quando, de súbito, a manga de Van Holp foi puxada com impaciência e uma voz rude perguntou:

– Por quanto tempo ainda ficaremos aqui, capitão, piscando para o teto como coelhos doentes? Está na hora de sairmos.

– Quieto! – sussurrou Peter, apenas meio desperto.

– Que é isso? Vamos logo – insistiu Carl, com um segundo puxão na manga.

Relutante, Peter se virou. Não forçaria ninguém a ficar ali contra a vontade. Com exceção de Ben, todos lhe lançavam um olhar de censura.

– Certo, pessoal – ele disse, em voz baixa. – Vamos. Devagar agora.

– Foi a melhor coisa que vi ou ouvi na Holanda desde que cheguei! – exclamou Ben, entusiasmado, assim que o grupo saiu da igreja. – É glorioso!

Ludwig e Carl riram, zombeteiros, do palavreado do inglês. Jacob bocejou, e Peter olhou para Ben de um jeito que o fez compreender instantaneamente que os dois não eram tão diferentes, embora um fosse holandês e o outro inglês. E Lambert, o intérprete, reagiu de modo brusco:

– Talvez você sinta isso. Acho que existem apenas uns dois órgãos dessa magnificência, mas esse órgão de Saint Bavon é considerado o mais grandioso do mundo há anos.

– Sabe o tamanho dele? – indagou Ben. – Notei que a igreja é prodigiosamente alta e o órgão ocupa o fim do corredor grande quase do chão ao teto.

– É verdade – disse Lambert. – E como a tubaria é magnífica! Parecem mesmo belas colunas de prata. Só servem para chamar atenção, sabe? Os *verdadeiros* tubos estão atrás. Alguns são tão grandes que um homem consegue engatinhar por dentro, enquanto outros parecem menores que a chupeta de um bebê. Bem, meu amigo, quanto ao tamanho, a igreja é mais alta que a abadia de Westminster e, ainda assim, o órgão se destaca nela. Ontem à noite, meu pai me disse que ele tem quase 33 metros de altura, 15 de largura e mais de cinco mil tubos. Possui 64 registros, se você sabe o que é isso, pois eu não sei. E três teclados.

– Muito bom! – disse Ben. – Que boa memória você tem. Minha cabeça é oca para números. Passam por ela com a mesma velocidade com que entram. Mas outros fatos e eventos históricos são guardados. É um consolo.

– Nisso divergimos – retrucou Van Mounen. – Sou ótimo para nomes e números, mas história, de modo geral, parece-me a maior de todas as miscelâneas sem nexo.

Enquanto isso, Carl e Ludwig discutiam a respeito de alguns monumentos de madeira que viram no interior da igreja. Ludwig afirmava que cada um tinha o nome da pessoa ali sepultada, e Carl insistia que não havia nomes, mas apenas brasões heráldicos dos falecidos, pintados sobre um fundo preto, com a data da morte em letras douradas.

– Sei o que digo – afirmou Carl. – Pois atravessei até o lado leste, para ver a bola de canhão que, segundo minha mãe, ainda se encontra lá. Foi disparada contra a igreja, no ano de 1500 e alguma coisa, por aqueles canalhas espanhóis, durante um culto. E realmente ainda está presa na parede. Quando voltei, prestei atenção aos monumentos. E repito: não há um único nome neles.

– Pergunte a Peter – sugeriu Ludwig, não inteiramente convencido.

– Carl tem razão – respondeu Peter, que, embora estivesse conversando com Jacob, ouvira a discussão. – Bem, Jacob, como eu dizia, o grande compositor Handel visitou Haarlem uma vez e, claro, fascinou-se com esse órgão. Conseguiu acesso e já o tocava com toda sua inspiração, quando o organista titular entrou na igreja. O sujeito ficou boquiaberto. Ele era um bom músico, mas nunca ouvira música daquela qualidade antes! "Quem está aí?", perguntou. "Se não for um anjo ou um demônio, deve ser Handel!" E, quando descobriu que era mesmo o grande músico, ficou ainda mais atônito. "Como é possível?", disse. "Não há mãos na terra capazes de tocar as passagens que você tocou. Os dedos humanos não podem controlar todas as teclas e registros!". "Sei disso", retrucou Handel, indiferente, "e por isso fui forçado a tocar certas notas com a ponta do nariz". Imagine o espanto do velho organista!

– Hein, o que foi? – exclamou Jacob, assustado quando a voz animada de Peter se silenciou de repente.

– Não me ouviu, patife? – foi a réplica indignada.

– Sim. Não. Ouvi antes. Mas agora acordei. Acho que estava andando meio adormecido – gaguejou Jacob, com um olhar abobalhado, pesaroso, que fez Peter rir.

O homem com quatro cabeças

Depois de saírem da igreja, os garotos pararam na praça do mercado porque queriam ver a estátua de bronze de Laurens Janszoon Coster, a quem os holandeses atribuem a invenção da prensa. Outros afirmam que o inventor foi Johannes Gutemberg de Mainz; e muitos creem que Faustus, criado de Coster, roubou os linotipos de madeira na véspera de Natal, enquanto seu patrão estava na igreja, e fugiu com a pilhagem e o segredo para Mainz. Coster nascera em Haarlem, e obviamente os holandeses se empenham em dar o crédito pela invenção a seu ilustre conterrâneo. O que se sabe com certeza é que o primeiro livro impresso de Coster é guardado pela municipalidade em um estojo de prata embrulhado em seda, sendo exibido com enorme cautela como uma relíquia preciosa. Dizem que o inventor teve a ideia de imprimir quando gravou seu nome em uma árvore e posteriormente comprimiu um pedaço de papel sobre as letras.

Claro que Lambert e seu amigo inglês se aprofundaram na conversa sobre o tema. Houve também uma discussão calorosa a respeito de outra invenção. Lambert declarou que a honra de agraciar o mundo com o telescópio e o microscópio se dividia entre Metius e Jansen, ambos holandeses, enquanto Ben afirmava, convicto, que Roger Bacon, monge inglês do século XIII, "anotou a descrição dos dois aparelhos, o microscópio e o telescópio, meu amigo, muito antes de nascerem esses dois sujeitos".

Quanto a um tema, porém, os dois concordavam: a arte de defumar e preservar arenques foi descoberta por William Beukles da Holanda, e o país fazia bem em homenageá-lo como benfeitor nacional, pois a riqueza e importância da nação devia-se, em grande medida, ao comércio de arenque.

– É impressionante – disse Ben – a quantidade prodigiosa desses peixes. Não sei o que se passa aqui, mas no litoral da Inglaterra, perto de Yarmouth, os cardumes de arenque se estendem até de um metro e oitenta a quase dois metros de profundidade.

– Notável, realmente – concordou Lambert. – Mas você sabia que a palavra "arenque" deriva do termo alemão, *heer*, um exército, por causa do jeito como os peixes avançam em grande número?

Pouco depois, enquanto passavam diante de uma oficina de sapateiro, Ben exclamou:

– Veja! Lambert, olhe o nome de um de seus maiores personagens na banca de um sapateiro! Boerhaave. Se fosse Herman Boerhaave em vez de Hendrick, seria completo.

Lambert arqueou as sobrancelhas, pensativo, e disse:

– Boerhaave, Boerhaave! O nome é muito conhecido. Lembro-me também de que nasceu em 1668, mas nada além disso. Há tantos holandeses famosos que é impossível a gente saber de todos. O que ele fez? Tinha duas cabeças? Ou foi um de seus excelentes nadadores natos, como Marco Polo?

– Ele tinha *quatro* cabeças – respondeu Ben, rindo. – Pois era um notável médico, naturalista, botânico e químico. Tenho tudo na memória porque li sobre a vida dele algumas semanas atrás.

– Compartilhe um pouco comigo, então – pediu Lambert. – Mas ande mais depressa, ou perderemos o pessoal.

– Certo – assentiu Ben, apressando o passo e observando com grande interesse tudo o que acontecia em uma rua movimentada. – Esse doutor Boerhaave foi um grande *anspewker*.

– Grande *o quê*? – surpreendeu-se Lambert.

– Ah, desculpe-me. Pensei naquele homem com o chapéu armado. É um *anspewker*, não é?

– Você quer dizer *aanspreeker*. Mas o que tem o seu amigo de quatro cabeças?

– Ele ficou órfão aos dezesseis anos, sem dinheiro, escola ou amigos.

– Que bom começo! – comentou Lambert.

– Ora, não me interrompa. Enfim, era órfão com dezesseis anos, sem amigos, mas tinha tanta fibra e vontade de adquirir conhecimento que se virou sozinho, e com o tempo acabou se tornando um dos homens mais cultos da Europa. Todos os... Ei, o que é aquilo?

– Onde? O quê?

– Aquele papel na porta do outro lado da rua. Não vê? Duas ou três pessoas estão lendo. Notei vários deles desde que cheguei.

– Ah, é apenas um boletim de saúde. Alguém na casa está doente, e, para impedir que qualquer pessoa insistente bata à porta, a família escreve um esboço da condição do paciente e o cola do lado de fora da casa, para benefício de amigos curiosos. Um costume muito sensato, com certeza. Nada de estranho ali. Continue, por favor. Dizia "todos os..." e me deixou em suspense.

– Ia dizer... – prosseguiu Ben. – Enfim, ia dizer que todos os... todos os... Ora, como as pessoas se vestem de um jeito engraçado aqui! Veja só esses homens e mulheres com aqueles chapéus de pão de açúcar. E aquela mulher à nossa frente, com um chapéu de palha que parece uma concha, mais fino na parte de trás. Onde já se viu algo assim tão engraçado? E os tremendos tamancos de madeira, também... Ela não é uma figura linda?

– Ah, são pessoas simples, do campo – explicou Lambert, um tanto impaciente. – Ou você esquece o velho Boerhaave ou fecha os olhos.

Ben riu.

– Eu *ia* dizer, todos os grandes homens da época procuravam o ilustre professor. Até Pedro, o Grande, quando veio da Rússia para a Holanda com o intuito de aprender a construir navios, frequentava as aulas do professor regularmente. Na época, Boerhaave lecionava medicina, química e botânica na Universidade de Leyden. Ficara muito rico como médico praticante, mas dizia que os pobres eram seus melhores pacientes porque Deus seria o pagador. A Europa inteira aprendeu a amá-lo e respeitá-lo. Em suma, ficou tão famoso que um mandarim da China endereçou uma carta ao "ilustre Boerhaave, médico da Europa", e a carta chegou ao destino sem dificuldade.

– Deus do céu! Isso é o que chamo de personalidade pública. Veja, os meninos pararam. E agora, capitão Van Holp, para onde?

– A ideia é irmos em frente – disse Van Holp. – Não há nada de interessante nesta época no Bosch. O Bosch é um bosque nobre, Benjamin, um belo parque com árvores magníficas, protegidas pela lei. Compreende?

– *Ya!* – respondeu Ben, enquanto o capitão prosseguia.

– A menos que queiram visitar o Museu de História Natural, podemos seguir pelo grande canal de novo. Se tivéssemos mais tempo, seria agradável levar Benjamin às Escadas Azuis.

– O que são as Escadas Azuis, Lambert? – perguntou Ben.

– São o ponto mais alto das Dunas. A vista do oceano é maravilhosa, além da oportunidade de ver como essas dunas são deslumbrantes. Mal se pode acreditar que o vento é capaz de amontoar areia de uma forma tão incrível. Mas, para chegarmos lá, precisamos atravessar Bloemendal, que não é uma aldeia bonita, e fica um pouco longe. O que acha?

– Ora, por mim, sem problemas. Pessoalmente, prefiro ir direto a Leyden, mas faremos o que o capitão decidir. Jacob?

– Sim, pode ser – disse em inglês Jacob, mais propenso a tirar uma soneca que a subir as Escadas Azuis.

O capitão era a favor de seguir para Leyden.

– Fica a quatro milhas daqui. Dezesseis milhas inglesas, Benjamin. Não temos tempo a perder se quisermos chegar antes da meia-noite. Decidam logo, rapazes: Escadas Azuis ou Leyden?

– Leyden – responderam; e, com um piscar de olhos, deixaram Haarlem, admirando os grandiosos moinhos de vento com aparência de torres e as belas casas de campo que ficaram para trás.

– Se quiser ver Haarlem – disse Lambert a Ben, depois de patinarem algum tempo em silêncio –, deve ir durante o verão. É o melhor lugar do mundo em termos de flores bonitas. As trilhas ao redor da cidade são soberbas; e o "bosque" com suas milhas de olmos nobres, em plena plumagem, é uma visão inesquecível. Não precisa sorrir, meu velho, porque falei de "plena plumagem". Quis dizer "folhagem" e misturei as palavras. Mas um olmo holandês supera tudo; é a árvore mais nobre na terra, Ben, exceto pelo olmo inglês.

– Agora, sim – concordou Ben, solene. – Exceto pelo olmo inglês.

E, por alguns momentos, ele mal pôde ver o canal, pois Robby e Jenny não saíam de seus pensamentos.

Amigo na hora das necessidades

Nesse meio-tempo, os outros garotos escutavam o relato de Peter sobre um incidente ocorrido não muito tempo atrás[22] em uma parte da cidade onde se erguia um antigo castelo cujo senhor tiranizara os aldeões a tal ponto que resolveram sitiá-lo. Quando o prepotente lorde sentiu que não aguentaria mais e se preparou para vender a própria vida pelo preço mais alto possível, sua esposa apareceu nas ameias e propôs abrir mão de tudo, desde que lhe permitissem sair com os bens preciosos que pudesse carregar nas costas. O acordo foi feito, e a senhora passou pelo portão com o marido sobre os ombros. A anuência dos aldeões preservou o senhor da fúria das tropas, mas deixou-os livres para extravasar a vingança contra o castelo.

– Acredita nessa história, capitão Peter? – perguntou Carl, em tom de incredulidade.

– Claro que sim. É histórico. Por que duvidaria?

[22] A excursão de sir Thomas Carr pela Holanda.

– Simplesmente porque nenhuma mulher conseguiria tal proeza. E, mesmo que conseguisse, não faria. É a minha opinião.

– Eu creio que muitas *fariam* exatamente isso. Tudo para salvar seus entes queridos – interveio Ludwig.

Jacob, que, apesar de gordo e sonolento, tinha uma natureza sentimental, ouvira a história com grande interesse.

– É verdade, garoto – disse, enquanto fazia um gesto afirmativo com a cabeça. – Acredito em cada palavra da história. Jamais me casaria com uma mulher que não se prontificasse a fazer o mesmo por mim.

– Que os céus a ajudem! – exclamou Carl, fixando o olhar no outro. – Ora, Poot, nem três *homens* carregariam você!

– Talvez não – concordou Jacob, resignado, achando que talvez esperasse demais da futura senhora Poot. – Mas, pelo menos, ela deveria estar *disposta*.

– Sim – anuiu a voz alegre de Peter. – Um coração disposto dá agilidade aos pés e, quem sabe, força aos braços também.

– Pete – chamou Ludwig, mudando de assunto. – Você me disse ontem à noite que o pintor Wouwerman nasceu em Haarlem?

– Sim, e Jacob Ruysdael e Berghem. Gosto de Berghem porque ele sempre tinha bom humor. Dizem que cantava enquanto pintava, e, apesar de ter falecido quase duzentos anos atrás, ainda se espalham as tradições sobre seu riso agradável. Foi um grande pintor e tinha uma esposa que era uma megera como Xantipa.

– Então, os dois se contrabalançavam – comentou Ludwig. – Ele era bondoso, e ela, enfezada. Mas, Peter, antes que eu me esqueça, aquele quadro de São Hubert e o cavalo não foi pintado por Wouwerman? Lembra-se? Papai nos mostrou uma gravura ontem à noite.

– Foi, sim. O quadro tem uma história.

– Conte-nos! – pediram dois ou três, achegando-se a Peter enquanto patinavam.

– Wouwerman – começou o capitão, em tom de oratória – nasceu em 1620, quatro anos antes de Berghem. Era mestre de sua arte, e se distinguiu particularmente nos quadros que mostravam cavalos. Por estranho que pareça, as pessoas demoraram tanto para reconhecer seus méritos, mesmo depois de ter chegado ao auge da excelência, que ele era obrigado a vender os quadros por preços irrisórios. O artista pobre caiu em profundo desânimo, e pior ainda, contraiu dívidas até a raiz dos cabelos. Um dia, conversava sobre essas agruras com seu padre confessor, um dos poucos que enxergavam a genialidade do mestre. O padre resolveu ajudá-lo e, com esse propósito, emprestou-lhe seiscentos florins, ao mesmo tempo que o aconselhou a cobrar um preço mais alto pelos quadros. Wouverman seguiu o conselho e conseguiu pagar o que devia. Imediatamente, as coisas melhoraram para ele. Todos apreciavam o artista que pintava quadros tão preciosos. Ele enriqueceu. Os seiscentos florins foram devolvidos, e em um gesto de gratidão Wouwerman deu ao padre um quadro representando seu benfeitor na figura São Hubert ajoelhado diante do cavalo. Aquele, aliás, do qual falávamos ontem à noite.

– Puxa, que história! – exclamou Ludwig, com visível interesse. – Quero ver de novo a gravura assim que chegarmos em casa.

Naquela mesma hora, enquanto Ben patinava com os companheiros ao lado do dique, Robby e Jenny tinham aula na bonita escola inglesa, prontos para as lições de leitura em voz alta.

– Comecem! Senhor Robert Dobbs – chamou o professor. – Página 242, atente para os pontos finais.

E Robby ergueu o tom de voz infantil para ser ouvido pela classe:

– "Lição 62. O herói de Haarlem. Muitos anos atrás, vivia em Haarlem, uma das principais cidades da Holanda, um menino com cabelos ensolarados e boa índole. O pai do menino era um operador de comportas, isto é, um trabalhador cuja função era abrir e fechar as comportas, ou portões grandes de carvalho, montadas a intervalos regulares nas entradas dos canais para regular a quantidade de água que podia passar.

"O operador ergue os portões mais ou menos de acordo com a quantidade de água necessária e os fecha com cuidado à noite, para evitar os possíveis perigos de transbordo no canal, ou de uma inundação na área em volta. Como grande parte da Holanda fica abaixo do nível do mar, as águas só não invadem a terra por causa dos fortes diques, ou barreiras, e por meio dessas comportas, que devem resistir à pressão das marés altas. Até as crianças pequenas na Holanda sabem que a vigilância constante é necessária para impedir que os rios e o oceano engolfem tudo, e um único momento de negligência por parte do operador de comportas pode causar a ruína e a morte de todos."

– Muito bom – disse o professor. – Agora, Susan.

– "Em uma bela tarde de outono, quando o menino tinha oito anos de idade, obteve o consentimento dos pais para levar alguns bolos a um cego, que morava no campo, do outro lado do dique. O garotinho saiu de casa com o coração alegre, e após passar uma hora com seu velho e grato amigo, despediu-se dele e tomou o caminho de volta.

"Enquanto marchava ao longo do canal, notou que as chuvas de outono tinham aumentado o nível das águas. Despreocupado, cantarolou uma trova infantil, mas começou a pensar nas resistentes comportas do pai, e deu graças pela força delas, pois, 'sem elas, onde estariam papai e mamãe?' – pensou. – 'Esses belos campos seriam alagados pela água furiosa. É disso que papai as chama: furiosas. Deve achar que elas têm raiva dele por não as deixar entrar'. E, com esses pensamentos na cabeça, o garotinho às vezes se curvava para pegar as flores bonitas no caminho. Outras vezes, jogava para cima um dente-de-leão só para vê-lo se desfazer no ar. Também parava de vez em quando para ouvir o farfalhar furtivo de um coelho na grama, mas, na maior parte do tempo, sorria ao se lembrar da expressão de felicidade no rosto cansado, porém atento, de seu amigo cego."

– Agora, Henry – ordenou o professor, virando a cabeça na direção do leitor seguinte.

– "De repente, o menino olhou ao redor, surpreso. Não tinha percebido o pôr do sol. Constatou, então, que sua longa sombra na grama desaparecera. Estava escurecendo e ele ainda teria uma boa caminhada até chegar em casa. Naquele momento, passava por um desfiladeiro deserto, onde as flores azuis começavam a se tornar cinzentas. Ele apressou o passo e, com o coração batendo rápido, se lembrou de uma cantiga de roda sobre crianças perdidas em florestas assustadoras. Bem no momento que se preparou para uma corrida, espantou-se com o som de água escorrendo. De onde vinha? Olhou para o alto e viu um pequeno orifício no dique, por onde descia um fio de água. Qualquer criança na Holanda treme só de pensar em um *vazamento no dique*! O garoto logo compreendeu o perigo. Se a água continuasse a escorrer, o buraquinho viraria um rombo, com o resultado de uma terrível inundação.

"Rápido como um relâmpago, ele sabia o que fazer. Largou as flores e escalou o dique até chegar ao orifício. Pôs o dedo gorducho nele, quase sem pensar. O vazamento parou! 'Ah, agora as águas furiosas não podem passar! Haarlem não será alagada enquanto eu ficar aqui!'

"No começo, tudo ia bem, mas a noite foi chegando. Vapores gelados se espalhavam pelo ar. Nosso pequeno herói começou a tremer de frio e medo. Gritou por socorro: 'Alguém venha me ajudar!', mas ninguém apareceu. O frio se intensificou. Um amortecimento que começara no dedo logo se alastrava pela mão e pelo braço, até o menino sentir o corpo inteiro dolorido. Gritou mais uma vez: 'Alguém! Mamãe! Mamãe!' Mas a mãe, alma caridosa e prática, já trancara as portas, decidida a repreender o filho no dia seguinte por ter passado a noite com o cego Jansen sem a permissão dela. Ele tentou assobiar. Talvez algum moleque perambulando à noite ouvisse o sinal, mas os dentes batiam tanto que era impossível. Então, rogou pela ajuda de Deus. E a resposta veio, através de uma santa resolução: 'Ficarei aqui até amanhecer'."

– Jenny Dobbs, é a sua vez – chamou o professor.

Os olhos de Jenny cintilavam de emoção pela história, mas ela respirou fundo e começou:

– "À meia-noite, a lua iluminou aquela forma pequena e solitária, sentada em uma pedra, à metade da altura do dique. O menino baixara a cabeça, mas estava acordado, pois, de vez em quando, a mão livre, inquieta, esfregava um pouco o braço estendido que parecia preso ao dique. E, mais de uma vez, o rosto pálido e choroso se virou bruscamente ao menor ruído, real ou fantasioso.

"Como podemos imaginar o sofrimento daquela vigília longa e temível? Quanta hesitação e quanto terror infantil assolavam o menino, que pensava em sua caminha quente em casa, em seus pais, irmãos e irmãs, enquanto só o que via de fato era a noite fria e assustadora? Se ele tirasse o dedo do buraco, as águas furiosas, mais enfezadas que nunca, jorrariam, só parando quando tivessem alagado toda a cidade. Não, ele aguentaria até o amanhecer. Se sobrevivesse! Nem sabia se estava vivo ainda. O que era aquele zunido estranho? E aquelas facas que pareciam cutucá-lo e perfurá-lo da cabeça aos pés? Na verdade, ele nem tinha certeza se poderia tirar o dedo, mesmo que quisesse.

"Ao raiar do dia, um clérigo que voltava de uma visita a um paroquiano doente ouviu gemidos enquanto passava rente ao topo do dique. Curvou-se e viu uma criança que parecia se contorcer de dor. 'Em nome dos céus, menino', exclamou. 'O que faz aí?' 'Estou impedindo o avanço da água', foi a simples resposta do pequeno herói. 'Chame alguém depressa'.

"Claro que logo chegou a ajuda e..."

– Jenny Dobbs – chamou o professor, impaciente. – Se não consegue controlar as emoções para ler direito, esperaremos até se recuperar.

– Sim, senhor! – disse Jenny, com um espanto.

Era estranho, mas, naquele momento exato, Ben, do outro lado do mar, dizia a Lambert:

– Que garoto nobre! Ouvi a história desse incidente várias vezes, mas até agora não sabia se era verdade ou não.

– É verdade! Claro que é – assegurou Lambert. – Contei-lhe a história exatamente como minha mãe me contou, anos atrás. Olhe, não há uma única criança na Holanda que não a conheça. E, Ben, talvez você não concorde, mas aquele garotinho representa o espírito da nação inteira. Não ocorre um único vazamento em política, honra ou segurança pública sem que um milhão de dedos não estejam prontos para tapá-lo a qualquer custo.

– Ora! – suspirou o jovem Ben. – Que conversa é essa?

– Uma conversa verdadeira – insistiu Lambert, em tom tão sereno que Ben achou prudente não questionar de novo.

No canal

A temporada de patinação começara inusitadamente cedo; nossos garotos não eram os únicos no gelo. A tarde estava tão agradável que homens, mulheres e crianças, decididos a aproveitar o feriado, haviam tomado o rumo do grande canal e chegavam de todos os lados. Sem dúvida, São Nicolau se lembrara do passatempo favorito, pois se viam patins novos e brilhantes por toda parte. Famílias inteiras deslizavam até Haarlem, Leyden ou as aldeias vizinhas. O gelo parecia vivo. Os homens observavam as mulheres de postura reta e descontraída, com trajes pitorescos variados. As últimas modas de Paris deslizavam ao lado de trajes desbotados e roídos por traças, usados há duas gerações; chapéus manchados de carvão acima de rostos sardentos e sorridentes pelo feriado; bonés de musseline ásperos com alças dos lados, esvoaçando perto de rostinhos rosados de saúde e alegria; casacos de pele, também, protegendo pescoços muito brancos; e roupas leves a se agitar sob rostos vermelhos do exercício. Enfim, toda mistura esdrúxula e cômica de artigos de vestuário e aparências humanas que a Holanda poderia produzir colaborava para dar vida à cena.

Havia *belles* de Leyden e esposas de pescadores das aldeias vizinhas; produtoras de queijo de Gouda, e matronas puritanas das bonitas casas de campo no Haarlemmer Meer. Patinadores grisalhos também eram presenças constantes, como por exemplo, mulheres idosas com cestos na cabeça, e vinham até crianças que mal começaram a andar, já patinando grudadas às saias da mãe. Algumas mulheres carregavam o bebê nas costas, firmes com um xale colorido. O efeito era belo e agradável quando passavam depressa ou apenas deslizavam devagar, ora trocando cumprimentos com algum conhecido, ora paparicando em tom meigo os bebezinhos bem agasalhados.

Meninos e meninas brincavam de pegar, ou se escondiam atrás dos trenós transportadores de turfa e madeira cortada, puxados por um único cavalo, para daí seguirem com cautela o caminho marcado como "seguro". Senhoras belas, majestosas, patinavam com os olhos brilhando de alegria pela diversão. Às vezes, uma fila longa de rapazes, cada um agarrado ao casaco do colega na frente, voava com uma velocidade espantosa; em outros momentos, o gelo guinchava sob o trenó de uma elegante e velha viúva, ou a esposa de algum burgomestre rico, que com o nariz muito vermelho e os olhos atentos parecia um espantalho inventado pelo Papai Noel para proteger do degelo suas pistas de patinação. O trenó vinha pesado, com suportes para os pés e almofadas, sem falar da própria velha senhora. Munido de lâminas brilhosas, ele deslizava sob o empurrão de um serviçal sonolento que não olhava para a direita nem para a esquerda, curvava-se para cumprir a tarefa, enquanto a passageira lançava olhares severos sobre os pequenos bagunceiros em algazarra, que invariavelmente agiam como guarda-costas.

Quanto aos homens, eram retratos vivos de puro deleite. Alguns trajavam vestes de qualquer cidadão comum, mas muitos tinham uma aparência engraçada, com seus casacos de lã curtos, calças largas e grandes fivelas prateadas. Para Ben, pareciam garotinhos que, por milagre, haviam subitamente virado homens e eram obrigados a usar roupas que suas mães espantadas teriam adaptado às pressas. O jovem inglês também notou que quase todos os homens que zuniam velozmente sobre o gelo fumavam cachimbo, deixando um rastro de fumaça como uma locomotiva. Os tipos de cachimbo eram os mais variados, desde os comuns de argila até o mais caros *meerschaums* revestidos de prata e ouro. Alguns eram entalhados com formas extraordinárias e fantásticas que representavam pássaros, flores, crânios, insetos e dezenas de outras coisas; alguns lembravam o "cachimbo holandês", planta nativa de nossas florestas americanas; outros eram vermelhos ou brancos como a neve; mas os mais respeitáveis deviam ser aqueles com entretons de marrom. Quanto mais escuro e profundo o marrom, claro, mais distinto o cachimbo.

Por algum tempo, Ben patinou em silêncio. Eram tantas as cenas que o atraíam, que ele quase se esqueceu dos companheiros. Perdeu-se em observar, por exemplo, os barcos de gelo que singravam o grande Haarlemmer (ou lago), cuja superfície congelada já era perfeitamente visível do canal. Esses barcos possuíam velas grandes, proporcionalmente muito maiores que das embarcações comuns, montadas sobre uma estrutura triangular, guarnecida com uma "lâmina" de ferro em cada canto, cuja parte mais larga atravessava a proa e a ponta se estendia além da popa. Tinham também lemes para o manejo e freios para a desaceleração, e eram de todos os tamanhos e tipos, desde pequenos e simples, conduzidos por um garoto, até grandes e vistosos, transportando grupos que viajavam a passeio e pilotados por marinheiros competentes. Fumando seus cachimbos, eles baixavam as velas, atracavam ou manobravam com grande solenidade e precisão.

Alguns barcos eram pintados e revestidos de ouro em grande estilo, e de seus mastros pendiam estandartes; outros, brancos como a neve, com todas as velas limpíssimas infladas pelo vento, pareciam cisnes levados pela corrente irresistível. Ao observar um desses barcos a distância, Ben teve a impressão de ouvir um grito desesperado de socorro vindo dele; mas logo percebeu que o som provinha de uma causa mais próxima e menos romântica: um barco de gelo a menos de cinquenta jardas dali, usando os freios para evitar uma colisão com um trenó de turfa.

Era rara a presença desses barcos no canal, e a chegada deles costumava atrair a atenção dos patinadores, principalmente os mais tímidos. Naquele dia, porém, parecia que todos os barcos de gelo no país tinham resolvido velejar, e o canal ficou cheio.

Apesar de deslumbrado pela cena, Ben se assustou mais de uma vez ante a aproximação súbita daqueles veículos irresistíveis, com suas velas altas, que ameaçavam disparar em alta velocidade para qualquer direção. Precisou de toda a sua energia para sair do caminho dos transeuntes e não se deixar aborrecer com aquelas crianças e seus gritos. Em determinado momento, ele parou para ver alguns meninos cavando um buraco no gelo, preparando-se para usar lanças de pesca. Assim que resolveu retomar o caminho, algo colidiu contra ele, e o jovem caiu no colo de uma senhora idosa. O trenó da mulher aparecera sem avisar. Ela gritou; o criado que a empurrava emitiu um som sibilante de advertência. Ben acabou se desculpando com o ar, pois, no instante seguinte, a senhora indignada já estava na dianteira, longe dali.

Esse foi um inconveniente leve, se comparado com o que ameaçou em seguida. Um barco de gelo enorme, com todas as velas desdobradas, deslizava a toda velocidade pelo canal, quase paralisando Ben com a ideia de destruição instantânea. Chegou tão perto que ele viu a proa dourada, ouviu o *schipper* [*capitão de uma pequena embarcação comercial, barco de passeio ou barco de gelo*] gritar e sentiu a retranca bem acima da cabeça. Ficou cego, surdo e mudo ao mesmo tempo, e quando abriu os olhos percebeu que girava, algumas jardas atrás do gigantesco leme do barco. Passara a pouquíssimos centímetros de seu ombro, mas ele escapou! Estava são e salvo para ver a Inglaterra de novo, beijar os rostos daqueles cuja imagem brilhara como um relâmpago em sua mente: pai, mãe, Robby e Jenny. Aquela retranca enorme projetara essas figuras no fundo da alma do garoto. Agora ele tinha certeza de quanto os amava. Talvez esse conhecimento o tenha feito encarar, resignado, os olhares zangados no canal, que pareciam sugerir que um garoto em perigo era necessariamente um menino *mau*, que merecia ser repreendido!

E a bronca de Lambert não tardou.

– Que descuidado! Achei que era o seu fim. Por que não olha por onde pisa? Não satisfeito em cair no colo de uma velhota, ainda quase se joga na frente de cada barco de gelo no caminho. Desse jeito, teremos de entregá-lo aos *aanspreekers*, se não tomar cuidado!

– Por favor, não faça isso – disse Ben, com fingida humildade. Ao notar, porém, os lábios pálidos de Lambert, acrescentou, sério: – Creio que *mais pensamentos* se passaram em minha cabeça naquele momento, Van Mounen, que em toda a minha vida até hoje.

Os dois meninos patinaram em silêncio por algum tempo.

De repente, ouviram o som de sinos distantes.

– Ei, o que é isso? – perguntou Ben.

– São os carrilhões – disse Lambert. – Estão testando os sinos na capela daquela aldeia. Ah, Ben, você precisa ouvir o repicar dos sinos da "Nova Igreja" em Delft. Quase quinhentos, com um som melodioso. E o tocador é um dos melhores da Holanda. Trabalho difícil. Dizem que o sujeito vai dormir totalmente exausto, depois de cumprir a tarefa. Os sinos são atrelados a uma espécie de teclado, parecido com o das pianolas. Há também um conjunto de pedais para os pés. Durante os toques mais agudos, o tocador parece uma rã saltitante, presa ao assento com um espeto.

– Que horror – comentou Ben, indignado.

Peter havia exaurido seu estoque de historietas de Haarlem e, como nada tinha a fazer além de patinar, ele e seus três companheiros aceleraram para alcançar Lambert e Ben.

– Aquele garoto inglês é muito rápido – disse. – Se tivesse nascido holandês, não poderia ser melhor. Geralmente esses John Bulls parecem ridículos sobre patins. Ora, ora! Aí estão vocês, Van Mounen. Já não tínhamos mais esperança de reencontrá-los. De quem fugiam com tanta pressa?

– Lesmas – grunhiu Lambert. – Por que demoraram?

– Estávamos conversando e, além do mais, dei a Poot um tempo para descansar.

– Ele parece esgotado, mesmo – disse Lambert em voz baixa.

Nesse momento, um belo barco de gelo com vela reduzida e flâmulas soltas deslizou perto deles. O convés estava repleto de crianças agasalhadas até o queixo. Quem olhasse para elas a partir da superfície do gelo veria apenas rostinhos sorridentes envoltos por cachecóis de lã coloridos.

Cantavam para São Nicolau. A música, que começara como um coro de vozes infantis dissonantes, ganhou volume em gloriosa harmonia:

Amigo dos marinheiros e das crianças!
Te pedimos, insistentes,
Enquanto velejamos, alegres,
No mar congelado, presentes!
Nicolau, São Nicolau!
Deixa-nos a ti cantar, contentes!

Enquanto corremos no ar invernal, Nossas vozes se unem neste jogral, Estás perto de nós, amigo Nicolau?

Nicolau! O amor é eterno.
Sim, São Nicolau.

O sol brilha para nós, E o frio espanta! No coração, um pensamento ensolarado é bem-vindo, Sempre nos encanta.

Nicolau! São Nicolau!
Sempre nos encanta!

A dádiva mais bela, a lição de amor, Festa e celebração, Deixa-nos te agradecer por velejarmos no mar congelado de emoção.

Nicolau! São Nicolau!
A ti dedicamos esta canção!

Jacob Poot muda os planos

A última nota da cantiga se apagou ao longe. Nossos garotos, que na tentativa de acompanhar o barco perceberam que iam devagar, se entreolharam.

– Que lindo! – exclamou Van Mounen.

– Como um sonho!

Jacob se aproximou de Ben e fez seu costumeiro gesto de "sim" com a cabeça ao dizer:

– Eis uma boa ideia. O melhor modo de chegar a Leyden: vamos de barco!

– De barco! – repetiu Ben, perplexo. – Ora, primo, nosso plano não era sermos carregados como criancinhas, e sim patinar.

– Ora essa! – resmungou Jacob. – Não são só os bebês que viajam de barco!

Os meninos riram, mas trocaram olhares de indecisão. Seria muito divertido entrar em um barco de gelo, se tivessem a oportunidade, mas quem pensaria em abandonar a grandiosa expedição?

O capitão Peter fez o grupo parar por um instante.

– Pessoal – disse. – Acho que devemos consultar Jacob sobre esse entrave. Afinal, foi ele que sugeriu nossa excursão.

– Pois sim! – reclamou Carl, olhando com desdém para Jacob. – Quem está cansado? Podemos descansar a noite inteira, em Leyden.

Ludwig e Lambert pareciam ansiosos e decepcionados. Não era fácil perder o crédito por terem patinado de Broek a Haia e de volta, mas os dois concordaram que a decisão caberia a Jacob.

Garoto de espírito bom, Jacob, apesar de cansado, leu o sentimento nos olhares dos outros.

– Ah, não – disse em holandês. – Estava brincando. Vamos patinar, claro.

Os garotos gritaram, jubilosos, e retomaram a jornada, revigorados.

Exceto Jacob. Tentava ao máximo não demonstrar a fadiga e, sem conversar, poupava o fôlego e a energia para a grande aventura sobre o gelo. Mas em vão. Dali a pouco, o corpo obeso lhe parecia cada vez mais pesado, os membros fraquejavam. Pior: o sangue, ávido por se afastar o quanto antes do gelo, subiu até as bochechas gorduchas, sempre bem-humoradas, tingindo a raiz de seus cabelos amarelos de um vermelho-fogo.

Esse tipo de esforço tende a causar vertigem, conforme escreveu Hans Anderson, o mesmo mal que derruba jovens caçadores do alto das montanhas ou das grandes geleiras e que também afeta os andarilhos em suas trilhas montanhosas.

A vertigem chegou a Jacob pouco a pouco, primeiro provocando-lhe calafrios da cabeça aos pés, para logo em seguida escaldar todas as veias com febre. Parecia-lhe que o canal congelado tremia e oscilava sob seus pés, e que as velas brancas se contorciam, até que despencou pesadamente sobre o gelo.

– Vejam! – gritou Van Mounen. – Poot caiu!

Ben acelerou o passo em direção ao primo.

– Jacob! Jacob, machucou-se?

Peter e Carl tentavam erguê-lo. O rosto do garoto estava lívido. Parecia sem vida; até a expressão de bom-humor se fora.

Juntou-se uma multidão. Peter desabotoou o casaco do pobre rapaz, afrouxou o cachecol e fez respiração boca a boca.

– Abram espaço, por favor! – gritou. – Ele precisa de ar!

– Deixem-no deitado – sugeriu uma mulher.

– Coloquem-no de pé – pressionou outra.

– Deem um pouco de vinho a ele – grunhiu um sujeito gorducho que conduzia um trenó sobrecarregado.

– Sim, sim, vinho! – todos repetiram.

Ludwig e Lambert gritaram ao mesmo tempo:

– Vinho! Vinho! Quem tem vinho?

Um holandês de aspecto sonolento começou a enfiar as mãos misteriosamente sob um pesado casaco azul, e disse:

– Não se afobem, jovens. Não se afobem. O garoto foi tolo, desmaiando como uma menina.

– Vinho, depressa! – pediu Peter, que com a ajuda de Ben massageava Jacob da cabeça aos pés.

Ludwig estendeu a mão desesperada para o holandês, que, com ares de grande importância, ainda remexia algo debaixo do casaco.

– Depressa! Ele pode morrer. Alguém tem vinho?

– Ele *já* morreu! – disse uma voz tenebrosa no meio da multidão.

O holandês se assustou.

– Vão com calma! – alertou, tirando finalmente um pequeno frasco azul. – Isso é *schnapps*. Um pouquinho basta.

De fato, um pouco foi suficiente. A palidez cedeu lugar a um leve rubor. Jacob abriu os olhos e, entre aturdido e envergonhado, tentou afoitamente se libertar daqueles que o apoiavam.

Não havia alternativa: o grupo de patinadores teria de carregar seu colega exausto até Leyden, de algum jeito. Seria impossível para Jacob continuar patinando naquele dia. Na verdade, todos os meninos já começavam a desejar secretamente um barco de gelo, decididos a não abandonar Jacob. Felizmente, uma brisa suave e constante soprava para o sul. Se algum *schipper* caridoso aparecesse, a situação não seria tão ruim, afinal.

Peter fez um sinal para a primeira vela que surgiu. Os homens na popa nem olharam para ele. Três veleiros com equipamento para gelo passaram, mas já estavam superlotados. De repente, um bonito barco de gelo, pequeno, mas tentador, passou por eles como uma flecha. Os garotos mal tiveram tempo de acompanhá-lo com o olhar ávido, pois logo se afastou. No desespero, como tinham braços fortes, resolveram apoiar Jacob da melhor maneira possível e levá-lo até a aldeia mais próxima.

Naquele momento, apareceu ao longe um barco de gelo malconservado. Quase sem esperança de sucesso, Peter gritou, ao mesmo tempo que tirava o chapéu e o agitava no ar.

A vela foi baixada, ouviu-se o som do freio raspando, e uma voz agradável gritou, do convés:

– De que precisam?

– Pode nos dar uma carona? – gritou Peter de volta, apressando o passo com os companheiros o mais rápido possível, pois o barco ainda se encontrava a certa distância. – Pode nos dar uma carona?

– Pagaremos por ela! – acrescentou Carl.

O homem a bordo mal o notou, mas grunhiu algo do tipo "isto não é um *trekschuit*. Com o olhar ainda voltado para Peter, perguntou:

– Quantos são?

– Seis.

– Bem, é dia de São Nicolau. Subam! O jovem está doente? – perguntou, apontando para Jacob com o queixo.

– Sim. Colapso pelo cansaço. Patinou o caminho todo desde Broek – explicou Peter. – Você vai para Leyden?

– É o que me diz o vento. Sopra naquela direção agora. Podem subir!

Pobre Jacob! Se a prestativa senhora Poot aparecesse de repente, seus serviços seriam preciosos. Com certa dificuldade, os meninos conseguiram içá-lo para o barco. Todos subiram. Com uma baforada do cachimbo, o *schipper* abriu a vela, soltou o freio e se sentou na popa, com os braços cruzados.

– Puxa, que veloz! – exclamou Ben. – Que viagem! Sente-se melhor, Jacob?

– Muito melhor, obrigado.

– Ora, estará novo em folha daqui a uns dez minutos. Puxa, neste barco a gente voa como um pássaro.

Jacob assentiu com a cabeça e piscou.

– Não durma, Jacob. Está muito frio. Poderá não acordar. Muitas pessoas morrem congeladas assim.

– Não vou dormir – assegurou-lhe Jacob, e em dois minutos já estava roncando.

Carl e Ludwig riram.

– Precisamos acordá-lo! – exasperou-se Ben. – É perigoso, estou dizendo. Jacob! Jacob…!

O capitão Peter interferiu, pois três dos garotos já ajudavam Ben a sacudir Jacob, por diversão.

– Bobagem! – disse. – Não façam isso. Deixem-no dormir. Ninguém ronca desse jeito se estiver congelado. Cubram-no com alguma coisa. Este manto serve. Ei, *schipper*? – Ele olhou para a popa, à espera da permissão.

O homem assentiu.

– Pronto – concluiu Peter, delicadamente ajeitando o manto sobre Jacob. – Vamos deixá-lo dormir. Estará brincalhão como sempre, ao acordar. Leyden ainda está longe, *schipper*?

– Não mais que uns dois cachimbos – respondeu uma voz no meio da fumaça, como os gênios nos contos de fada (puf, puf…) – Provavelmente menos de um cachimbo e meio… Puf.. Puf… Puf!.. se o vento continuar favorável. Puf… Puf… Puf…!

– O que ele disse, Lambert? – indagou Ben, cobrindo as bochechas com as mãos enluvadas para evitar o ar cortante.

– Que estamos a menos de dois cachimbos de Leyden. Metade dos marujos aqui no canal mede a distância pelo tempo que levam para fumar um cachimbo.

– Que ridículo.

– Escute, Benjamin Dobbs – disse Lambert, cada vez mais indignado pelo sorriso discreto de Ben. – Você tem o hábito de chamar de ridículo tudo o que vê *deste* lado do mar Báltico. Talvez goste da palavra, mas *eu* não gosto. Se quer algo ridículo, lembre-se do costume inglês de obrigar o prefeito de Londres, no momento da posse, a contar os pregos em uma ferradura como prova de que *estudou*.

– Quem lhe disse que temos tal costume? – indignou-se Ben, com uma expressão séria.

– Ora, simplesmente sei, ninguém me disse. Está em todos os livros. E é verdade. – Lambert riu, incapaz de se conter. – Acho estranho você viver na ignorância feliz de tantas coisas ridículas no *seu* lado do mapa.

– Bobagem! – exclamou o garoto inglês, tentando não sorrir. – Pretendo verificar essa questão do prefeito assim que chegar em casa. Deve haver algum engano. Ei! Que velocidade. Isso é fantástico!

Foi um delicioso passeio, ou jornada, nem sei qual é o melhor termo. Talvez *voo* seja a palavra mais apropriada, pois os garotos sentiam-se como Sinbad, o Marujo, que voou entre as nuvens em uma de suas aventuras; ou Belerofonte, que ganhou as alturas nas costas de Pégaso, seu cavalo alado.

Jornada, passeio ou voo, tudo passava rapidamente por eles, e, antes que tivessem tempo de respirar fundo, Leyden, com seus telhados altos e pontudos, logo apareceu para cumprimentá-los.

Com a cidade à vista, era hora de acordar o dorminhoco. Jacob se levantou e a profecia de Peter se cumpriu: o rapaz se sentia revigorado e de ótimo humor.

O *schipper* tentou recusar as moedas de prata que Peter quis colocar em suas mãos firmes e calejadas quando lhe agradeceu do fundo do coração.

– Meu jovem – disse o homem, afastando a mão. – Trabalho é uma coisa, mas um favor é outra.

– Sei disso – afirmou Peter. – Mas seus meninos e meninas esperam doces quando você chega em casa. Em nome de São Nicolau, compre alguns para eles.

O capitão do barco sorriu.

– Ah, isso é verdade. Tenho pirralhos, e não são poucos. Você é um jovem muito perspicaz.

Dessa vez, a mão nodosa se estendeu de um modo aparentemente casual, mas com a palma para cima. Peter pôs logo o dinheiro nela e deu um passo para trás.

A vela foi baixada e o freio puxado, levantando uma chuva de gelo em volta do barco.

– Adeus, *schipper*! – despediram-se os garotos, pegando os patins e saltando do convés, um por um. – Muito obrigado!

– Adeus! Esperem...! Meu casaco!

Ben ajudava o primo a descer, e perguntou:

– Por que o homem está gritando? Ah, já sei. Você está com o casaco dele nos ombros.

– É mesmo – retrucou Jacob, apoiando-se no tombadilho para descer. – Por isso ele estava tão pesado.

– Ou melhor, por isso *você* estava tão pesado – emendou Ben, corrigindo o inglês do primo.

– Ah, sim. *Você* estava tão pesado. É verdade – concordou Jacob inocentemente, enquanto tentava se desvencilhar do manto. – Pronto. Entregue a ele, por favor, e diga-lhe que sou muito grato.

– Próxima parada, uma taberna – anunciou Peter assim que o grupo entrou na cidade. – Apressem-se, companheiros de patinação!

Mynheer Kleef e seu cardápio

Em pouco tempo, os jovens encontraram um estabelecimento despretensioso perto da Breedstraat (*Broad Street*) com o desenho engraçado de um leão sobre a porta. Era a Rood Leeuw, ou Leão Vermelho, propriedade de Huygens Kleef, um holandês robusto de pernas curtas e um cachimbo muito comprido.

Àquela hora, estavam todos com um apetite voraz. O pequeno lanche em Haarlem servira apenas para deixá-los com mais fome, agravada após o exercício e o passeio de barco no canal.

– Meu caro senhor, sirva-nos o que puder! – pediu Peter, um tanto pomposo.

– Bem, podem pedir o que quiserem. Tenho de tudo – *Mynheer* Kleef retrucou, cumprimentando-os com uma reverência que lhe era difícil.

– Nesse caso, traga-nos salsichas e pudim.

– Ah, *mynheer*, a salsicha acabou. E não temos mais pudim.

– Salmagundi, então, e bastante.

– Também acabou, meu jovem.

– Ovos, e rápido.

– Ovos no inverno não fazem bem – disse o taberneiro, mordendo os lábios e erguendo as sobrancelhas.

– Também não tem ovos? Bem, então… caviar.

O holandês ergueu as mãos rechonchudas:

– Caviar? Isso é feito de ouro! Quem tem caviar para vender?

Peter já comera caviar em casa; sabia que era feito de ovos de esturjão e outros peixes grandes, mas não tinha ideia do custo.

– Senhor taberneiro, o que tem para nos servir?

– O que tenho? Tudo. Pão de centeio, sauerkraut, salada de batatas e o arenque mais gordo em Leyden.

– O que acham, homens? – perguntou o capitão. – Pode ser?

– Sim – responderam os jovens famintos. – Se for rápido.

Mynheer se retirou, no passo de um sonâmbulo, mas dali a pouco arregalou os olhos ao notar o sortilégio que fez o arenque desaparecer em um instante. Em seguida, vieram (e se foram) salada de batatas, pão de centeio e café. O item seguinte era água de Utrecht com sabor de laranja e, por fim, fatias de pão de gengibre. Essa última guloseima não constava no cardápio, mas *mynheer* Kleef, levado aos extremos, providenciou-a solenemente de seus próprios armazéns e mal piscou quando seus vorazes clientes se levantaram, declarando que estavam satisfeitos.

– E como! – exclamou Kleef intimamente, embora o rosto não demonstrasse o menor sinal. Ele esfregou as mãos e perguntou: – Os senhores querem pernoitar?

– Se queremos pernoitar? – debochou Carl. – Como assim? Parecemos cansados?

– Não, senhor. Mas, se quiserem, deixo as camas aquecidas e arejadas. Ninguém dorme debaixo de lençóis úmidos no Leão Vermelho.

– Ah, entendi. Voltaremos depois para dormir aqui, capitão?

Peter estava acostumado com hospedarias melhores, mas aventura é aventura.

– Por que não? – retrucou. – Aqui se come muito bem.

– O jovem senhor disse uma verdade – comentou *mynheer*, com grande deferência.

– Que elegante, ser chamado de "jovem senhor" – riu Ludwig para Lambert, enquanto Peter dizia:

– Sim, senhor taberneiro, pode deixar os quartos arrumados para as nove horas.

– Tenho um belo quarto com três camas que acomodariam todos os jovens senhores – informou *Mynheer* Kleef, persuasivo.

– Serve.

Quando voltaram à rua, Carl assobiou.

Ludwig não entendeu.

– O que foi? – quis saber.

– Nada, exceto que *Mynheer* Kleef do albergue Leão Vermelho não tem ideia da bagunça que faremos, todos no mesmo quarto. Travesseiros vão voar!

– Ordem! – chamou o capitão. – Agora, pessoal, preciso encontrar esse famoso doutor Boekman antes de me recolher. Se ele estiver em Leyden, não será difícil, pois sempre se hospeda no hotel Águia Dourada quando vem à cidade. Admiro-me por vocês não terem ido dormir imediatamente. Mas, já que estão acordados, que tal caminharem comigo e com Ben até o Museu ou a Sede da Prefeitura?

– De acordo – disseram Ludwig e Lambert.

Jacob também preferiu ir com Peter. Em vão, Ben tentou convencê-lo a ficar no albergue. Jacob, porém, declarou que nunca se sentira melhor e queria muito ver a cidade, pois era sua primeira estada em Leyden.

– Ora, não lhe fará mal algum – disse Lambert. – Que dia longo foi esse, e como nos divertimos! Nem parece que saímos de Broek só hoje de manhã.

Jacob bocejou.

– Gostei muito – disse. – Mas sinto que saímos há pelo menos uma semana.

Carl riu e murmurou algo do tipo "vinte sonecas".

– É nessa esquina que nos separamos – disse o capitão, enquanto ele e Jacob se afastavam. – Lembrem-se de que nos encontraremos no Leão Vermelho às oito.

O Leão Vermelho fica perigoso

Para o deleite dos garotos, a lareira estava acesa quando voltaram ao Leão Vermelho. Carl e seu grupo chegaram primeiro. Pouco depois, Peter e Jacob entraram. Não tinham encontrado o doutor Boekman, mas descobriram que ele estivera em Haarlem naquela manhã.

– Se ele passou por Leyden? – dissera o dono do Golden Eagle a Peter. – Impossível. O doutor sempre se hospeda aqui, quando vem à cidade. Agora já haveria uma fila diante de minha porta para uma consulta com ele. Puxa, como as pessoas gostam de ser trouxas!

– Dizem que é um excelente cirurgião – comentou Peter.

– Sim, o melhor da Holanda. Mas e daí? De que adianta receitar pílulas e cortar as pessoas com faca? O sujeito é um animal. No mês passado, bem aqui onde estamos, ele me chamou de *porco* na frente de três clientes!

– Não! – exclamou Peter, forçando-se para parecer surpreso e indignado.

– Sim, jovem. *Porco* – repetiu o proprietário, com uma baforada do cachimbo e ar de injuriado. – Ora, se ele não pagasse bem pela hospedagem nem atraísse fregueses para a minha casa, eu preferiria vê-lo no Canal Vleit a lhe dar um quarto.

Talvez o proprietário sentisse que falava de um modo muito franco com um estranho, ou possivelmente viu o sorriso disfarçado de Peter, pois acrescentou, abrupto:

– Posso ajudá-lo em mais alguma coisa? Jantar? Um quarto?

– Não, *mynheer*. Apenas quero encontrar o doutor Boekman.

– Espero que consiga. Ele não está em Leyden.

Peter não desamaria tão fácil. Obteve a permissão para deixar um bilhete endereçado ao famoso cirurgião, ou melhor, *comprou* desse amável hoteleiro o privilégio de escrevê-lo ali mesmo, e uma promessa de que seria entregue imediatamente assim que o doutor Boekman chegasse. Em seguida, Peter e Jacob retornaram ao Leão Vermelho.

O albergue fora outrora um estabelecimento fino, lar de um cidadão rico, mas, depois de ficar velho e malcuidado, acabou passando por muitas mãos até se tornar propriedade de *mynheer* Kleef. Enquanto contemplava as paredes imundas e rachadas, ele gostava de dizer que consertou e pintou tudo, e que não havia casa mais bonita em Leyden. Tinha seis blocos, os três primeiros de igual largura, mas com alturas diferentes; os últimos três ficavam sob o telhado grande e alto e iam diminuindo como uma série de degraus duplos até o mais alto parecer apenas um ponto. O telhado fora construído com telhas brilhantes, e as janelas, com venezianas pequenas, pareciam espalhadas de modo irregular sobre a fachada do prédio, sem a menor atenção ao efeito externo. Mas o saguão no andar térreo era o orgulho e a paixão do proprietário. Jamais dizia que precisava de conserto e pintura, pois tudo se encontrava nas melhores condições de ordem e organização holandesas. Se o leitor ativar o olho mental, poderá vislumbrar o cômodo.

Imagine uma sala grande e vazia, cujo assoalho parecia feito de quadrados recortados e dispostos em um pirex de torta feito de argila vítrea, primeiro um quadrado amarelo, depois um vermelho, até o conjunto inteiro parecer um imenso tabuleiro de damas. Pense em uma dúzia de cadeiras com encosto alto ao redor desse arranjo; depois, uma chaminé suntuosa e oca, iluminada pelas chamas que se refletiam cem vezes nos cães de aço polido; uma lareira azulejada nas laterais e no alto, com uma frase em holandês em cima; e a cobrir tudo, acima da cabeça das pessoas, uma prateleira estreita, repleta de castiçais de bronze, acendedores de cachimbo e caixas de fósforos. Agora veja, em um canto da sala, três mesas de pinho; no outro, um armário e um guarda-comida. Cheio de canecas, pratos, cachimbos, jarros, garrafas de barro e de vidro, é sustentado em uma das extremidades por um barril com alça de bronze e quatro pernas. O ambiente está impregnado de fumaça de tabaco, mas fora isso é tão limpo que se nota o trabalho de sabão e areia para deixá-lo assim.

Na sequência, imagine dois homens sonolentos e de aparência desleixada, usando tamancos, sentados perto do fogo ardente, abraçando os próprios joelhos e fumado cachimbos pequenos; *Mynheer* Kleef caminha devagar, com passos firmes, pela sala, e veste calças de couro até o joelho, sapatos de feltro e um casaco verde mais largo que comprido; visualize em seguida uma pilha de patins no canto e seis meninos bem-vestidos, com variadas atitudes, sentados em cadeiras de madeira, e verá a sala de café do Leão Vermelho como estava às nove horas da noite naquele 6 de dezembro de 18--. Para o jantar, pão de gengibre de novo, fatias de salsicha holandesa, pão de centeio com sementes de anis, picles, uma garrafa de água Utrecht e um bule com um café muito misterioso. Os garotos tinham tamanho apetite que poderiam devorar qualquer coisa e dizer que era excelente.

Ben fazia caretas irônicas, mas Jacob declarou que nunca comera melhor. Depois de bater papo, rir e contar o dinheiro com o intuito de resolver uma discussão em torno das despesas, o capitão conduziu a tropa para as camas, acompanhando um garoto de pele oleosa, com jeito dos pioneiros, que carregava estacas e um castiçal em vez de machado.

Um dos homens desfavorecidos pela sorte e acomodados em frente à lareira virou-se para pedir uma caneca de cerveja, bem no instante em que Ludwig, último da fila, saía da sala.

– Não gosto do olhar daquele sujeito – ele sussurrou para Carl. – Parece um pirata ou algo assim.

– Parece uma velha, isso sim! – comentou Carl, com um sonolento desdém.

Ludwig deu uma risada nervosa.

– Velha ou não – cochichou –, digo-lhe que parece um daqueles homens no *voetspoelen*.

– Essa não! – caçoou Carl. – Eu sabia que aquele quadro era demais para você. Veja se o rapaz à frente, com o castiçal, não parece outro malfeitor.

– Não. Aliás, o rosto dele parece honesto, autêntico como um queijo de Gouda. Mas, Carl, aquele quadro era mesmo horrendo.

Carl grunhiu e disse:

– Por que passou tanto tempo olhando-o?

– Não pude evitar.

Os garotos chegaram ao "belo quarto com três camas". Uma criada pequena e gorducha com brincos longos se encontrou com eles na entrada, cumprimentou-os com reverência cortês e saiu. Carregava um objeto com cabo longo que parecia uma frigideira com tampa.

– Gostei de ver aquilo – comentou Van Mounen com Ben.

– O quê?

– Ora, o aquecedor de cama. Está cheio de cinza quente. Ela estava aquecendo nossas camas.

– Ah, o aquecedor de cama! Seremos gratos a ela, com certeza – disse Ben, sonolento demais para fazer outro comentário.

Enquanto isso, Ludwig ainda falava do quadro que lhe causara uma forte impressão. Vira-o na vitrine de uma loja durante a caminhada. A pintura não era caprichada e representava dois homens amarrados de costas um para o outro, de pé no convés, cercado por um grupo de marinheiros que se preparavam para atirá-los ao mar. Essa forma de condenar prisioneiros à morte era chamada de *voetspoelen*, ou lava-pés, e foi usada pelos holandeses contra os piratas de Dunkirk em 1605; depois, pelos espanhóis contra os holandeses no terrível massacre que sucedeu ao cerco de Haarlem. Embora fosse um quadro ruim, a expressão nos rostos dos piratas era clara. Apesar de parecerem desesperados e deprimidos, tinham um aspecto tão cruel, malévolo, que Ludwig sentiu uma satisfação secreta ao contemplar a condição inescapável deles. Já teria se esquecido da cena se não tivesse visto o homem mal-encarado diante da lareira. Naquele momento, enquanto ele pulava na cama como qualquer garoto levado, desejou intimamente que o *voetspoelen* não assombrasse seus sonhos.

Era um quarto frio e lúgubre; o fogo recém-aceso no fogão polido parecia trêmulo enquanto tentava não apagar. As janelas, com venezianas pequenas e engraçadas, eram lustrosas e sem cortina, o assoalho encerado lembrava uma camada de gelo amarelo. Três cadeiras de vime colocadas junto à parede alternavam com três camas de madeira, que faziam o ambiente parecer uma ala vazia de um hospital. Em qualquer outra circunstância, os garotos achariam impossível dormir em pares, principalmente em um quarto tão estreito, mas naquela noite perderam todo o medo de ter pouco espaço e queriam apenas descansar o corpo exausto nas camas de penas sobre cada estrado. Se estivessem na Alemanha em vez de na Holanda, as cobertas talvez também fossem de penas. Houve uma época em que esse luxo era adotado somente por holandeses ricos ou excêntricos.

Ludwig, como já vimos, ainda não perdera o espírito lúdico, mas os outros meninos, depois de uma ou duas tentativas de briga de travesseiros, se prepararam para a noite, com grande dignidade. Nada como a fadiga para fazer a garotada se comportar!

– Boa noite, pessoal! – disse Peter, debaixo das cobertas.

– Boa noite – responderam em uníssono, exceto por Jacob, que já roncava ao lado do capitão.

– Escutem – chamou Carl pouco depois. – Que ninguém espirre. Ludwig está apavorado!

– Não estou, não – protestou Ludwig, com a voz abafada.

Seguiu-se uma breve disputa em sussurros, que terminou quando Carl disse:

– Quanto a mim, não sei o que é medo. Mas você é um sujeito assustado, Ludwig.

Ludwig apenas resmungou, mas nada disse.

No meio da noite, o fogo trepidou até se apagar; e, no lugar de seu brilho, pequenos quadrados de luar se desenhavam no assoalho, lentamente mudando de lugar pelo quarto. Algo mais se mexia, mas os garotos não viram. Jovens adormecidos não são grandes vigias. Nas primeiras horas da noite, Jacob Poot conseguira, pouco a pouco, enrolar-se com todas as cobertas. Parecia uma crisálida gigante ao lado do semicongelado Peter, que com toda a sua força deslizava em cima do mais gélido e lúgubre iceberg da terra dos sonhos.

Como mencionei, além do luar, algo mais dançava pelo assoalho polido; não se movia devagar, mas sorrateiramente.

Acorde, Ludwig! O *voetspoelen* está se tornando real!

Não. Ludwig não acorda, mas geme enquanto dorme.

Carl não ouve? Carl, o valente, o destemido?

Não. Ele sonha com a corrida.

E Jacob? Van Mounen? Ben?

A coisa continua a se esgueirar, dessa vez mais lenta.

Peter! Capitão Peter, perigo!

Peter não ouviu o chamado, mas no sonho, escorregava alguns centímetros de um iceberg para outro, e o choque o despertou.

Puxa! Como estava frio! Ele deu um puxão fútil, desesperado, na crisálida. Lençol, cobertor e colcha estavam firmemente enrolados em volta da forma inanimada de Jacob.

Observou, então, o claro luar. Indício de tempo agradável no dia seguinte. Mas… O que era aquilo?

Ele viu a coisa se mexer, algo preto, agachado no assoalho, que parou enquanto o capitão se virava.

Continuou olhando para a coisa, em silêncio.

Logo, o vulto se moveu de novo, chegando mais perto. Era um homem engatinhando.

O primeiro impulso do capitão foi o de dar o alarme, mas preferiu ponderar um instante.

O indivíduo rastejando no assoalho tinha uma faca brilhante em uma das mãos. Era preocupante, mas Peter não perdeu a compostura. Quando a cabeça se virava, os olhos de Peter estavam fechados, como se ele dormisse; mas, em outros momentos, nenhum olhar seria mais atento e aguçado que o do capitão.

O ladrão se aproximava cada vez mais. Suas costas já estavam muito perto de Peter. Com movimentos suaves, a faca foi posta no chão. Um braço cauteloso se estendeu para puxar as roubas da cadeira ao lado da cama do capitão: começava o furto.

Era a hora de Peter! Ele prendeu a respiração, pulou da cama e se jogou com toda a força sobre as costas do ladrão, assustando-o com o impacto do golpe. O homem começou a se debater, mas Peter se sentou como um gigante nas costas do gatuno, montando-o.

– Não se mexa – disse o valente garoto, com o tom mais terrível que pôde. – Mova-se um centímetro e eu afundo esta faca em seu pescoço. Pessoal! Pessoal! Acordem – ele gritou, sem diminuir a pressão sobre a cabeça escura, ainda com a faca rente ao pescoço do assaltante. – Ajudem aqui. Eu o peguei!

A crisálida rolou, mas não deu outro sinal de vida.

– Depressa, rapazes! – Peter gritou de novo, sem sair do lugar. – Ludwig! Lambert! Ora, será que estão todos mortos?

Mortos? De jeito nenhum. Van Mounen e Ben se levantaram em um segundo.

– Ei! O que aconteceu? – perguntaram, agitados.

– Peguei um ladrão – disse Peter friamente. – Fique quieto, bandido, ou corto sua cabeça! Vocês aí, arranquem o cordão da cama. Temos tempo suficiente. Ele é um homem morto, caso de mexa.

Peter sentia que pesava uns quinhentos quilos. E, de posse da faca, podia muito bem ser verdade.

O homem grunhia e praguejava, mas não se atrevia a se mexer.

Ludwig já saíra da cama também. Guardava no bolso das calças um belo canivete, o orgulho de seu coração. Seria muito útil naquele momento. Os dois garotos esvaziaram o estrado da cama em um segundo; uma corda o entrelaçava.

– Vou cortar! – exclamou Ludwig, atacando o nó. – Segure-o firme, Peter!

– Pode deixar – retrucou o capitão, dando um cutucão no invasor com a faca, só para adverti-lo.

Dali a instantes, os garotos começaram a puxar a corda, como bons soldados. Finalmente saiu; era um pedaço longo e firme.

– Agora, pessoal – comandou o capitão –, ergam os braços do patife! Cruzem as mãos nas costas! Isso. Desculpem-me se estou no caminho. Amarrem as mãos com firmeza.

– Sim, e os pés também, canalha! – gritavam os meninos em grande agitação, fazendo um nó atrás de outro, com puxões hercúleos.

O prisioneiro mudou de tom.

– Ai... ai! – gemeu. – Poupem um homem doente. Sou sonâmbulo.

– Pois sim! – resmungou Lambert, enquanto apertava mais a corda. – Sonâmbulo, é? Ora, já vamos acordá-lo.

O homem vociferou palavras horrendas entre os dentes e, em seguida, assumiu uma voz de mártir:

– Soltem-me, jovens senhores! Tenho cinco filhos pequenos em casa. Por São Bavon, juro que darei a cada um de vocês uma moeda de dez florins, se me libertarem.

Peter riu, e os outros o imitaram.

Vieram, então, ameaças que faziam Ludwig estremecer, embora continuasse a puxar e amarrar com energia redobrada.

– Cale-se, *mynheer* assaltante – alertou Van Mounen. – Esta faca está muito perto de sua garganta. Se deixar o capitão irritado, não sabemos o que poderá acontecer.

O ladrão captou a mensagem e ficou em silêncio, apesar da zanga.

Nesse momento, a crisálida na cama se mexeu e logo se sentou.

– Qual é o problema? – perguntou, sem abrir os olhos.

– O problema? – repetiu Ludwig, entre a tremedeira e a risada. – Levante-se, Jacob. Temos um trabalho para você. Sente-se nas costas desse sujeito enquanto nos vestimos. Estamos quase congelados.

– Que sujeito? Ora…

– Viva Poot! – gritaram todos os meninos enquanto Jacob deslizava rapidamente da cama para o assoalho e se sentava com força ao lado de Peter, nas costas do criminoso.

E como o sujeito gemeu!

– Não precisamos mais segurá-lo no chão, pessoal – disse Peter, erguendo-se, mas não sem antes tirar uma pistola do cinto do homem. – Estou de olho nesta arma bonitinha já faz uns dez minutos. Está engatilhada, e o menor movimento sobre ela poderia causar um disparo. Agora passou o perigo. Preciso me vestir. Você e eu, Lambert, iremos à polícia. Não tinha ideia de que estava tão frio.

– Para onde foi Carl? – perguntou um dos garotos.

Todos se entreolharam. Carl não estava lá.

– Oh! – gemeu Ludwig, dessa vez realmente apavorado. – Onde está ele? Talvez tenha lutado com o ladrão e levado um tiro fatal.

– Não é nada disso – comentou Peter tranquilamente, enquanto abotoava o casaco. – Olhem debaixo das camas.

Obedeceram. Não o encontraram.

Nesse exato momento, ouviram uma comoção na escadaria. Ben correu e abriu a porta. O taberneiro quase colidiu com ele. Carregava um grande bacamarte.

Dois ou três hóspedes seguiam-no; depois, apareceu a filha, com uma frigideira na mão erguida e uma vela na outra; e atrás dela, pálido e com ar de pavor, o galante Carl!

– Pegamos o homem, senhor taberneiro – disse Peter, apontando para o prisioneiro.

O taberneiro preparou o bacamarte, a garota gritou, e Jacob, mais ágil que de costume, rolou para fora das costas do ladrão.

– Não atire – pediu Peter. – Está com os pés e as mãos amarrados. Vamos virá-lo e ver quem é.

Carl deu um passo à frente e, com a voz irritada, disse:

– Sim, vamos virá-lo de um jeito que ele não vai gostar. Por sorte, nós o pegamos!

Ludwig riu:

– Onde estava, senhor Carl?

– Onde? – grunhiu Carl, zangado. – Ora, fui dar o alarme, claro!

Todos os garotos trocaram olhares, mas estavam alegres e agitados demais para dizer qualquer coisa negativa. Carl parecia corajoso, de repente. Começou a virar o homem indefeso, enquanto três outros o ajudavam.

O rosto agora visível mostrava raiva; o ladrão resmungava alguma coisa. Ludwig pegou o castiçal da mão da moça.

– Quero dar uma olhada nesta beleza – disse, aproximando-se, mas mal acabara de falar quando subitamente empalideceu e, no susto, quase derrubou a vela.

– O *voetspoelen*! – exclamou. – Pessoal, é o sujeito sentado diante da lareira!

– Claro que é – concordou Peter. – Contamos nosso dinheiro na frente dele, como otários. Mas que temos a ver com o *voetspolen*, meu irmão? Um mês de cadeia é punição suficiente.

A filha do proprietário saíra do quarto. De repente, entrou às pressas de novo, segurando um par de enormes tamancos de madeira.

– Veja, meu pai – disse. – São os sapatos feios dele. É o homem que se hospedou no quarto ao lado depois que os rapazes se recolheram para dormir. Ah! Foi um erro colocar os jovens cavalheiros tão longe de nossa vista e de nossos ouvidos.

– Miserável! – rosnou o taberneiro. – Desgraçou minha casa. Vou procurar a polícia agora mesmo!

Em menos de quinze minutos, dois policiais com cara de sono estavam no quarto. Depois de informar *mynheer* Kleef de que deveria comparecer logo de manhã com os garotos para apresentar sua queixa a um magistrado, foram embora com o prisioneiro.

Podemos pensar que o capitão e sua tropa não conseguiram dormir mais naquela noite, mas até hoje não inventaram uma âncora capaz de impedir que os jovens e uma consciência limpa caiam na deriva do rio dos sonhos. Os garotos estavam cansados demais para deixar que um evento tão banal como capturar um ladrão lhes tirasse o sono. Logo se deitaram de novo, flutuando em meio a cenas estranhas feitas de coisas familiares. Ludwig e Carl espalharam sua cama no assoalho. O primeiro já se esquecera do *voetspoelen*, da corrida; de tudo, enfim. Mas Carl permanecia acordado. Ouviu os carrilhões tocando sua solene música da noite e a matraca barulhenta do guarda-noturno perturbando a cada quinze minutos; viu o luar se afastando da janela e a luz rubra do amanhecer entrando, mas seu único pensamento era: "Droga! Como banquei o idiota!"

Carl Schummel sozinho, sem ninguém para vê-lo ou ouvi-lo, não era tão pomposo como o Carl Schummel seguro de si e arrogante.

Perante o tribunal

Como você pode imaginar, a filha do taberneiro fez questão de preparar uma boa refeição para os garotos, na manhã seguinte. *Mynheer* possuía um gongo chinês que fazia mais barulho que uma dúzia de sinos anunciando o desjejum. O clamor terrível desse objeto repercutia por toda a casa e geralmente assustava até os hóspedes mais sonolentos, mas a donzela não permitiu que fosse usado naquela manhã.

– Deixe os valentes jovens cavalheiros dormir – disse ao ajudante de cozinha com aparência engordurada. – Podem se fartar quando acordarem.

Eram dez horas quando o capitão Peter e sua tropa desceram as escadas, um atrás do outro.

– Que bonito, hein? – disse o taberneiro, emburrado. – Já deveríamos ter comparecido ao tribunal. Uma complicação para um albergue tão respeitável, é o que foi esse acontecimento. Falarão bem da comida excelente e das acomodações confortáveis no Leão Vermelho, não é, senhores?

– Claro que falaremos bem – respondeu Carl, sarcástico. – Além da companhia agradável também, apesar da visita em horário um tanto inapropriado.

Um olhar de espanto e um resmungo foram a resposta de *mynheer* ao comentário, mas a filha era mais comunicativa. Só para provocá-lo, disse, atrevida:

– Não devia ser tão agradável assim, jovem viajante, a julgar pelo modo como fugiu dela!

– Criatura impertinente! – vociferou Carl em voz baixa, enquanto examinava as correias dos patins. Ao mesmo tempo, o ajudante de cozinha escutava através de uma fresta da porta e se contorcia de tanto rir.

Depois do café da manhã, os meninos foram ao tribunal, acompanhados por Huygens Kleef e a filha. O depoimento de *mynheer* se concentrou mais no fato de que a presença de um ladrão no Leão Vermelho era inédita até a noite anterior, e quanto ao Leão Vermelho, era um albergue tão respeitável quanto qualquer estabelecimento em Leyden. Cada um dos garotos contou o que sabia acerca do episódio e identificou o prisioneiro no banco dos réus como o homem que invadira o quarto na calada da noite.

Ludwig se surpreendeu ao ver que o prisioneiro era um homem de tamanho comum, principalmente após descrevê-lo ao tribunal, sob juramento, como um sujeito enorme, com ombros grandes e retos e pernas de um peso prodigioso. Jacob jurou que acordou com os movimentos do ladrão esperneando no chão, e logo em seguida, Peter e os outros (arrependidos de não terem explicado a questão ao colega sonolento) afirmou em seu depoimento que o homem não movera um músculo desde o momento em que a ponta da faca tocou-lhe a garganta, até ser rolado no chão, ainda amarrado, para mostrar o rosto. A filha do taberneiro fez um dos garotos corar, e todo o tribunal sorrir, quando declarou:

– Não fosse aquele belo jovem senhor ali – apontando para Peter –, talvez todos tivessem sido assassinados em suas camas; pois o horrível criminoso tinha uma faca tão comprida quanto o próprio braço, Meritíssimo. O belo jovem cavalheiro deve ter lutado muito para tirar a faca do homem, mas é modesto demais para contar, que Deus o abençoe!

Por fim, após um curto interrogatório e a inquirição do promotor público, as testemunhas foram dispensadas e o ladrão foi entregue à deliberação da corte criminal.

– Miserável! – esbravejou Carl, quando os jovens saíram para a rua. – Deveria ser preso imediatamente! No seu lugar, Peter, eu teria matado o bandido na hora.

– Então, ele teve sorte de cair em mãos mais gentis – foi a resposta discreta de Peter. – Parece que já foi preso antes, sob a acusação de invasão de domicílio. Não conseguiu levar nada dessa vez, mas quebrou as dobradiças da porta, e acho que isso constitui arrombamento aos olhos da lei. E portava uma faca, o que só complica a situação, pobre-diabo!

– Pobre-diabo? – desdenhou Carl. – Até parece que era seu irmão!

– Mas é meu irmão, e seu também, Carl Schummel, de certa forma – admitiu Peter, olhando nos olhos de Carl. – Não sabemos o que teríamos sido, sob outras circunstâncias. Somos protegidos contra o mal desde o momento em que nascemos. Um lar feliz e pais amorosos poderiam ter feito daquele homem um bom sujeito, em vez de criminoso. Queira Deus que a lei lhe traga a cura, e não o esmague!

– Amém! – disse Lambert, entusiasmado, enquanto Ludwig van Holp observava o irmão com tanto orgulho e admiração, que Jacob Poot, filho único, pensava, do fundo do coração, como seria bom se a pequena forma sepultada na igreja velha em casa tivesse vivido para crescer ao lado dele.

– Pois sim! – queixou-se Carl. – Quem preferir, que seja santo e perdoe, e toda essa parafernália, mas eu sou naturalmente rigoroso. Todas essas lindas ideias só me tocam como granizo, o que, aliás, não é da conta de ninguém.

Peter reconheceu um toque de bons sentimentos naquela mal interpretada concessão. Ele estendeu a mão e disse, com carinho e franqueza:

– Toque aqui, garoto. Sejamos bons amigos, mesmo que não concordemos em todos os assuntos.

– Concordamos mais do que você pensa – disse Carl, soturno, enquanto apertava a mão de Peter.

– Muito bem – logo disse Peter. – Agora, Van Mounen, queremos saber o que Ben deseja. Aonde gostaria de ir?

– Ao Museu do Egito – respondeu Lambert após conferenciar rapidamente com Ben.

– Fica na Breedstraat. Então, é para o museu que iremos. Vamos, pessoal!

As cidades cercadas

– Essa praça à nossa frente – começou a dizer Lambert, caminhando ao lado de Ben – é bonita no verão, com as árvores frondosas. As pessoas a chamam de Ruine. Anos atrás era repleta de casas, e o canal Rapenburg atravessava a rua. Bem, certo dia uma barcaça que rumava para Delft, carregada com dezoito mil quilos de pólvora, atracou aqui e os marinheiros resolveram cozinhar no convés. Quando menos esperavam, tudo explodiu, causando a morte de muita gente e destruindo cerca de trezentas casas.

– O quê! – exclamou Ben. – A explosão destruiu trezentas casas?

– Sim, senhor. Meu pai estava em Leyden na época. Diz que foi terrível. A explosão ocorreu ao meio-dia e foi como um vulcão. Toda essa parte da cidade ficou em chamas imediatamente, edifícios ruíram e homens, mulheres e crianças gemiam de agonia em meio aos escombros. O próprio rei veio à cidade e agiu nobremente, conta meu pai, pois passou a noite inteira nas ruas, encorajando os sobreviventes em seus esforços para apagar o fogo e salvar o maior número possível de pessoas debaixo dos detritos de pedra e lixo. Por intermediação do rei, uma coleta para ajudar as vítimas foi realizada por todo o reino, além de cem mil florins tirados da tesouraria. Meu pai tinha só dezoito anos. Creio que foi em 1807, mas ele se lembra até hoje. Um amigo dele, o professor Luzac, foi um dos que morreram no acidente. Puseram uma placa em memória dele na Igreja de São Pedro, mais adiante, a coisa mais estranha que você já viu, com uma imagem entalhada do professor, representando-o do jeito que estava quando foi encontrado depois da explosão.

– Que ideia estapafúrdia! O monumento de Boerhaave também não fica na Igreja de São Pedro?

– Não me lembro. Talvez Peter saiba.

Ben ficou deslumbrado quando o capitão disse que o monumento estava realmente lá e ele achava que poderiam vê-lo naquele dia.

– Lambert – continuou Peter. – Pergunte a Ben se viu o retrato de Van der Werf na prefeitura ontem à noite.

– Não – disse Lambert. – Posso responder por ele. Era muito tarde para entrarmos. Amigos, acreditem: é incrível como Ben sabe das coisas. Já me contou um volume de história da Holanda. Aposto que tem na ponta da língua o cerco de Leyden.

– Então a língua deve queimar – interveio Ludwig. – Pois, se o relato de Bilderdyk for verdadeiro, foi um episódio ardente.

Ben os olhava com um sorriso inquiridor.

– Estamos falando do cerco de Leyden – explicou Lambert.

– Ah, sim – disse Ben, interessado. – Não me lembrava mais disso. Foi exatamente neste local. Vamos dar ao velho Van der Werf três hurras! Hur...

Van Mounen interrompeu-o com um rápido "psiu!" e explicou que, por mais patrióticos que fossem os holandeses, a polícia logo apareceria se um bando de garotos prestasse homenagem na rua ao meio-dia.

– O quê? Não podemos honrar Van der Werf? – indignou-se Ben. – Um dos melhores homens da história? Pense! Não foi ele quem repeliu aqueles espanhóis assassinos por meses a fio? A cidade cercada de todos os lados pelo inimigo; grandes fortes tenebrosos espalhando fogo e morte no próprio coração da cidade, mas ele não se rendeu! Todos os homens foram heróis; aliás, as mulheres e crianças também, valentes e ferozes como leões, a comida acabando, a própria grama entre as pedras da rua se esgotara, e as pessoas tendo de comer cavalos, gatos, cães e ratos. E, de repente, chega a peste: centenas morrendo nas ruas. Mas nada de rendição! Quando não aguentavam mais, apesar de valentes como eram, as pessoas cercaram Van der Werf na praça pública e imploraram que desistisse, e como reagiu o nobre burgomestre? "Jurei defender esta cidade, e com a ajuda de Deus, *é o que farei*! Se meu corpo puder satisfazer o apetite de vocês, peguem-no, cortem-no em pedaços, mas não esperem que eu me renda enquanto estiver vivo!" Foi o que ele disse. Hurra! Hur...

Ben estava se excedendo; com um gesto brincalhão, Lambert pôs a mão sobre a boca do amigo. O resultado foi uma breve briga de socos, temível de se observar, mas agradável à natureza humana em seu estado juvenil.

– O que aconteceu, Ben? – quis saber Jacob, que correra até os dois.

– Ah, nada de importante – respondeu o primo, ofegante. – Só que Van Mounen teve medo de começar um tumulto inglês nesta cidade ordeira. Interrompeu minha homenagem ao velho Van der...

– *Ya, ya!* Não é bom fazer barulho com homenagens. Aliás, você verá Van der Does na Stadhuis.

– O velho Van der Does? Pensei que havia lá o retrato de Van der Werf.

– *Ya* – disse Jacob. – Van der Werf. Ora, e daí? Os dois são bons.

– Sim, Van der Does foi um nobre e velho holandês, mas não era como Van der Werf. Sei que defendeu a cidade como uma rocha, e...

– O que está dizendo, Benjamin? Ele não defendeu a cidade com rochas, mas lutou com suas armas, como um bom soldado. Você caçoa de tudo.

– Não, não, não! Eu disse que ele defendeu a cidade *como* uma rocha. Isso é um grande elogio, entenda. Nós, ingleses, chamamos até o duque de Wellington de rocha.

Jacob pareceu intrigado, mas a indignação já amainara.

– Enfim, não importa. Não pensei que soldado fosse o mesmo que rocha, mas não importa.

Ben riu amigavelmente, e, ao notar que o primo se cansara de conversar em inglês, virou-se para o amigo bilíngue.

– Van Mounen, dizem que até os pombos-correios que trouxeram a notícia de alívio à cidade sitiada se encontram em algum lugar aqui em Leyden. Gostaria muito de vê-los. Pense nisso! O que teria acontecido se, no clímax do conflito, o vento não tivesse virado e agitado as águas, afogando centenas de espanhóis e permitindo aos barcos holandeses trazer homens e provisões até os portões da cidade? Os pombos prestaram um grande serviço, entregando cartas aqui e acolá. Li em algum lugar que a partir daquele dia foram reverenciados, e quando morriam, eram empalhados e guardados na prefeitura. Precisamos dar uma olhada.

Van Mounen riu.

– Sob tal princípio, Ben, suponho que, se visitar Roma, esperará ver os mesmos gansos que salvaram a capital. Mas, enfim, é muito fácil ver os pombos. Estão no mesmo edifício que tem o retrato de Van der Werf. Qual foi a maior defesa, Ben, o cerco de Leyden ou o de Haarlem?

– Ora – disse Ben, pensativo. – Van de Werf é um de meus heróis. Todos temos nossos vultos históricos favoritos, você sabe, mas penso realmente que o cerco de Haarlem provocou uma resistência mais ousada e heroica que o de Leyden; além disso, deram aos sitiados em Leyden um exemplo de coragem e força, pois a vez deles chegou primeiro.

– Não sei muito sobre o cerco de Haarlem – disse Lambert. – Exceto que ocorreu em 1573. Quem venceu?

– Os espanhóis – foi a resposta de Bem. – Os holandeses resistiram por vários meses. Nenhum homem queria se entregar; aliás, nenhuma mulher também. Elas lutaram ombro a ombro galantemente ao lado de seus maridos e pais. Trezentas delas foram lideradas por Kanau Hesselaer, uma mulher de fibra, valente como Joana d'Arc. Todo esse tempo, a cidade foi sitiada pelos espanhóis sob Frederico de Toledo, filho daquela beldade, o duque de Alva. Isolados de toda ajuda externa, os moradores pareciam não ter esperança, mas seu clamor de desafio era ouvido por cima das muralhas. Chegaram a atirar pão nos campos inimigos para mostrar-lhes que não tinham medo da fome. Resistiram corajosamente até o fim, esperando por uma ajuda que nunca chegou, tornando-se cada vez mais corajosos até as provisões terminarem. E a partir daí, foi terrível. Com o passar do tempo, centenas de criaturas famintas caíram mortas nas ruas, e os vivos não tinham mais forças para enterrá-las. Por fim, chegaram a uma resolução desesperada: em vez de perecerem em uma tortura prolongada, os mais fortes formariam um quadrado, colocando os mais fracos no centro, e correriam como uma tropa única ao encontro da morte, com uma chance remota de abrir caminho através do inimigo. Os espanhóis perceberam o estratagema e, convictos de que os holandeses não hesitariam em tentar qualquer ato ousado, resolveram discutir os termos de paz.

– Demoraram, parece-me.

– Sim, com falsidade e traição, logo puderam entrar na cidade, prometendo proteção e perdão a todos, exceto aos que os próprios cidadãos reconhecessem como merecedores da morte.

– Não me diga! – exclamou Lambert, visivelmente interessado. – Foi assim que acabou a contenda, suponho.

– Nem de perto – disse Ben. – Pois o duque de Alva já dera ordens ao filho para não tratar ninguém com misericórdia.

– Ah, foi aí que ocorreu o grande massacre de Haarlem. Lembro-me agora. É fácil entender por que os holandeses não gostam da Espanha quando lemos o modo como foram dizimados por Alva e suas tropas, embora eu deva reconhecer que o nosso lado às vezes retaliava de forma brutal. Mas, como lhe disse antes, tenho uma noção muito indistinta de assuntos históricos. Tudo é confuso, desde o dilúvio até a batalha de Waterloo. Uma coisa, porém, é certa: o duque de Alva foi um dos piores espécimes de homem que já existiu.

– Isso dá apenas uma ideia superficial dele – comentou Ben. – Mas detesto pensar nesse canalha. Se ele *tivesse* inteligência e habilidade militar, e coisas assim! Agora veja homens como Van der Werf, e... O que foi?

– Ora, ora – disse Mounen, que olhava de um lado para outro da rua, com ar de perplexidade. – Passamos pelo museu, e não vejo nossos companheiros. Vamos voltar.

Leyden

Os garotos se encontraram no museu e logo se envolveram com a observação das extensas coleções de curiosidades, que lhes davam um novo entendimento da vida antiga e moderna do Egito. Ben e Lambert haviam visitado o Museu Britânico diversas vezes, mas isso não os deixava menos surpresos ante a riqueza da coleção de Leyden. Continha utensílios domésticos, vestimentas, armas, instrumentos musicais, sarcófagos e múmias de homens, mulheres e gatos, ibexes e outras criaturas. Viram um bracelete de ouro maciço que fora usado por um rei egípcio em uma época remota, quando talvez aquelas múmias ainda percorressem agilmente as ruas de Tebas; e joias e acessórios pertencentes à filha do Faraó, que os filhos de Israel tomaram de empréstimo quando partiram do Egito.

Havia outras relíquias interessantes, de Roma e da Grécia, e alguns curiosos objetos de cerâmica romanos descobertos em escavações perto de Haia; lembranças dos tempos em que os conterrâneos de Júlio César haviam se assentado na região. Afinal, por onde eles não passaram? Não me surpreenderia se fossem encontradas relíquias dos antigos romanos a metros de profundidade sob a grama em volta do monumento Bunker Hill.

Quando os jovens saíram desse museu, entraram em outro e viram uma maravilhosa coleção de fósseis de animais, esqueletos, pássaros, minerais, pedras preciosas e outros espécimes naturais, mas, como não eram homens da Academia, só o que podiam fazer era olhar, valer-se do pouco conhecimento de história natural que possuíam e desejar ardentemente que tivessem aprendido mais. Até o esqueleto do rato deixava Jacob perplexo. Pudera! Não estava acostumado a ver as criaturinhas que temiam os gatos correrem só em ossos; e como poderia imaginar que o pescoço de um rato era tão estranho?

Além do Museu de História Natural, o grupo visitou a Igreja de São Pedro, que continha o memorial do professor Luzac, e o monumento de Boerhaave de mármore branco e preto, com sua urna e símbolos esculpidos das quatro idades da vida, bem como o medalhão de Boerhaave, adornado com seu lema favorito: *Simplex sigillum veri*. Os meninos também ganharam acesso a um jardim de chá, que no verão era um *resort* favorito dos cidadãos, e que, para além de seus carvalhos desfolhados e árvores frutíferas, ascendia até um monte alto, bem no centro. Era o local de uma torre redonda já em ruínas, que segundo alguns fora construída por Hengist, o rei anglo-saxão, enquanto outros alegavam que era o castelo de um dos antigos condes da Holanda.

Ao caminharem sobre o topo da muralha de pedras, os garotos perceberam que a vista da cidade ao redor não era muito boa. A torre era maior quando, mais de dois séculos atrás, os habitantes da cidade sitiada gritavam para a sentinela com toda a força dos pulmões:

– Há reforços chegando? As águas sobem? O que você vê?

E, durante vários meses, a sentinela só podia responder:

– Nenhum reforço. À nossa volta vejo apenas o inimigo.

Ben afastou tais pensamentos e, decidido a observar o jardim de chá deserto, imaginou-o cheio de grupos se divertindo no verão. Tentou esquecer-se das velhas nuvens de batalhas e visualizar apenas auréolas de fumaça de tabaco subindo entre homens, mulheres e crianças desfrutando chá e café ao ar livre. Mas, apesar de sua imaginação, uma tragédia real ocorreu.

Poot se curvava sobre a borda da grande muralha. Seria típico do jovem um surto de tontura seguida da queda. Impaciente, Ben se virou para o outro lado. Se seu primo, com a cabeça fraca, não sabia que era melhor não se aventurar, pois que caísse. Horror! O que foi aquele som de algo pesado desabando?

Ben ficou paralisado. Mal podia engolir.

– Jacob!

– Jacob! – gritou outra voz assustada, e depois outra.

Prestes a desmaiar, Ben conseguiu finalmente virar a cabeça. Viu uma multidão de meninos na borda da muralha em frente, mas Jacob não estava lá!

– Pelos céus! – ele gemeu, dando um salto. – Onde está meu primo?

Os garotos abriram espaço. Afinal, não era uma multidão, mas apenas quatro. No meio, sentava-se Jacob, esfregando os flancos e rindo a valer.

– Assustei vocês? – perguntou, em holandês. – Vou contar o que aconteceu. Havia uma pedra grande na muralha, e movi o pé para deslocá-la um pouco. Quando me dei conta, lá foi a pedra para baixo e me deixou sentado aqui, com os pés para o alto. Se eu não tivesse me jogado para trás naquele momento, certamente teria rolado com a pedra. Ah, não importa. Ajudem-me a ficar de pé, companheiros.

– Está machucado! – exclamou Ben, notando uma sombra de seriedade no rosto do primo enquanto os outros o levantavam.

Jacob tentou rir de novo.

– Ah, não. Dói um pouco quando me levanto, mas não tem problema.

O monumento Van der Werf na Hooglandsche Kerk não estava aberto para visitação naquele dia, mas os garotos passaram alguns momentos agradáveis na Stadhuis (a sede da prefeitura), uma estrutura comprida e irregular, quase em estilo gótico, de arquitetura rudimentar, mas pitoresca pela idade. Seu pequeno e melodioso campanário parecia ter sido emprestado de algum outro edifício, rapidamente adaptado com um toque final.

Depois de subirem pela majestosa escadaria, os garotos logo se viram em um ambiente um tanto obscuro, que continha a obra-prima de Lucas van Leyden, ou Hugens, artista holandês que viveu há 370 anos, já pintava bem com dez anos de idade e se destacou na arte com seus meros quinze anos de vida. O quadro se chamava *Julgamento Final*, e se considerarmos a época remota em que foi pintado, é realmente uma produção notável. Os jovens, porém, estavam menos interessados em identificar os méritos da obra que em se deleitar no fato de ser um quadro tríptico, ou seja, pintado em três divisões, as duas externas fixas em dobradiças para poderem se fechar, quando desejável, por cima da parte principal.

Os quadros históricos de Harel de Moor e outros artistas holandeses famosos despertaram o interesse do grupo por algum tempo, e Ben quase teve de ser arrastado do velho e encardido retrato de Van der Werf.

Tanto a prefeitura quanto o Museu do Egito ficam na Breedstraat, a rua mais comprida e elegante em Leyden. Ela não é atravessada por nenhum canal, e as casas, pintadas em quase todas as variedades de cor, possuem um efeito pitoresco com suas extremidades inclinadas para a rua; algumas são muito altas, mas a metade dessa altura está nos telhados que lembram degraus; outras se aglutinam diante de edifícios públicos e igrejas. Limpa, espaçosa, sombreada e adornada com diversas mansões elegantes, a rua se compara favoravelmente com as partes mais refinadas de Amsterdã. A manutenção é meticulosa. Muitas das sarjetas são cobertas com painéis que se abrem como alçapões, e o abastecimento é providenciado por bombas revestidas de ornamentos de latão reluzentes, escovadas e brilhantes graças ao dinheiro público. A cidade é intersectada por numerosas vias aquáticas formadas pelo rio Reno, que lá corre lento, exausto de seu longo percurso; entretanto, mais de 150 pontes de pedra religam as ruas separadas. O mesmo rio de fama mundial, degradado do belo Reno com suas correntes livres, serve de fosso da fortificação que circunda Leyden e é entrecortado por pontes levadiças nos imponentes portões que dão acesso à cidade. Belas e amplas alamedas, sombreadas por árvores nobres, ladeiam o canal e contribuem para a aparência reclusa das casas atrás delas, aumentando o efeito de um isolamento escolástico que parece permear o local.

Enquanto examinava os edifícios no Canal Rapenburg, Ben ficou um tanto decepcionado com a aparência da grande Universidade de Leyden. Mas, ao recordar a história da Universidade, que, em meio à pompa de uma grandiosa exibição pública, fora fundada pelo príncipe de Orange como um tributo aos cidadãos pela bravura demonstrada durante o cerco, ao se lembrar dos grandes homens de religião, estudo e ciência que a frequentaram, e ao pensar nas centenas de estudantes que agora compartilhavam dos benefícios de suas aulas e de seus valiosos museus científicos, mais que depressa dispensou a beleza arquitetônica, embora sentisse que nada dela seria excessivo naquela instituição.

Peter e Jacob tinham um interesse ainda mais profundo e prático pelo edifício, pois em poucos meses entrariam ali como estudantes.

– Pobre Don Quixote travaria combates inúteis nesta parte do mundo – disse Ben, após Lambert ter apontado para algumas excentricidades e belezas das imediações. – Moinhos de vento por toda parte. Você se lembra da luta terrível dele contra um moinho, suponho.

– Não – respondeu Lambert, seco.

– Eu também não, pelo menos não muito bem. Mas havia algo assim nas aventuras de Don Quixote. Ou deveria haver. Veja como giram aqueles grandes braços frenéticos. O tipo de coisa que atiça o cavaleiro louco para um combate mortal. A visão de um moinho é extasiante. Ajude-me a contar todos aqueles, Van Mounen. Quero algo grande para meu diário. – E após um cálculo apurado, com o auxílio de todo o grupo, Ben escreveu a lápis: “Vi em dezembro de 184-- 98 moinhos de vento na paisagem de Leyden”.

Com prazer, o jovem inglês teria visitado o velho moinho de tijolos onde nasceu o pintor Rembrandt, mas desistiu da ideia quando soube que teriam de desviar do caminho. Poucos garotos tão esfomeados como Ben naquele momento hesitariam entre a casa de Rembrandt, a uma milha de distância, e um lanche próximo. Escolheu o lanche.

Depois da refeição, o grupo descansou um pouco, e fez outra, que, por questão de formalidade, chamaram de jantar. Terminado o jantar, os garotos se aqueceram na taberna; todos menos Peter, que usou aquele tempo para mais uma procura infrutífera pelo doutor Boekman.

Concluída essa parte da aventura, os viajantes se prepararam para patinar novamente. Estavam a treze milhas de Haia e não tão revigoradas como quando saíram de Broek bem cedo, no dia anterior, mas a animação era grande, e o gelo, excelente.

O palácio na floresta

Enquanto patinavam, os meninos viram inúmeras belas propriedades de campo, todas decoradas e cercadas ao gosto mais holandês dos holandeses, porém impressionantes de se ver, com suas casas grandiosas e formais, jardins elegantes, cercas verdes quadradas e largas valas, algumas entrecortadas por uma ponte e contendo um portão no meio que sempre é cuidadosamente trancado à noite. Essas valas, que cruzam a paisagem em todos os lugares, já tinham perdido os traços de verão e agora brilhavam sob a luz do sol como trilhas na grama.

Os garotos caminhavam valentemente, o tempo todo ocupados com o incrível ato de fazer surgir dos bolsos pão de gengibre, que desaparecia em um instante.

Doze milhas foram percorridas. Mais algumas voltas e chegariam a Haia, quando Van Mounen propôs variar o percurso, entrando na cidade através do Bosch.

– De acordo! – concordaram em uníssono. E os patins saíram dos pés sem demora.

O Bosch é um lindo parque ou floresta, com quase duas milhas de comprimento, que contém a célebre Casa da Floresta (Huis in't Bosch), às vezes usada como residência real.

A construção, apesar do exterior simples para um palácio, é mobiliada com elegância e adornada com afrescos; isto é, as paredes e o teto são forrados de imagens pintadas diretamente neles quando o reboque ainda era fresco. Alguns cômodos possuem tapeçarias com sedas chinesas, ricamente bordadas. Um deles contém numerosos retratos de família, entre os quais um grupo de crianças da realeza que ficaram órfãs por causa de um machado, o que ocorre com frequência na história da Europa. Essas crianças foram pintadas muitas vezes pelo artista holandês Van Dyck, pintor da corte do pai delas, Charles I da Inglaterra. Belas crianças. De quantos problemas a nação inglesa teria sido poupada se fossem tão perfeitas de coração e alma quanto o eram em forma!

O parque em torno do palácio é encantador, principalmente no verão, pois as flores e os pássaros fazem dele um país das fadas. Carvalhos magníficos, em longas fileiras, erguem-se altivos, confiantes de que nenhuma mão profana jamais os derrubará. Na verdade, há séculos a Floresta é considerada quase um local sagrado. As crianças não têm permissão para se aproximar dos pequenos ramos. O machado do lenhador nunca labutou ali. Até mesmo as guerras e as revoltas a deixaram incólume, pausando por um momento em sua senda de devastação. Embora tivesse mandado dizimar centenas de holandeses, Felipe da Espanha emitiu uma ordem para que nenhum galho da linda Floresta fosse tocado. E certa vez, em tempos de extrema necessidade, quando o Estado pretendia sacrificá-la para suprir a casa do tesouro quase exaurida, o povo correu ao socorro e nobremente contribuiu com a quantia necessária, em vez de deixar o Bosch cair em ruína.

Não é à toa, portanto, que os carvalhos tenham um ar destemido e grandioso! Pássaros de toda parte da Holanda lhes contam como as árvores de outros lugares são cortadas e convertidas em outras coisas, mas *eles* permanecem intocados. Ano após ano, expandem em exuberância e beleza ímpares; sua vasta folhagem, viva e cheia de música, projeta uma sombra refrescante sobre o gramado e as trilhas, ou se curva ante a própria imagem refletida nas lagoas ensolaradas.

Ao mesmo tempo, como que para recompensar os cidadãos por permitir-lhe viver em paz, a Natureza compartilha com eles as graciosas belezas com que foi reverentemente dotada. O gramado esbanja tons aveludados de verde; as trilhas serpenteiam para dentro ou para fora do bosque; canteiros de flores reluzem e exalam perfume; e as lagoas e o céu se entreolham em admiração mútua.

Mesmo naquele dia de inverno, o Bosch era belo. Suas árvores podiam estar desnudas, mas sob elas viam-se as lagoas, nas quais cada ondulação terminava em um espelho d'água. A claridade do céu azul penetrava entre os arbustos e deparava com outro céu, igualmente azul, porém menos brilhante, que era seu reflexo sob o gelo.

Para Peter, o pôr do sol jamais parecera tão glorioso como no momento em que o viu trocando olhares de despedida com as janelas e os telhados brilhantes da cidade à sua frente. A própria Haia jamais se mostrara tão convidativa. Ele não era mais Peter van Holp, em visita a uma grandiosa cidade, ou um jovem e belo cavalheiro turista; era agora um cavaleiro montado, um aventureiro, cansado e coberto da poeira da estrada, um Pequeno Polegar superdesenvolvido, uma Fortunata aproximando-se do castelo encantado, onde o luxo e o conforto aguardavam, pois na verdade a residência de sua irmã estava a menos meia milha de distância.

– Finalmente, pessoal – ele anunciou, triunfante. – Agora descansaremos como reis; boa cama, quarto aquecido e boa comida. Nunca percebi como essas coisas são preciosas. A estada no Leão Vermelho nos fez valorizar nossas casas.

O príncipe mercador e a princesa-irmã

Peter tinha motivos para sentir que a casa de sua irmã era como um castelo encantado. Grande e elegante, com um sortilégio de quietude que pairava no ar. O leão agachado junto ao portão poderia ter sido transformado em pedra por magia. O interior da residência era vigiado por gênios, disfarçados de serviçais com o rosto vermelho, que se moviam em silêncio ao toque da campainha ou das batidas à porta. E havia também um gato, tão sabido quanto o Gato de Botas; e no vestíbulo, um gnomo de bronze estendia os braços para receber bengalas e guarda-chuvas. Seguro entre os muros, florescia um Jardim das Maravilhas, onde as flores acreditavam piamente que era verão, e uma fonte borbulhante ria porque Jack Frost[23] não conseguia encontrá-la. E lá estava também a Bela Adormecida, bem no momento da chegada dos garotos; mas, quando Peter, como um verdadeiro príncipe, subiu agilmente a escadaria e beijou-lhe as pálpebras, quebrou-se o encanto. A princesa se tornou sua bondosa

23 Um elfo das lendas nórdicas, um espírito que gosta de desenhar nas janelas cobertas de geada. (N.T.)

irmã, e o castelo de fadas era apenas uma das melhores e mais confortáveis residências de Haia.

Como se pode imaginar, os meninos foram acolhidos com o maior carinho. Depois de conversarem brevemente com a jovial anfitriã, um dos criados dela chamou os hóspedes e lhes ofereceu uma suntuosa refeição em uma sala com cortinas vermelhas, onde o piso e o teto cintilavam como marfim polido, e os espelhos subitamente se encheram das imagens dos rostos rosados dos meninos.

Foram servidos queijos e salsichas, caviar e salmagundi, além de salada, frutas, biscoitos e bolo. Como seus amigos holandeses podiam comer tamanha mistura de gostos era um mistério para Ben, pois a salada era ácida, e o bolo, doce; as frutas eram delicadas, e o salmagundi, pesado, com cebolas e peixe. Mas, apesar de perplexo, o jovem se fartou bem e logo se ocupou em decidir o que apreciava mais: o café ou o anis. Também era delicioso pegar a comida dos pratos feitos de prata e taças de licor, nos quais a própria Titânia poderia beber. Posteriormente, o jovem cavalheiro escreveria para a mãe dizendo que, apesar dos utensílios finos em casa, ele nunca tinha visto como realmente se usava porcelana, prata e vidro até passar por Haia.

Claro que a irmã de Peter ouviu os relatos das aventuras dos garotos. As quarenta milhas de patinação e as cenas raras observadas no caminho; a carteira que foi perdida e depois reencontrada; o mal-estar de um dos meninos, que virou motivo para um maravilhoso passeio de barco; e, acima de tudo, o episódio em que pegaram um ladrão e salvaram pela segunda vez a bolsa com dinheiro.

– E agora, Peter – disse a moça, depois da história completa –, precisa escrever imediatamente para informar às boas pessoas de Broek que suas aventuras chegaram ao ponto culminante e que você e seus companheiros de viagem são meus prisioneiros.

Os garotos se surpreenderam.

– Nada disso – riu Peter. – Precisamos partir amanhã ao meio-dia.

Mas a irmã já estava decidida, e uma dama holandesa não desvia de seu propósito facilmente. Na verdade, ofereceu a todos tantas tentações e foi tão gentil e generosa, usou argumentos tão convincentes em inglês e holandês, que os hóspedes adoraram a ideia de ficar em Haia pelos menos uns dois dias.

O assunto seguinte foi a corrida de patins; *Mevrouw* van Gend prometeu, de bom grado, que estaria presente à ocasião.

– Assistirei ao seu triunfo, Peter – disse. – Pois é o patinador mais rápido que já vi.

Peter enrubesceu e tossiu, discreto, quando Carl respondeu por ele.

– Ah, *mevrouw*, ele é rápido, mas todos os garotos de Broek são bons patinadores, até mesmo os maltrapilhos – acrescentou, pensando maliciosamente no pobre Hans.

A moça riu.

– Assim a corrida será mais emocionante – comentou. – Mas desejarei que cada um de vocês vença.

Nesse momento, seu marido *mynheer* Van Gend entrou, e o encantamento que pairava em volta dos jovens foi completo.

As fadas invisíveis da mansão imediatamente se aproximaram, sussurrando que Jasper van Gend tinha um coração tão jovem e vigoroso como o dos próprios meninos, e que se havia neste mundo algo que ele amava mais que o trabalho era a luz do sol e a diversão. Também insinuaram as fadas que o coração daquele homem era cheio de amor, e a cabeça, um poço de sabedoria, e eles compreenderam que, quando *mynheer* dizia algo, falava a sério.

Assim, quando ele apertou as mãos dos hóspedes e os cumprimentou com um franco "É um prazer tê-los aqui", os meninos se sentiram em casa e felizes como esquilos.

Havia na sala de estar belos quadros e magníficas esculturas, além de coleções de raras gravuras holandesas, bem como diversos artigos peculiares e bonitos da China e do Japão. Os garotos tinham a impressão de que levariam um mês para examinar todos os tesouros daquele cômodo.

Com prazer, Ben viu livros ingleses sobre a mesa. Observou também acima do piano de cauda retratos em tamanho natural de Guilherme de

Orange e sua rainha inglesa, uma visão que, pelo menos temporariamente, colocava a Inglaterra e a Holanda lado a lado em seu coração. Guilherme e Maria deixaram um halo em torno do trono inglês até hoje, ele o mais autêntico patriota que já serviu a um país adotado, ela a esposa mais nobre a se sentar em um trono britânico, até os tempos da rainha Vitória e Alberto, o Bom. Enquanto olhava os retratos, Ben se lembrou de relatos que lera sobre a visita do rei Guilherme a Haia, no inverno de 1691. Aquele que cantava a Batalha de Ivry ainda não narrara a ardente história daquele dia, mas Ben a conhecia o suficiente para sentir que, se desviasse o olhar dos retratos para a rua, que naquele momento brilhava com uma fogueira acesa em uma praça vizinha, poderia ouvir os gritos da população jubilosa.

Aquela visita real jamais seria esquecida. Por dois anos, Guilherme de Orange fora monarca de um país estrangeiro, trabalhando fielmente para a Inglaterra, enquanto seu coração ansiava pela Holanda. Quando, enfim, retornou às praias de sua terra, a nação inteira o recebeu de braços abertos. Multidões se aglomeravam em Haia para recepcioná-lo. "Milhares vinham de trenó ou em patins pelos canais congelados, de Amsterdã, Roterdã, Leyden, Haarlem, Delft" [*History of England*, de Macaulay]. As festividades da capital se estenderam por todo o dia, as ruas ficaram enfeitadas com flâmulas, arcadas floridas, troféus e frases de boas-vindas e emblemas dos ofícios. Guilherme viu os feitos de seus ancestrais e as cenas de sua vida quando jovem representados em bandeiras e tapeçarias ao longo das ruas. À noite, fogos de artifício belíssimos foram exibidos sobre o gelo. A superfície vítrea era como um espelho. Fontes cintilantes de luz subiam até se encontrar com cascatas chamejantes, que desciam. Em seguida, um fogo sedoso carmesim e verde agitou milhões de rubis e esmeraldas nas rubras profundezas do gelo, e o tempo todo as pessoas cantavam: "Deus abençoe Guilherme de Orange! Vida longa ao rei!" Estavam ensandecidas de alegria e entusiasmo. Guilherme, o príncipe dos holandeses, o *stadtholder*, tornara-se o governante de três reinos; fora vitorioso no conselho e na guerra. E agora, na hora de seu maior triunfo, vinha visitá-los como um simples convidado. O coração do rei batia rápido enquanto ele ouvia os clamores. É uma bênção ser amado por seu país. Os cortesãos ingleses o cumprimentavam por aquela recepção.

– Sim – dizia ele. – Mas todo esse júbilo não é nada, se comparado ao que teria com Maria ao meu lado!

Enquanto Ben olhava os retratos, *mynheer* Van Gend falava aos meninos sobre sua recente visita a Antuérpia. Como era a cidade natal de Quentin Matsys, o ferreiro que, pelo amor da filha de um artista, estudou até se tornar um grande pintor, os jovens perguntaram ao anfitrião se vira alguma das obras de Matsys.

– De fato, vi – ele respondeu. – E são excelentes. Seu famoso tríptico em uma capela da catedral de Antuérpia, com a Descida da Cruz sobre o painel central, é particularmente belo, mas confesso que me interessei mais pelo poço.

– Que poço, *mynheer*? – perguntou Ludwig.

– Um que fica no coração da cidade, perto dessa mesma catedral, cuja torre alta é uma obra tão delicada que o imperador francês disse que parecia renda de Mechlin. O poço é coberto por um toldo gótico, encimado pela figura de um cavaleiro em armadura. É feito inteiramente de metal e prova que Matsys era um artista tão bom na forja quanto no cinzel; realmente, sua grande fama vem particularmente dessa habilidade miraculosa como artífice em ferro.

Em seguida, *mynheer* mostrou aos meninos alguns belíssimos moldes de Berlim, que comprara em Antuérpia. Eram *joias de ferro*, e muito delicadas, medalhões lindos elaborados a partir de quadros raros, bordados com linha fina e em trabalho aberto, dignos, disse ele, de serem usados pelas mais belas senhoras do país. Consequentemente, o colar foi dado, com uma reverência e um sorriso, a *mevrouw* Van Gend, que enrubesceu ao pegá-lo.

Algo no aspecto da moça, enquanto inclinava o rosto sobre o presente, fez *mynheer* dizer, com franqueza:

– Consigo ler seus pensamentos, querida.

Ela o olhou com uma expressão de desafio, brincalhona.

Ele insistiu:

– Agora tenho certeza deles! Pensava naquelas mulheres de coração nobre, sem as quais a Prússia teria caído. Esse brilho de orgulho em seus olhos me diz isso.

– O brilho de orgulho em meus olhos mente, então – ela retrucou. – Não tinha nada assim grandioso em mente. Para confessar a verdade simples, só pensava em como esse colar ficará lindo com meu brocado azul.

– Ah, sim! – exclamou o marido, um tanto decepcionado.

– Mas *sou capaz* de pensar nos outros, Jasper, o que dará um valor mais profundo ao seu presente. Lembra-se do incidente, Peter? Quando os franceses invadiam a Prússia e, por falta de meios, o país era incapaz de se defender contra o inimigo, as mulheres inverteram a balança, colocando suas joias nos pratos do tesouro público?

"Aha!" – pensou *mynheer*, encontrando o olhar caloroso de sua *vrouw*. O brilho de orgulho era real, finalmente.

Malicioso, Peter comentou que as mulheres ainda revelavam sua vaidade mesmo naquela ocasião, pois mostraram que possuíam joias. Se o reino precisasse de ouro ou prata, elas os trocariam por ferro, mas não podiam ficar sem seus ornamentos.

– E daí? – disse a *vrouw*, os olhos reacendendo. – Não é pecado gostar de coisas bonitas, desde que você se adapte às circunstâncias. Digo apenas que as mulheres salvaram o país e, indiretamente, inauguraram um ramo muito importante de manufatura. Não é verdade, Jasper?

– Claro que é, querida – concordou *mynheer*. – Mas Peter não precisa de nenhuma palavra minha para se convencer de que no mundo inteiro as mulheres nunca abandonaram seu país na hora da necessidade. Embora – fazendo uma reverência à *mevrouw* – as conterrâneas dele se distingam na devoção e no patriotismo feminino.

Depois, voltando-se para Ben, o anfitrião começou a falar em inglês sobre a bela e antiga cidade belga. Entre outras coisas, explicou a origem do nome. Ben aprendera que Antuérpia derivava de *ae'nt werf* ("no cais"), mas *mynheer* Van Gend lhe deu uma versão muito mais interessante.

Pelo que contou, três mil anos atrás existia um gigante chamado Antígono, que morava no rio Scheld, do lado da atual Antuérpia. Esse gigante exigia metade das mercadorias de todos os navegantes que passavam por seu castelo. Claro que alguns tendiam a questionar esse regulamento. Nesses casos, Antígono, na tentativa de ensinar boas maneiras aos rebeldes, cortava e atirava no rio a mão direita dos mercadores. Assim, *handwerpen* (literalmente, *atirar as mãos*) mudou para Antuérpia, que se tornou o nome do local. O brasão da cidade tem duas mãos; que melhor prova se poderia encontrar da veracidade da história, principalmente se alguém quer acreditar nela?

Quando *mynheer* Van Gend terminou de contar em dois idiomas essa história de Antuérpia, sentiu-se tentado a narrar outras lendas, algumas em inglês, outras em holandês; foi assim que os momentos, carregados sobre os ombros de gigantes, rapidamente chegaram à hora de dormir.

Era difícil interromper uma reunião tão agradável, mas os Van Gends seguiam a regularidade de um relógio. Ninguém permanecia no limiar quando o cordial "Boa noite!" soava. Enquanto os garotos subiam as escadas, as fadas invisíveis da residência mais uma vez se acercavam deles, sussurrando que sistema e regularidade tinham sido as principais fundações da prosperidade do dono da casa.

Belas câmaras com três camas não eram vistas na mansão. Alguns dos quartos continham duas, mas cada visitante dormiu em uma. Antes do amanhecer, o lema do grupo era evidente: "Cada menino em sua própria crisálida"; e Peter, pelo menos, não reclamou.

Apesar de cansado, Ben notou uma curiosa corda de sino no canto e começou a examinar as roupas de cama. Cada artigo lhe causava uma nova surpresa: o elegante e fino travesseiro contornado com renda cara e bordado com um lindo pináculo e uma inicial, a colcha sobre a cama (feita de seda, forrada com penas de ganso e grande como a própria cama), e as cobertas de cetim cor-de-rosa, bordadas com guirlandas de flores. Ele mal podia dormir, pensando na estranheza da cama, embora tão confortável e bonita. Quando amanheceu, o jovem inglês examinou a coberta de cima com atenção, pois queria enviar para casa uma descrição dela na próxima carta. Era um lindo artigo japonês, de textura maravilhosa em uma variedade de cores, que valia (Ben soube, mais tarde) nada menos que trezentos dólares.

O assoalho era de mosaico de madeira polido, quase coberto por um tapete luxuoso, bordado com franjas pretas e grossas. Outro quarto exibia uma margem de madeira de cetim em torno do tapete. As paredes forradas de seda carmesim e repletas de tapeçaria eram encimadas por uma vidraça dourada que projetava raios de luz sobre o chão polido.

Sobre o batente da porta do quarto onde dormiam Jacob e Ben havia uma cegonha de bronze que, com o pescoço estendido, carregava uma lâmpada para iluminar o caminho dos hóspedes até o cômodo. Entre as duas camas estreitas de madeira branca esculpida e ébano, encontrava-se o tesouro doméstico dos Van Gends, uma maciça cadeira de carvalho na qual se sentara o Príncipe de Orange durante uma reunião de conselho. De frente para ela, havia uma tábua de passar roupas, rica em entalhes, encerada e polida com esmero, cheia de preciosos cortes de linho; ao lado, uma mesa sustentava uma Bíblia grande, cujos fechos dourados pareciam pobres em comparação com a encadernação sólida e corrugada, feita para durar por seis gerações.

Sobre a lareira havia um modelo de navio, e acima fora pendurado um retrato de Pedro, o Grande, que, como você sabe, deu aos gatos das docas na Holanda uma boa chance de olhar para um rei, que é uma das prerrogativas dos gatos. Embora fosse o czar da Rússia, Pedro não era orgulhoso demais para trabalhar nos estaleiros de Saardã e Amsterdã, de modo que trouxe a seus conterrâneos holandeses melhorias no ofício de construir navios. Justamente essa disposição para o capricho mesmo nas menores coisas lhe rendeu o título de Pedro, o Grande.

"Pedro", o pequeno, isto é, Peter, comparativamente, foi o primeiro a se levantar na manhã seguinte; ciente dos hábitos pontuais do cunhado, ele providenciou para que nenhum dos garotos dormisse demais. Foi uma tarefa difícil acordar Jacob Poot, mas, depois de puxar o jovem cavalheiro para fora da cama, com a ajuda de Ben, e arrastá-lo um pouco pelo quarto, conseguiu.

Enquanto Jacob se vestia e gemia porque os chinelos de feltro que recebeu como hóspede eram apertados demais para seus pés inchados, Peter escreveu para avisar seus amigos em Broek que o grupo chegara são e salvo a Haia. Também pediu à mãe o favor de dizer a Hans Brinker que o doutor Boekman ainda não chegara a Leyden, mas uma carta contendo a mensagem de Hans fora deixada no hotel onde o médico sempre se hospedava em suas visitas à cidade. "Diga também", escreveu Peter, "que voltarei lá quando passar por Leyden. O pobre rapaz parecia ter certeza de que 'o *meester*' se apressaria em salvar seu pai, mas nós, que conhecemos melhor o velho rabugento, não temos essa convicção. Seria uma gentileza enviar um médico de Amsterdã ao chalé imediatamente, se *jufvrouw* Brinker concordar em receber qualquer outro além do grande rei dos *meesters*, o doutor Boekman. [Na Holanda, as mulheres de posições inferiores na sociedade não recebem o título de senhora (ou *mevrouw*) quando se casam, como na América. Assumem o nome do marido, mas continuam sendo chamadas de senhorita (*jufvrouw*).] Na carta, ainda acrescentou Peter: "Como sabe, minha mãe, sempre considerei a casa de minha irmã Van Gend pacata e solitária, mas garanto-lhe que não é assim agora. Meu cunhado diz que nossa visita o faz desejar que tivesse um lar cheio de garotos como nós. Prometeu que poderemos montar seus nobres cavalos pretos. São mansos como gatinhos, diz ele, se formos firmes com as rédeas. Segundo Jacob, Ben é um cavaleiro glorioso, e seu filho Peter, minha mãe, não é nada mau; enfim, nós dois cavalgaremos nesta manhã como os cavaleiros de outrora. Quando voltarmos, meu cunhado emprestará a Jacob seu pônei inglês e providenciará mais três cavalos; e todos nós sairemos a trotar pela cidade em uma parada, conduzidos por ele. Van Gend montará o cavalo preto que papai lhe enviou da Frísia. A bela égua de cauda longa e branca, que pertence à minha irmã, está manca; e, como ela se recusa a montar outro animal, não nos acompanhará. Mal pude fechar os olhos ontem à noite depois que ela nos falou dessa diversão. A única coisa que me perturba é a situação do pobre Hans Brinker e seu pai doente; não fosse isso, eu cantaria de felicidade. Ludwig já nos deu um apelido: a Cavalaria de Broek. Acho que formaremos uma cena imponente, principalmente em fila única...".

A Cavalaria de Broek não se decepcionou. *Mynheer* Van Gend lhe trouxe prontamente bons cavalos, e todos puderam montar, embora nenhum fosse um cavaleiro (juvenil) tão bom quanto Peter e Ben. Para deleite dos meninos, viram a beleza de Haia, e Haia os viu, expressando o deslumbramento em alto e bom som, através dos lábios das crianças e de jovens em charretes, que em silêncio pousavam os olhos brilhantes, não acostumados a olhar profundamente para nada, no belo Carl, ou os deixavam cintilar sobre um garoto um tanto rechonchudo e com as bochechas trêmulas, trotando com certa dificuldade.

Na volta, os meninos consideraram um móvel utilíssimo o grande fogão de porcelana na sala de estar da família, pois em volta dele podiam se acomodar e se aquecer, sem queimar o nariz ou ter bolhas. Era tão grande que, embora estivesse esquente em outras partes da casa, o fogão parecia emitir calor por toda a mansão. As laterais brancas e puras e os anéis de latão polido o faziam um objeto de beleza, a despeito do ingrato Ben, que, apesar de se sentir aquecido e confortável ao lado dele, escreveu uma frase satírica sobre o fogão em sua carta seguinte, dizendo que um fogão na Holanda devia necessariamente parecer uma grande torre de neve, do contrário destoaria da estranheza do país.

Uma descrição de tudo o que os garotos viram ou fizeram naquele dia e no seguinte converteria este livro em um volume gigantesco. Visitaram a funilaria de canhões de bronze, viram o fogo líquido sendo despejado nos moldes e observaram os ferreiros, que, seminus, se distinguiam na sombra, como demônios a brincar com chamas. Admiraram os majestosos edifícios públicos e as enormes casas particulares, as ruas elegantes, e o nobre Bosch, orgulho de todos os holandeses que amam a beleza. O palácio, com seus reluzentes pisos de mosaico, tetos com afrescos e magníficos ornamentos, deslumbrava Ben; ele se surpreendeu por algumas igrejas serem tão simples, às vezes exuberantes em arquitetura externa, mas vazias e austeras, com paredes lisas e caiadas.

Se não existissem os registros históricos, as igrejas da Holanda poderiam quase narrar a história do país. Não me aprofundarei no assunto aqui, exceto para ressaltar que Ben, já tendo lido a respeito das lutas, dos males e da terrível retribuição que o país impusera de tempos em tempos, mal podia entrar em uma cidade holandesa sem saltar mentalmente, horrorizado, sobre as pedras demarcatórias sangrentas de sua história. Não podia se esquecer de Felipe da Espanha nem do duque de Alva, mesmo no regozijo da prosperidade que veio com a Libertação. Procurava nos olhos dos mais humildes cidadãos holandeses um vestígio do fogo que outrora iluminara os rostos abatidos daqueles homens desesperados e à margem da lei que, carregando com orgulho o título de "mendigos" maldosamente a eles atribuídos pelos opressores, tornaram-se o terror de terra e mar. Em Haarlem, Ben se espantou que não ressoassem no ar ainda os gritos das três mil vítimas de Alva. Em Leyden, o coração do garoto ardia de solidariedade quando ele pensava na longa procissão de criaturas famintas, desfiguradas, que, após o cerco, lideradas por Adrian van der Werf, cambalearam até a grande igreja para entoar um glorioso hino, pois Leyden estava livre! Lembrou-se de que o episódio ocorrera inclusive antes de terem provado o pão trazido pelos navios holandeses. Primeiro louvaram a Deus, depois comeram. Milhares de vozes trêmulas se erguiam em uma alegre ação de graças. Por um momento, o coro cresceu em volume e tom, até abruptamente se tornar pranto; ninguém daquela multidão era capaz de cantar qualquer outra nota. Mas quem pode dizer que o hino não foi, até o fim, ouvido no céu?

Em Haia, outros pensamentos ocorreram a Ben: como a Holanda em anos posteriores fora forçada a colocar a cabeça sob o jugo francês e, espezinhada e surrada até não aguentar mais, livrou-se com resolução e garra. Ben gostava da Holanda por isso. Que nação de qualquer espírito, ele se perguntava, poderia ter suportado tamanho peso, depositando toda a sua riqueza em um cofre estrangeiro e perdendo a flor de sua juventude sob a opressão desse mesmo poder estrangeiro? E não acontecera tanto tempo atrás, uma vez que se ouvia o ribombar dos canhões ingleses muito perto, no mar Báltico. Por fim, toda a luta terminara. A Holanda era uma monarquia confortável agora, com seus direitos respeitados, o que alegrava a Ben. Satisfeito com essa conclusão caridosa, ele estava pronto para desfrutar as maravilhas da capital; deixava *mynheer* Van Gend feliz ao demostrar seu interesse franco e inteligente; aliás, todos os garotos faziam o mesmo, pois não podia haver visitantes mais observadores.

A travessia de Haia

A galeria de arte na Mauris Huis [*um prédio construído pelo príncipe Maurice de Nassau*], uma das melhores do mundo, pareceu passar de relance pelos jovens durante a visita de duas horas, pois havia nela muito para se admirar e examinar. Quanto ao depósito real de curiosidades no mesmo edifício, eles sentiram que mal o tinham vislumbrado, embora ficassem por lá quase meio dia. Por um longo período, a Holanda, sempre avançada no comércio, foi a única nação permitida a se relacionar com o Japão. Qualquer um pode dispensar uma jornada àquele país se visitar o museu em Haia.

Câmaras e mais câmaras são repletas de coleções do reino eremita: trajes próprios de várias posições e interesses, artigos de enfeites, utensílios domésticos, armas, armaduras e instrumentos cirúrgicos. Há também uma engenhosa maquete japonesa da Ilha de Desina, a fábrica holandesa no Japão. É quase como se a própria fábrica seria, se vista através de binóculos de ópera invertidos, fazendo a pessoa se sentir como um Gulliver recém-chegado de maneira inesperada a uma Lilipute[24] japonesa.

[24] Uma das terras fictícias visitadas por Gulliver, em *Viagens de Gulliver*, de Jonathan Swift, habitada por pequeninos que o julgam um gigante, a princípio ameaçador. (N.T.)

Ali, o visitante vê centenas de indivíduos em roupas nativas, de pé, ajoelhados, curvando-se, apanhando coisas, todos trabalhando ou fingindo trabalhar, e suas casas, com os móveis, espalhadas diante dos olhos do observador, tudo claro como a luz do dia. Em outro cômodo, uma enorme casa de boneca feita de casco de tartaruga, mobiliada ao gosto holandês e habitada por dignas bonecas do país, prontifica-se a contar ao turista, sob um único olhar, como viviam as pessoas na Holanda.

Gretel, Hilda, Katrinka e até a petulante Rychie Korbes teriam adorado esse encanto, mas Peter e sua galante tropa passaram por ela sem lhe dar atenção. Os implementos de guerra tiveram a honra de detê-los por uma hora: objetos como clavas, adagas mortais, armas de fogo e, acima de tudo, magníficas espadas japonesas, perfeitamente capazes de realizar o valioso feito japonês de cortar um homem em dois com um único golpe!

Havia curiosidades chinesas e de outras partes do Oriente na coleção. Relíquias históricas nacionais, também, sobre as quais nossos jovens holandeses pousavam os olhos com sobriedade, como se nutrissem um orgulho secreto em mostrá-las a Ben.

Uma maquete da cabana em Saardã ilustrava onde vivera Pedro, o Grande, durante sua curta carreira na construção de navios; também carteiras e receptáculos, outrora usados pelos Confederados "Mendigos" que, unidos sob o comando do Príncipe de Orange, libertaram a Holanda da tirania da Espanha; a espada do almirante Van Speyk, que mais ou menos dez anos antes perecera ao explodir voluntariamente seu navio; e a armadura de Van Tromp com marcas de balas. Jacob olhou ao redor, esperando encontrar a vassoura que o bravo almirante prendeu ao mastro, mas não estava lá. O colete que Guilherme III da Inglaterra vestiu durante os últimos dias de sua vida despertou enorme interesse em Ben, e todos contemplaram, com um misto de reverência e horror, as roupas idênticas usadas por Guilherme, o Silencioso quando foi assassinado em Delft por Balthazar Geraerts. [*Guilherme, príncipe de Orange, que se tornou rei da Inglaterra, foi bisneto de Guilherme, o Silencioso, príncipe de Orange, assassinado por Geraerts (ou Gerard) em 10 de julho de 1584.*] Um gibão de couro marrom-amarelado e uma túnica simples de tecido cinza, um chapéu de feltro e um cachecol com uma medalha dos "Mendigos" pendurada, estes não eram em si objetos muito valiosos, apesar do atrativo trágico do gibão, com manchas escuras e buracos de bala. Ben podia crer, ao vislumbrar os trajes, que o Príncipe Silencioso, em sua autêntica grandiosidade de caráter, vestia roupas extremamente simples. Entretanto, seus preconceitos aristocráticos o chocaram quando Lambert lhe contou o modo como a noiva de Guilherme entrou em Haia pela primeira vez.

– A bela Luísa de Coligny, que perdera o pai e o ex-marido no massacre de São Bartolomeu, vinha como quarta esposa do príncipe, e claro – disse Lambert – que nós, holandeses, éramos galantes demais para deixar uma moça entrar na cidade a pé. Não, senhor. Mandamos (ou melhor, nossos ancestrais mandaram) uma carruagem limpa e aberta buscá-la, com uma simples tábua de través para ela se sentar!

– Muito galantes, sem dúvida – exclamou Ben, quase com um sorriso de deboche no riso educado. – E ela, a filha de um almirante da França!

– Verdade? Juro que quase me esqueci disso. Mas, entenda, a Holanda tinha costumes muito simples naqueles bons e velhos tempos. Aliás, somos um povo frugal até hoje. A mansão dos Van Gends é uma exceção, claro.

– Uma exceção muito agradável, acho – comentou Ben.

– Certamente, certamente. Mas cá entre nós, *mynheer* Van Gend, apesar de ter feito a própria fortuna, pode se dar ao luxo de ser magnífico e ao mesmo tempo frugal.

– Exato – disse Ben, com ar profundo, ao mesmo tempo tocando o lábio superior e o queixo, que nos últimos tempos, parecia-lhe, mostravam agradáveis e inequívocos sinais de uma incipiente dignidade.

Enquanto passeava a pé pela cidade, Ben sentia muita a falta de uma boa calçada inglesa. Ali, como nas outras cidades, não havia um meio-fio, nada elevado para transeuntes, mas as ruas eram limpas e planas, e todos os veículos mantinham uma distância escrupulosa por onde quer que passassem. Por estranho que fosse, havia quase tantos trenós quanto coches, apesar de nenhuma partícula de neve. Os trenós raspavam sobre tijolos ou pedras na rua, alguns munidos de um artefato na frente para borrifar água e diminuir a fricção, e outros se faziam menos musicais por meio de um pano pingando óleo, que o condutor de vez em quando aplicava às lâminas.

Ben se surpreendia pela forma silenciosa como os operários holandeses trabalhavam. Mesmo nos armazéns e nas docas, não havia balbúrdia, nada de gritaria entre os trabalhadores. Uma torção do cachimbo, uma guinada da cabeça ou, no máximo, uma mão levantada pareciam os únicos sinais necessários. Cargas inteiras de queijo ou arenque passavam dos carrinhos ou dos barcos do canal diretamente para os armazéns sem uma palavra; mas o pedestre deve sempre tomar cuidado para não ser atingido, pois um holandês raramente olha para a frente ou para trás enquanto trabalha.

Pobre Jacob Poot, que parecia destinado a sofrer todos os inconvenientes da jornada, quase perdeu o fôlego e foi derrubado por um queijo enorme, que um holandês gordo jogava para um colega, mas recuperou-se e continuou caminhando, sem demostrar a menor indignação. Ben acorreu ao auxílio do primo, mas Jacob insistiu que não era "nada".

– Então, por que fez aquela careta quando o queijo o atingiu?

– Careta? – repetiu Jacob, sóbrio. – Ah, foi o... foi o...

– Foi o quê? – insistiu Ben, malicioso.

– Ora, como se fala? Quando você prova com o nariz?

Ben riu.

– Ah, quer dizer o cheiro.

– Isso, que droga – confirmou Jacob, exasperado. – Foi o cheiro. Por isso fiz uma careta.

– Sei, sei – riu Ben de novo. – Essa é boa. Um menino holandês não gosta do cheiro de queijo! *Essa* nunca vou engolir!

– Não importa – retrucou Jacob, cambaleando em bom humor ao lado de Ben. – Espere só até sentir o cheiro de perto, vai ver. – E logo acrescentou, patético: – Benjamin, não gosto de ser chamado de menino holandês. Não é bom. Sou holandês, pronto.

Benjamin começava a se desculpar, quando Lambert o chamou.

– Esperem! Ben, aqui está o mercado de peixe. Não há muito para vermos nesta temporada, mas podemos examinar as cegonhas, se você quiser.

Ben sabia que as cegonhas eram particularmente reverenciadas na Holanda e que essa ave figurava até no brasão da capital. Havia notado rodas de carroças postas sobre os telhados dos chalés holandeses para atrair as cegonhas a pousar nelas; vira também ninhos enormes em muitos telhados inclinados de sapé, desde Broek até Haia. Mas, como era inverno, estavam vazios. Não havia neles filhotes com os bicos famintos abertos à aproximação de um grande pássaro de asas brancas, com o pescoço e as pernas estendidos, carregando algo para o café da manhã. Naquela época do ano, estavam longe, arranjando comida em praias africanas; e, até retornarem na primavera, a visita de Ben à terra dos diques teria acabado.

Enquanto Van Mounen ia à frente para abrir caminho pelo mercado de peixe, Ben apressou o passo, ansioso para ver se as cegonhas na Holanda eram como os espécimes melancólicos que vira nos jardins zoológicos de Londres.

Era a mesma velha história. Um pássaro domesticado é triste, digam o que quiserem. Aquelas cegonhas viviam em uma espécie de gaiola, presas nos pés como criminosas, embora supostamente tivessem o privilégio de serem custeadas pelas despesas públicas. No verão, podiam andar pelo mercado, ondes as bancas de peixes eram para elas como restaurantes gratuitos. Guloseimas não provadas, na forma de peixe cru e tripas de açougue, se espalhavam por suas gaiolas naqueles dias, mas as convidadas da cidade preferiam se apoiar em uma perna, curvando o pescoço comprido e tombando a cabeça para o lado, em um devaneio intermitente. Se pudessem, trocariam de bom grado aquele estado de animal de estimação preso pela vida agitada de papai ou mamãe cegonha trabalhando, em busca de comida para uma família exigente no telhado de algum edifício velho, onde as pás dos moinhos de vento quase as matavam de susto sempre que saíam para se aventurar!

Ben chegou à conclusão correta de que Haia, com suas belas ruas e parques públicos sombreados com olmos, era uma cidade magnífica. O costume dominante se assemelhava ao de Londres ou Paris, e volta e meia seus ouvidos britânicos se animavam com a musicalidade de palavras britânicas. Em diversos aspectos, as lojas se diferenciavam daquelas na Rua Oxford ou na Strand, mas eram frequentes os avisos impressos de que no interior delas "fala-se inglês". Outras afirmavam vender comida londrina, e uma inclusive prometia brindar seus fregueses com carne assada inglesa.

Jamais faltava sobre toda porta de qualquer loja a placa infalível de TABAK TE KOOP (vende-se tabaco). Em vez de globos de vidro colorido nas vitrines, ou grandes potes de sanguessugas, as farmácias tinham uma enorme cabeça de turco na entrada, ou, se o estabelecimento fosse particularmente sofisticado, um mandarim de madeira descontraído a bocejar.

Alguns desses rostos esquisitos eram extremamente divertidos para Ben; pareciam ter engolido um farmacêutico, mas Van Mounen declarou que nada via de engraçado neles. Os droguistas costumavam chamar atenção ao exibir alguém de olhos ou lábios abertos diante da porta, indicando que o local era uma botica. Nada além disso.

Outro detalhe que fascinou Ben foram as carroças dos leiteiros. Geralmente pequenas, vinham cheias de chaleiras de bronze polidas, ou potes de pedra, puxadas por cães. O leiteiro caminhava humildemente ao lado da carroça, ocupado em controlar o cão e entregar leite aos fregueses. Alguns peixeiros também utilizavam cães para puxar carroça, e, quando um cachorro de peixe encontrava um de leite, invariavelmente ficava entojado e rosnava, ao passar perto. Às vezes, um cão leiteiro reconhecia um amigo com outra carroça de leite, do outro lado da rua, e nesses momentos as chaleiras sacolejavam muito, principalmente se estivessem vazias! Os dois cães saltavam, alegres, sem se importar com os apitos dos donos, e insistiam em se encontrar no meio do caminho. Em certas ocasiões, contentavam-se com um farejo inquiridor, mas quase sempre o cão menor grunhia afetuosamente na orelha do maior, ou os dois brincavam de brigar, exercitando-se. E então, ai das chaleiras e ai dos cães!

Depois do chicote, cada cão expressava seus sentimentos da melhor maneira possível e voltava com o rabo entre as pernas ao trabalho.

Enquanto alguns desses animais tinham modos excêntricos, outros exibiam um comportamento notável. Na verdade, existia uma escola para cães na cidade, fundada com o propósito expresso de treiná-los. Ben provavelmente viu alguns dos formandos. Notou muitas vezes um tropel de ladrantes pela rua, com toda a dignidade dos cavalos, obedecendo aos menores sinais do homem andando rapidamente ao lado deles. Às vezes, depois de entregar toda a carga, o vendedor saltava para a carroça e era puxado até sua casa fora dos portões da cidade; outras vezes, lamento dizer, uma recatada *vrouw* cambaleava ao lado da carroça com um cesto de peixes sobre a cabeça e uma criança nos braços, enquanto seu senhor desfrutava do conforto, carregando nada além de um cachimbo de argila, cuja fumaça descia amorosamente sobre o rosto dela.

Um dia de descanso

O passeio chegou ao fim, e também a visita de nossos garotos a Haia. Passaram lá três alegres dias e noites com os Van Gends, e, por estranho que pareça, não usaram os patins uma única vez. O terceiro dia era realmente de descanso. O ruído e o tumulto da cidade se silenciaram; delicados sinos de domingo emitiam pensamentos abençoados de tranquilidade aos corações dos jovens visitantes. Enquanto ouvia os delicados sons familiares, Ben sentia que o mundo cristão é realmente um, afinal, por mais dividido que seja por seitas e diferenças. Assim como o relógio fala a língua nativa de todos em qualquer país quando anuncia as horas, também os sinos de igreja nunca são estrangeiros se nosso coração quiser ouvir.

Guiados por essas vozes cristalinas, nosso grupo, com *mevrouw* Van Gend e o marido, caminharam pelas ruas silenciosas, porém cheias, até chegarem a uma bonita igreja antiga na parte sul da cidade.

O interior era espaçoso e, apesar dos grandes vitrais, parecia fracamente iluminado, embora as paredes fossem brancas e alguns fiapos de luz vermelha e púrpura do sol iluminassem os pilares e bancos.

Ben viu algumas senhoras idosas passando pelos corredores, cada uma com uma pilha de apoios para os pés que distribuía entre a congregação, habilmente tirando primeiro sempre o que estava por baixo da pilha, até não sobrar nenhum. Intrigou-lhe que *mynheer* se acomodasse ao lado dos meninos em um confortável banco lateral, depois de assentar sua *vrouw* no centro da igreja, que estava repleto de cadeiras exclusivamente apropriadas para mulheres. Entretanto, Benjamin estava apenas aprendendo um costume do país. Os bancos dos nobres e dignitários da cidade eram de formato circular, cada um em volta de uma coluna. Ricamente esculpidos, formavam uma base maciça para os grandiosos pilares em destaque com alto-relevo contra as paredes brancas e lisas, atrás. Essas colunas, altivas e bem proporcionadas, apresentavam ranhuras e marcas de violência sofrida muito tempo atrás; parecia, porém, correto que se perdessem nos arcos profundos acima delas, o que realçava os contornos suaves de riqueza e esplendor.

Dali a pouco, Ben baixou o olhar para o piso de mármore. Era um caminho de lápides. Quase todas as lajes maiores de que era composto assinalavam os jazigos dos mortos. Uma figura armorial gravada em cada lápide, com inscrição e data, informava quem era o falecido sepultado, e às vezes três membros da mesma família jaziam, um acima do outro, no mesmo sepulcro.

Era impossível para ele não pensar na solene procissão funérea à luz de tochas por aqueles corredores suntuosos, carregando o fardo silente até uma abertura sombria onde fora erguida a lápide, pronta para sua chegada. Não podia evitar a lembrança de sua irmã Mabel, morta na flor da idade, enterrada no cemitério ensolarado de uma igreja por onde um riacho corria e cintilava sob o sol, e as árvores ondulantes sussurravam a noite inteira; onde as flores podiam crescer rente à lápide, a lua e as estrelas banhavam-na de paz, e os pássaros da manhã a cumprimentavam com seu canto meigo.

De repente, do piso ele elevou o olhar para o púlpito de carvalho esculpido, belíssimo em estilo e no ofício do artesão. Não via o ministro (embora, pouco tempo atrás, observara-o subir lentamente a escada em espiral), que era um homem de rosto sereno, com um cachecol e um manto que chegava quase aos joelhos.

Silenciosamente, a igreja se enchia. Os bancos eram tomados pelos homens e o centro radiava com mulheres trajando roupas finas de domingo. De repente, um farfalhar se espalhou pelo púlpito. Todos os olhos se voltaram para o ministro.

Apesar da forma lenta como o sermão foi passado, Ben não pôde compreender todas as palavras. Na hora do hino, porém, ele participou com todo o coração. Mil vozes elevadas em amor e louvor ofereciam uma linguagem maior, que ele compreendia facilmente.

Em determinado momento, durante uma pausa no culto, o jovem inglês se assustou quando uma bolsa pequena se agitou à sua frente. Tinha um sininho do lado e era presa a uma vara comprida, carregada por um dos diáconos da igreja. Não contando apenas com o apelo mudo das caixas de donativos presas às colunas perto da entrada, esse método mais direto era um meio de despertar a empatia dos caridosos.

Felizmente, Ben trazia consigo alguns *stivers*; do contrário, a bolsa musical teria tilintado em vão diante dele.

Mais de uma vez, uma sombra obscureceu o rosto de nosso garoto inglês naquela manhã. Ele queria ardentemente se levantar e questionar as pessoas a respeito de uma peculiaridade que muito o incomodava. Alguns dos homens mantinham o chapéu na cabeça durante o culto, ou o tiravam apenas quando queriam, e muitos os colocavam de volta antes mesmo de se levantarem para sair. Claro que aquilo feria o sentido do correto em Ben. Entretanto, um sentido mais nobre teria sido praticado se o garoto tentasse entender que os holandeses meramente seguiam o costume de seu país. Mas seu coração inglês insistia em repetir: "É ultrajante! É pecaminoso!"

Existe um anjo chamado Caridade que pouparia nossos corações de muito sofrimento se o deixássemos entrar.

De volta para casa

Na bela manhã de segunda-feira, bem cedo, nossos garotos se despediram dos gentis anfitriões e iniciaram a jornada de volta para casa.

Peter se demorou um instante diante da porta guardada pelo leão, pois ele e a irmã queriam trocar algumas palavras.

Enquanto via os dois se despedirem, Ben não pôde deixar de sentir que os beijos, assim como os relógios, são incrivelmente iguais em todo lugar. O beijo inglês que sua irmã Jenny lhe dera quando ele saiu de casa dizia-lhe o mesmo que o beijo holandês de vrouw *Van* Gend a Peter. Ludwig se despediu da maneira mais casual possível e, embora amasse muito a irmã, incomodou-se um pouco quando ela o tratou como criança, dando-lhe um beijo extra "para a mamãe" na testa.

O menino logo chegou ao canal com Carl e Jacob. Os dois pensavam em irmãs e beijos? Nem um pouco. Estavam tão felizes por patinar de novo, tão impacientes para chegar logo ao coração de Broek, que giravam e rodopiavam como loucos, ao mesmo tempo que se divertiam resmungado algo sobre "Peter e os outros", que não vale a pena traduzir.

Até Lambert e Ben, que aguardavam na esquina, começaram a ficar impacientes.

O capitão se juntou a eles finalmente, e logo se lançaram ao canal com os demais.

– Depressa, Peter – gemeu Ludwig. – Estamos congelando. Pronto! Eu sabia que você seria o último a colocar os patins.

– Sabia, é? – disse o irmão, olhando-o com um ar de profundo interesse. – Que menino esperto!

Ludwig riu, mas tentou parecer zangado, ao dizer:

– É verdade. Precisamos voltar para casa ainda neste ano.

– Agora, pessoal – chamou Peter, de pé assim que apertou a última fivela. – O caminho está limpo à nossa frente! Imagino que será uma corrida grandiosa. Pronto? Um, dois, três, já!

Garanto ao leitor que pouquíssimas palavras foram ditas na primeira meia hora. Seis Mercúrios deslizavam sobre o gelo. Rápidos como relâmpagos. Não, a analogia não é clara. Na verdade, ninguém sabe descrever meia dúzia de garotos velozes daquele jeito. Só posso dizer que cada um dava o melhor de si, voava com o corpo inclinado e os olhos ávidos, cortando caminho entre outros patinadores mais tranquilos no canal, até o guarda chamar:

– Devagar aí!

Isso só serviu para apressá-los ainda mais, com um poder jovem viril que assustava os observadores.

Mas as leis da inércia são mais fortes até que os guardas do canal.

Dali a algum tempo, Jacob diminuiu o ritmo, depois Ludwig, Lambert e Carl.

Logo pararam para tomar fôlego e, por fim, se viram em um grupo que assistia a Peter e Ben se distanciando, como se suas vidas corressem perigo.

– É evidente – disse Lambert, assim que ele e os companheiros recomeçaram – que só vão parar se não aguentarem mais.

– Que tolos – grunhiu Carl. – Cansarem-se tanto logo no começo da viagem! Mas que correm de verdade, isso é inegável. Vejam! Peter ficou para trás!

– Não ficou, não – contestou Ludwig. – É difícil vencê-lo na corrida!

– Ha-ha! – debochou Carl. – Pois lhe digo, menino, Benjamin está na dianteira.

Se havia uma coisa que Ludwig detestava neste mundo era ser chamado de menino, provavelmente porque era um. Ficou logo indignado.

– Ora, o que é *você*, me diga? Enfim, olhe de novo! Agora veja se Peter não está na frente!

– Acho que está – interveio Lambert. – Mas, dessa distância, não tenho certeza.

– Pois acho que não – insistiu Carl.

Jacob começou a ficar nervoso. Sempre abominava uma briga; por isso, disse, em tom de apelo:

– Não briguem. Não briguem!

– "Não briguem" – zombou Carl, olhando para Jacob enquanto patinava. – Quem está brigando? Poot, você é um frouxo!

– Não posso evitar isso – foi a resposta humilde de Jacob. – Olhem! Estão perto da curva do canal.

– Agora podemos ver! – exclamou Ludwig, em grande agitação. – Peter chegará primeiro, tenho certeza.

– Não conseguirá, pois Ben está na frente! – persistiu Carl. – Diacho! Aquele barco de gelo vai atropelá-lo. Não, já passou. São dois frouxos, enfim. Opa! Chegaram à curva. Quem foi o primeiro?

– Peter! – gritou Ludwig, feliz.

– Que bom para o capitão! – festejaram Lambert e Jacob.

E Carl teve de ceder.

– É Peter, mesmo – resmungou. – Pensei o tempo todo que Ben estava na frente.

Evidentemente a curva do canal era a meta, pois os dois patinadores fizeram uma súbita pausa após passá-la.

Carl comentou que estava "feliz por os dois terem o bom senso de parar e descansar", e os quatro garotos patinaram em silêncio até alcançar os companheiros.

O tempo todo, Carl desejou secretamente que tivesse ficado com Peter e Ben, pois tinha certeza de que assim teria sido o vencedor. Era muito rápido, embora não fosse um patinador gracioso.

Ben olhava para Peter com um misto de vexação, admiração e surpresa enquanto os garotos se aproximavam.

Ouviram-no dizer em inglês:

– Você é um verdadeiro pássaro no gelo, Peter van Holp. O primeiro que me venceu em uma corrida justa, posso lhe dizer!

Peter, que compreendia o idioma melhor do que falava, respondeu ao elogio de Ben com uma reverência e um riso, mas nada disse. Talvez estivesse sem fôlego no momento.

– Ora, Benjamim, o que aprontou? Está mais quente que um tijolo no fogo. Isso não é bom – foi o comentário preocupado de Jacob.

– Bobagem! – retrucou Ben. – Esse ar gélido me refrescará logo. Não estou cansado.

– Mas perdeu essa parada, meu garoto – disse Lambert em inglês. – De uma maneira justa, aliás. Como vai ser no dia da grande corrida?

Ben enrubesceu e deu uma risada arrogante, desafiadora, como se dissesse: "Isso foi só um passatempo. Estou *decidido* a vencer, custe o que custar!"

Meninos e meninas

Quando os garotos chegaram à aldeia de Voorhout, que fica perto do grande canal, na metade do caminho entre Haia e Haarlem, foram obrigados a se reunir em conselho. O vento, apesar de moderado no começo, ficara muito mais forte, até os jovens mal poderem patinar. Todos os cata-ventos na região pareciam conspirar contra eles.

– Não adianta enfrentarmos uma borrasca assim – comentou Ludwig. – O vento corta a garganta como uma faca.

– Então, fique de boca fechada – ordenou o afável Carl, que tinha o peito forte como o de um touro jovem. – Por mim, continuamos.

– Nesse caso – interpôs-se Peter –, devemos consultar os mais fracos, em vez de os mais fortes do grupo.

O princípio do capitão era correto, mas seu uso não era nada lisonjeiro para o pequeno Ludwig. Dando de ombros, ele disse:

– Quem é fraco? Eu, não. Mas o vento é mais forte que todos nós. Espero que reconheçam isso!

Van Mounen, que mal podia aquecer os pés, riu:

– É mesmo.

Naquele momento, os cata-ventos enviaram telegramas entre si por meio de torções peculiares, e dali a pouco a ventania piorou. Quase derrubou Carl, apesar do tórax forte. Poderia ter estrangulado Jacob, e abalou Ludwig.

– Está resolvido – gritou Peter. – Tirem os patins! Vamos entrar em Voorhut.

Em Voorhut, os meninos encontraram uma pequena estalagem com um grande pátio, que era bem abastecido e, melhor ainda, continha um conjunto completo de boliches, de modo que os rapazes converteram a detenção em diversão. O vento perturbava mesmo naquele recanto bem protegido, mas, como estavam seguros, não se importaram.

Primeiro, um jantar farto. Depois, o jogo. Com pinos longos como seus braços e bolas do tamanho de suas cabeças, bastante força física para rolar e um espaço de sessenta jardas para os lançamentos, claro que os meninos se alegraram.

Naquela noite, o capitão Peter e seus homens dormiram em paz. Não apareceu nenhum gatuno para perturbá-los e, como ficaram em quartos separados, nem se engalfinharam em exercícios de batalha pela manhã.

E que refeição lauta tiveram! O estalajadeiro parecia assustado. Quando lhes perguntou de onde vinham, concluiu que a população de Broek deixava os filhos passar fome. Era uma vergonha. "E jovens cavalheiros de tão boa índole!" Felizmente o próprio vento se cansara, adormecendo no grande berço marítimo além das dunas. Havia sinais de neve; fora isso, as condições climáticas eram boas.

Parecia brincadeira de criança para os garotos revigorados patinarem até Leyden. Demoraram-se um instante lá porque Peter tinha uma missão no Golden Eagle.

Ele saiu da cidade com o coração alegre; o doutor Boekman passara pelo hotel, lera a mensagem de Hans e partira para Broek.

– Não posso dizer que foi sua carta que o pôs no caminho– explicou o hoteleiro. – Uma senhora rica em Broek adoeceu subitamente, e ele foi chamado às pressas.

Peter empalideceu.

– Como se chama? – perguntou.

– O nome me entrou por um ouvido e saiu por outro, pois não me lembro. Como são amolantes essas pessoas que não podem ver um viajante bem acomodado no hotel e já mandam chamá-lo antes que ele possa respirar!

– O senhor disse que era uma senhora em Broek?

– Sim – respondeu o hoteleiro, mal-humorado. – Mais alguma informação, meu jovem?

– Não, senhor. Mas meus colegas e eu queremos comer e tomar café quente.

– Ah – fez o proprietário, em tom mais meigo. – Serão servidos, e nosso café é o melhor em Leyden. Queiram se aproximar do fogão, jovens. Deixem-me ver... Era uma viúva de Roterdã. Disseram que visitava um tal de Van Stoepel, se não me engano.

– Ah – suspirou Peter, com grande alívio. – Moram na casa branca ao lado do moinho Schlossen. Agora, *mynheer*, o café, por favor!

"Que tolo fui", pensou o capitão, quando saíam do Golden Eagle. "Temeroso de que fosse minha mãe. Mas, de qualquer forma, é a mãe de alguém, coitada. Quem seria?"

Não havia muita gente no canal entre Leyden e Haarlem, naquele dia. Entretanto, quando se aproximaram de Amsterdã, os garotos se viram no meio de uma multidão em movimento. O grande *ysbreeker* [*quebra-gelo: uma máquina pesada, munida de varas de ferro para quebrar o gelo enquanto se move; as pequenas são operadas por homens, mas as grandes devem ser puxadas por cavalos, às vezes sessenta ou setenta deles atrelados ao* ysbreeker] era usado pela primeira vez naquele inverno, mas mesmo assim sobrava bastante espaço para patinar.

– Três vivas para nossas casas! – clamou Van Mounen, quando avistaram a grande Doca Oeste (Westelijk Dok).

– Viva! Viva! – gritaram os meninos em uníssono. – Viva! Viva!

Esse truque de celebrar era importado. Lambert van Mounen o trouxera da Inglaterra. Sempre em inglês, as palavras eram consideradas uma excentricidade, e, se as circunstâncias permitissem, empregavam-nas com entusiasmo, para a perplexidade de seus conterrâneos amantes do silêncio.

Assim, a chegada deles a Amsterdã criou grande sensação, principalmente entre os garotinhos no cais.

Atravessaram o Y. Estavam no canal de Broek.

A casa de Lambert era a mais próxima.

– Até mais, pessoal! – ele se despediu, erguendo a voz. – Tivemos a maior diversão que já se viu na Holanda.

– É mesmo! Até mais, Van Mounen! – despediram-se os garotos.

– Até!

Peter o chamou.

– Nossas aulas recomeçam amanhã, Van Mounen!

– Sei disso. As férias acabaram. Bem, até mais.

– Até breve.

Broek já era visível. E que vista! Katrinka estava no canal. Carl ficou deslumbrado. Hilda também apareceu! Peter se sentiu imediatamente revigorado. Rychie estava lá! Ludwig e Jacob quase colidiram na ansiedade de trocar apertos de mão com ela.

As garotas holandesas costumam ser discretas e modestas, mas têm um brilho de alegria nos olhos. Por alguns momentos, era difícil perceber qual delas se sentia mais feliz: Hilda, Rychie ou Katrinka.

Também Annie Bouman viera ao canal e, em seus elegantes trajes de camponesa, parecia mais bela que as outras donzelas. Mas não se misturava com o grupo de Rychie, tampouco parecia extraordinariamente efusiva.

Aquele que ela mais queria ver não estava entre os recém-chegados. Na verdade, nem se encontrava no canal. A jovem não se aproximara de Broek desde a véspera de São Nicolau, pois fazia companhia à avó doente em Amsterdã, mas ganhara um breve período de folga, nas palavras da avó, já que fora uma jovem enfermeira tão dedicada, dia e noite.

Annie aproveitara o descanso para patinar, com toda a sua energia, até Broek e de volta, na esperança de se encontrar com a mãe no canal, ou talvez com Gretel Brinker. Não vira nenhuma das duas e precisava voltar logo, sem sequer ver o chalé da mãe, pois a pobre e indefesa avó, ela bem sabia, devia estar gemendo para que alguém a virasse na cama.

Onde estaria Gretel? Era o que Annie se perguntava ao deslizar sobre o gelo. Geralmente, podia escapar um pouco das tarefas àquela hora do dia. Pobre Gretel! Devia ser horrível ter um pai tão apático! Ela sentiria muito medo, no lugar da outra; um homem tão forte e, no entanto, tão estranho!

Annie não sabia da doença. A senhora Brinker e suas atividades eram pouco notadas pela população local.

Se Gretel não fosse conhecida como uma pastorinha de gansos, talvez tivesse mais amigos entre os camponeses da vizinhança. Na verdade, Annie Bouman era a única que não tinha vergonha de se declarar, com palavras e gestos, amiga de Gretel e Hans.

Quando as crianças vizinhas riam dela por causa dessas amizades tão pobres, Annie simplesmente enrubescia caso ridicularizassem Hans, ou ria de uma maneira um tanto desdenhosa, mas ouvir desaforos desferidos contra Gretel era algo que a enfurecia.

– Pastorinha de gansos, hein? – dizia. – Pois é um trabalho que caberia melhor para qualquer um de vocês. Meu pai comentou várias vezes, durante o verão, que se entristecia ao ver uma mocinha tão paciente, com olhos tão lindos, cuidando de gansos. Ora! Ela jamais faria mal a eles, como você, Janzoon Kolp, e nunca pisaria neles, como você, Kate Wouters.

Aquelas palavras sempre desencadeavam uma gargalhada à custa da desajeitada e mal-humorada Kate, e Annie se afastava, orgulhosa, do grupo de jovens fofoqueiros. Talvez a lembrança de algum desses ataques a Gretel lhe passasse pela cabeça enquanto ela patinava velozmente em direção a Amsterdã, pois os olhos faiscavam ameaçadoramente e ela balançou a cabeça mais de uma vez, com ares de desafio.

Quando a zanga passou, seu rosto se iluminou com um olhar tão róseo, brilhante e afetuoso que vários trabalhadores se viraram para olhá-la e desejaram ter uma filha como aquela moça alegre e de boa vontade.

Cinco famílias irradiavam felicidade naquela noite.

Os garotos voltaram em segurança e verificaram que estava tudo bem em casa. Até a senhora adoentada na residência do vizinho Van Stoepel já não corria perigo.

Mas na manhã seguinte! Ah, como são estúpidos os sinos da escola, quando você está cansado!

Ludwig tinha certeza de que jamais ouvira nada tão detestável. O próprio Peter parecia letárgico na ocasião. Carl disse que era vergonhoso um sujeito ter de sair ao frio quando seus ossos pareciam se partir. E Jacob se despediu de Ben com um sóbrio “até mais!”, afastando-se com a mochila como se ela pesasse cinquenta quilos.

A crise

Enquanto os garotos enfrentam a fadiga, daremos uma espiada no chalé dos Brinkers.

Será possível que Gretel e a mãe não tenham saído do lugar desde que as vimos pela última vez? Que o homem doente na cama não tenha se movido nem um pouco? Isso foi há quatro dias, e lá está o mesmo grupo, tão triste como antes. Não, o grupo não está exatamente igual, pois Raff Brinker parece mais pálido; não tem mais febre, embora ignore tudo o que se passa. E, se estavam sozinhos no cômodo limpo e vazio, agora há outro grupo no canto oposto.

O doutor Boekman é uma das pessoas desse grupo e conversa em voz baixa com um rapaz robusto que o escuta com atenção. O jovem é aluno e assistente do médico. Hans também faz parte do grupo. Está de pé, perto da janela, aguardando respeitosamente até ser solicitado.

– Veja, Vollenhoven – disse o doutor Boekman. – É um caso claro de… – E o doutor desatinou a falar em uma mistura estranha de latim e holandês que não sou capaz de traduzir corretamente.

Dali a pouco, como Vollenhoven o observava com um ar de interrogação, o douto senhor resolveu usar um palavreado mais simples.

– Provavelmente é o mesmo caso de Rip Donderdunck – exclamou em tom sussurrante. – Caiu do alto do moinho de Voppelploot. Depois do acidente, o homem perdeu a lucidez e, por fim, tornou-se um mentecapto. Com o tempo, só ficava deitado como aquele sujeito na cama, gemendo do mesmo jeito, e de vez em quando erguia a mão à cabeça. Meu sábio amigo Von Choppen fez uma cirurgia em Donderdunck e descobriu sob o crânio uma pequena bolsa escura, que pressionava o cérebro. Era a causa de todo o problema. Meu amigo Von Choppen a removeu, uma cirurgia esplêndida! E, segundo Celsius… – De repente, o médico enveredou pelo latim de novo.

– O homem sobreviveu? – perguntou o assistente, respeitosamente.

O doutor Boekman franziu a testa.

– Isso não importa. Creio que sim, mas por que você não se concentra nas notáveis características do caso? Pare e pense como… – Dessa vez, os mistérios do latim eram mais profundos do que nunca.

– Mas, *mynheer* – persistiu delicadamente o estudante, que sabia que o médico não subiria até a superfície a menos que fosse puxado para fora de suas favoritas profundezas. – *Mynheer*, o senhor tem outros compromissos hoje, três pernas em Amsterdã, lembre-se, e um olho em Broek, além daquele tumor no outro extremo do canal.

– O tumor pode esperar – disse o médico, após breve reflexão. – Aquele é outro caso lindo. Lindo! A mulher não ergue a cabeça dos ombros há dois meses. Que tumor magnífico, meu jovem!

Àquela altura, ele já falava alto. Esquecera-se de onde estava.

Vollenhoven fez nova tentativa.

– Esse pobre coitado na cama, *mynheer*. O senhor acha que pode salvá-lo?

– Ah, claro, claro – gaguejou o médico, ao perceber subitamente que desviava da situação. – Claro. Quero dizer… Espero que sim.

– Se há alguém na Holanda capaz disso, *mynheer* – murmurou o assistente, com uma rispidez sincera –, é o senhor.

O semblante do médico parecia irritado; ele grunhiu um pedido pretensamente gentil para que o estudante falasse menos e fez um gesto para Hans.

Aquele homem estranho tinha grande horror de falar com mulheres, principalmente a respeito de questões cirúrgicas. "Nunca se sabe", era seu lema, nesse sentido, "quando essas criaturas vão gritar ou desmaiar". Por isso, explicou o caso de Raff Brinker a Hans e lhe disse o que julgava necessário para salvar o paciente.

Hans ouviu com atenção, com o rosto alternando entre o rubor e a palidez, lançando olhares rápidos na direção do leito.

– O senhor disse, *mynheer*, que isso poderá *matar* meu pai? – ele repetiu finalmente, em um sussurro trêmulo.

– Sim, meu jovem. Mas tenho um forte palpite de que lhe trará a cura, e não a morte. Ah! Se os jovens não fossem tão estúpidos, eu poderia explicar a questão toda a você, mas de nada adiantaria.

Hans não sabia como reagir àquele cumprimento.

– De nada adiantaria – repetiu o doutor Boekman, indignado. – Uma grande cirurgia é proposta, mas poderia até ser feita com um machado. A única pergunta é: isso o matará?

– Essa pergunta é *tudo* para nós, *mynheer* – disse Hans, com uma dignidade lacrimosa.

De repente, o doutor Boekman o olhou com comiseração.

– Ah, claro! Tem razão, garoto. Sou um tolo. Você é um bom rapaz. Não quer a morte do pai. Claro que falei tolices.

– Se essa doença continuar, ele pode morrer, *mynheer*?

– Ora, a doença nada tem de novo. É o mesmo problema, que piora a cada instante: pressão sobre o cérebro. E ele pode partir *assim* – disse o médico, estalando os dedos.

– E a cirurgia pode salvá-lo – insistiu Hans. – Do contrário, quando, *mynheer*? Podemos saber?

O doutor Boekman ficou impaciente.

– Daqui a um dia, talvez uma hora. Converse com sua mãe, garoto, e deixe-a decidir. Meu tempo é curto.

Hans se aproximou da mãe; a princípio, quando ela olhou para o filho, ele não conseguiu falar; depois, desviando o olhar, disse com firmeza:

– Preciso falar com mamãe.

Rapidamente, a pequena Gretel, sem entender exatamente o que se passava, lançou um olhar indignado a Hans e saiu.

– Volte, Gretel, e sente-se – pediu Hans, em tom de desculpa.

Ela obedeceu.

A senhora Brinker e o filho ficaram de pé, rente à janela, enquanto o médico e seu assistente, curvados sobre a cama, conversavam em voz baixa. Não havia risco de perturbar o paciente. Ele parecia cego e surdo.

Só os gemidos leves e lastimáveis indicavam que havia ali um ser vivo. Hans falava com franqueza, mas em tons baixos, pois não queria que a irmã ouvisse.

Com os lábios secos, entreabertos, a senhora Brinker se inclinava em direção ao filho, sondando seu rosto, como se suspeitasse de algum significado oculto por trás das palavras. Houve um momento em que ela, assustada, emitiu um som abafado de choro que chamou a atenção de Gretel, mas depois se aquietou e ouviu tudo, tranquilamente.

Quando Hans parou de falar, a mãe se virou, dirigiu um olhar pesaroso e agoniado ao marido, estirado, pálido, inconsciente; de repente, ela se pôs de joelhos ao lado da cama.

Pobre pequena Gretel! O que significava tudo aquilo? Seus olhos fixos em Hans faziam a pergunta, mas o irmão baixara a cabeça, como se rezasse. Olhou, então, para o médico, que apalpava delicadamente a cabeça do paciente, como se examinasse alguma pedra interessante. Olhou também para o assistente. O jovem tossiu e virou o rosto. Finalmente olhou para a mãe. Ah, pequena Gretel, nada mais podia fazer além disso: ajoelhar-se ao lado dela, abraçá-la, chorar e implorar a Deus que ouvisse suas preces.

Quando a mãe se levantou, o doutor Boekman, com um brilho de dúvida nos olhos, perguntou bruscamente:

– Bem, *jufvrouw*, faremos a cirurgia?

– Será doloroso para ele, *mynheer*? – ela perguntou, com a voz hesitante.

– Não sei dizer. Provavelmente não. Faremos?

– O senhor disse que ela *pode* curá-lo, mas também explicou a meu filho que... talvez... – Ela não conseguiu terminar.

– Sim, *jufvrouw*, disse que o paciente pode falecer durante a cirurgia, mas esperamos que ocorra o contrário. – O médico olhou para seu relógio. O assistente caminhou até a janela, nervoso. – Vamos, *jufvrouw*, o tempo voa. Sim ou não?

Hans abraçou a mãe pela cintura. Não era seu modo costumeiro. Chegou mesmo a repousar a cabeça no ombro dela.

– O *meester* espera uma resposta – sussurrou Hans.

Há muito tempo, a senhora Brinker era a chefe da família em todos os sentidos. Diversas vezes, fora rigorosa com Hans, dando-lhe ordens e se valendo de sua disciplina materna. Agora, porém, ela se sentia tão fraca, tão indefensa. Dava-lhe firmeza sentir aquele abraço apertado. Havia força até no toque dos cabelos loiros do filho.

Ela recorreu a ele, em tom de súplica:

– Oh, Hans! O que devo dizer?

– Diga o que Deus ordenar, minha mãe – foi a resposta de Hans, bastante cabisbaixo.

Uma prece rápida e inquiridora subiu do coração da senhora Brinker aos céus.

A resposta veio.

Ela se virou para o doutor Boekman:

– Muito bem, *mynheer*. Eu consinto.

O médico bufou como se dissesse: “Demorou demais”. Ele conversou com o assistente, que escutava com uma demonstração de grande deferência, mas por dentro divertia-se da magnífica piada que teria para contar aos seus colegas de classe. Vira uma lágrima no olho do “velho Boekman”.

Esse tempo todo, Gretel observava em silêncio, trêmula, mas, quando viu o médico abrir uma valise de couro e tirar vários instrumentos afiados e brilhantes, deu um salto.

– Oh, mamãe! Papai não quis fazer mal algum. Vão matá-lo?

– Não sei, filha – gritou a senhora Brinker, com um olhar firme em Gretel. – Não sei.

– Parem com isso, *jufvrouw* – advertiu o doutor Boekman, sério, enquanto lançava um olhar rápido e penetrante para Hans. – A senhora e a menina devem sair daqui. O garoto pode ficar.

A senhora Brinker se recompôs em um instante. Os olhos cintilaram, e todo o seu semblante mudou. Parecia, de repente, que nunca havia chorado e que jamais passava por um único momento de fraqueza. Falou em voz baixa, porém decidida:

– Quero ficar com meu marido, *mynheer*.

O doutor Boekman se surpreendeu. Suas ordens raramente eram desrespeitadas em contextos como aquele. Por um instante, o olhar dele e da senhora Brinker se cruzaram.

– Pode ficar, *jufvrouw* – pronunciou, com a voz alterada.

Gretel já havia desaparecido.

Em um canto do chalé ficava um pequeno armário onde se instalava sua cama, parecida com uma caixa, presa à parede. Ninguém notaria a criaturinha trêmula agachada ali, no escuro.

O doutor Boekman tirou o casaco pesado, encheu uma vasilha de barro com água e a colocou ao lado da cama. Virando-se, então, para Hans, perguntou:

– Posso contar com você, rapaz?

– Sim, *mynheer*.

– Acredito. Fique ali, perto da cabeça. Sua mãe pode se posicionar à sua direita. Isso.

Ele pôs uma cadeira perto do leito.

– Lembre-se, *jufvrouw*, nada de gritos ou desmaios.

A mulher lhe respondeu com o olhar.

O médico aceitou.

– Agora, Vollenhoven.

Ah, aquela mala com os instrumentos terríveis! O assistente a ergueu. Gretel, que espiava com os olhos úmidos através da fresta na porta do armário, não aguentou mais se manter em silêncio.

Afoita, correu pelo cômodo, apanhou o capuz e saiu do chalé.

Gretel e Hilda

Era hora do recreio. Ao primeiro badalo do sino da escola, o canal parecia dar um grito tremendo e subitamente ganhar vida com meninos e meninas.

Dezenas de crianças em seus trajes alegres patinavam de um lado para outro, e toda a energia acumulada na manhã era extravasada em cantoria, gritos e risos. Nada impedia o fluxo do entretenimento. Ninguém pensava nos livros escolares sob a luz do sol. Latim, aritmética, gramática: naquela hora, tudo ficava trancafiado na sala de aula cinzenta. O professor poderia ser um substantivo, se quisesse, aliás, um nome próprio, mas *as crianças* só queriam se divertir. Enquanto o ambiente permanecesse perfeito para a patinação, a Holanda podia ficar no polo norte ou no equador; e, quanto à filosofia, como as crianças poderiam se importar com inércia e gravitação e coisas assim, quando só se preocupavam em não colidir umas com as outras na comoção?

No auge do divertimento, uma das crianças chamou a atenção:

– O que é aquilo?

– O quê? Onde? – perguntaram umas doze vozes.

– Lá, não estão vendo? Aquela coisa escura ali, ao lado do chalé do louco.

– Não vejo nada – disse um dos patinadores.

– Já vi – emendou outro. – É um cachorro.

– Que cachorro, nada – interveio uma voz esganiçada, que já ouvimos antes. – Não é isso. É uma pilha de trapos.

– Nada a ver, Voost – corrigiu outra, emburrada. – Vocês estão por fora. É a garota dos gansos, Gretel, procurando ratazanas.

– Ora, e daí? – guinchou Voost. – Diga-me se ela não é um monte de trapos!

– Ha-ha! Muito bom, Voost! Ganhará uma medalha de honra à piada, se continuar assim.

– Ganharia outra coisa se o irmão dela, Hans, estivesse aqui. Isso lhe garanto – afirmou um garoto com o rosto coberto, que se protegia por causa de um resfriado.

Como Hans não estava lá, Voost podia se dar ao luxo de ignorar a insinuação.

– Quem liga para *ele*, pequeno espirrador? Enfrento uma dúzia deles, e você vai junto.

– É mesmo? Gostaria de ver qualquer um de vocês me pegar. – E, decidido a provar suas palavras, o espirrador, deslizou em alta velocidade.

De repente, uma corrida generalizada atrás dos garotos maiores da escola foi proposta. Amigo ou inimigo, só dispostos a se divertirem, logo todos se uniram por uma causa comum.

Apenas uma pessoa em meio àquela multidão feliz se lembrava da forma escura e pequenina ao lado do chalé do louco. Pobre e assustada Gretel! Não pensava nas outras crianças, ainda que o riso da alegria coletiva repercutisse pelo ar até ela, dando-lhe a impressão de estar em um sonho.

Como eram altos os gemidos atrás daquela janela fechada! Estariam aqueles dois homens estranhos matando seu pai?

A ideia a fez dar um salto, com um grito de horror.

– Claro que não! – Ela choramingou, voltando a se sentar no montículo de terra congelada. A mãe e Hans estavam lá. Cuidariam do pai. Mas os dois pareciam tão pálidos. E até Hans chorava!

“Por que o velho *meester* deixou Hans ficar e me mandou sair?” – ela pensou. – “Poderia estar com mamãe, abraçá-la e beijá-la. Quando faço isso, ela sempre acaricia meus cabelos e fala, meiga, mesmo depois de me dar uma bronca. Mas está tudo tão quieto agora! Oh, se papai morrer, e depois Hans e a mamãe, *o que* vou fazer?"

Tremendo de frio, Gretel afundou o rosto entre os braços e chorou como se o coração fosse arrebentar.

Nos últimos quatro dias, a pobre criança sofrera um estresse maior que suas forças. E o tempo todo fora a acompanhante da mãe, sempre com boa vontade, ajudando-a, confortando a quase viúva durante o dia, atenta a vigiar e a rezar por ela à noite. Sabia que algo terrível e misterioso ocorria naquele exato momento, alguma coisa horrível e estranha demais, que nem o bondoso e gentil Hans queria falar.

De repente, outros pensamentos se formaram. Por que Hans não lhe dizia nada? Que vergonha! Afinal, tratava-se do pai dos dois. Ela não era um bebê. Certa vez, tirara uma faca afiada das mãos do pai. Conseguira até afastá-lo da mãe naquela noite horrorosa em que Hans, apesar de grande, não estava ali para ajudá-la. Então, por que tinha de ser tratada como alguém que não sabe fazer nada? Oh, mas que silêncio era aquele, amargo, sinistro! Se ao menos Annie Bouman tivesse ficado em casa em vez de ir para Amsterdã, ela não estaria tão sozinha. Que frio nos pés! Seriam os gemidos que a faziam sentir como se flutuasse?

Aquilo não estava certo. A mãe poderia precisar de sua ajuda a qualquer momento!

Levantando-se com esforço, Gretel se sentou ereta, esfregou os olhos e se espantou com uma infinidade de coisas: por que o céu parecia tão claro e azul, que silêncio era aquele no chalé, e como havia tantos risos crescendo ou desaparecendo a distância.

Dali a pouco, sentou-se de novo, com a estranha mistura de pensamentos se tornando cada vez mais confusa em seu cérebro já estupefato.

Que lábios estranhos tinha o *meester*! Como o ninho de cegonha no telhado parecia farfalhar e sussurrar para ela! Como brilhavam aquelas facas na mala de couro, talvez mais até que os patins de prata. Se ao menos ela tivesse colocado o casaco novo, não tremeria tanto. O casaco novo era bonito; aliás, a única coisa bonita que já vestira. Deus cuidara de seu pai por tanto tempo, e continuaria cuidando se ao menos aqueles dois homens fossem embora. Ah, os *meesters* estavam no telhado, subiam até a ponta... Não.. eram a mãe e o irmão... Ou as cegonhas. Estava tão escuro que não dava para saber. E o montículo a balançar, pender daquele jeito estranho. Como era belo o canto dos pássaros. Deviam ser pássaros de inverno, pois o ar estava repleto de partículas de gelo. Não era só um pássaro, mas vinte! Oh! Ouça-os, mamãe. Acorde-me, mamãe, para a corrida. Estou tão cansada de chorar e chorar...

Uma mão firme pousou em seu ombro.

– Levante-se, meu bem! – chamou uma voz gentil. – Não pode se deitar aqui fora e congelar.

Lentamente, Gretel ergueu a cabeça. Estava tão sonolenta que nem lhe pareceu estranho ver Hilda van Gleck curvando-se sobre ela, examinando-a com aqueles olhos belos e bondosos. Já tivera aquele sonho outras vezes.

Mas nunca sonhou que Hilda a sacudia com força, quase a arrastando dali, e dizendo-lhe:

– Gretel! Gretel Brinker! *Precisa* acordar!

Era real.

Gretel arregalou os olhos. A meiga donzela ainda a sacudia, esfregava-a, e até lhe deu alguns tapas. Devia ser sonho. Não. Lá estava o chalé, o ninho da cegonha e o coche do *meester* perto do canal. Via tudo claramente. As mãos formigavam, os pés latejavam. Hilda forçava-a a caminhar.

Finalmente, Gretel começou a se sentir bem.

– Caí no sono – balbuciou, enquanto esfregava os olhos com as duas mãos e parecia envergonhada.

– Sim, caiu mesmo – riu Hilda, com os lábios muito pálidos. – Mas está bem melhor agora. Apoie-se em mim, Gretel. Isso, mexa-se e logo terá forças para se aproximar do fogo. Deixe-me levá-la para dentro do chalé.

– Ah, não! Não, *jufvrouw*, não posso entrar! O *meester* está lá e me mandou sair.

Hilda não entendeu, mas teve o bom senso de não pedir uma explicação naquele momento.

– Certo, Gretel, mas então tente andar mais depressa. Vi você sentada naquele montículo, mas achei que estava brincando. Isso, isso, ande.

A bondosa garota forçava Gretel a caminhar de um lado para outro, apoiando-a com um braço e, com o outro, esforçando-se para pegar sua bolsa quente.

De súbito, Gretel adivinhou sua intenção.

– Oh, *jufvrouw*, *jufvrouw*! – choramingou. – Por favor, nem pense nisso. Guarde-a, estou ardendo toda, *jufvrouw*! Queimando, mesmo. Na verdade, não exatamente queimando, mas é como se tivesse alfinetes a me espetar pelo corpo. Oh, *jufvrouw*, não faça isso!

A preocupação da pobre criança era tão genuína, que Hilda se apressou em confortá-la.

– Muito bem, Gretel, mas mexa os braços. Isso. Ora, suas bochechas já começam a ganhar uma cor rósea. Acho que o *meester* a deixará entrar agora, com certeza. Seu pai está muito doente?

– Ah, *jufvrouw* – balbuciou Gretel, novamente chorosa. – Acho que está morrendo. Há dois *meesters* com ele neste momento, e minha mãe mal falou hoje. Consegue ouvir os gemidos, *jufvrouw*? – ela acrescentou, com um súbito terror. – O ar zune tanto que não ouço mais nada. Talvez esteja morto! Ah, como eu queria ouvi-lo!

Hilda apurou os ouvidos. O chalé estava muito perto, mas não vinha nenhum som dele.

Algo lhe disse que Gretel tinha razão. Ela correu até a janela.

– Não dá para enxergar por aí, senhora – soluçou Gretel, ansiosa. – Minha mãe a forrou com papel oleoso. Mas pela outra, no lado sul do chalé, poderá ver através de um rasgo no papel.

Tomada de preocupação, Hilda deu a volta e passou pela esquina onde o telhado baixo se juntava com o sapé frouxo.

De repente, ocorreu-lhe uma ideia.

– Não é certo espiar dentro da casa de outra pessoa – murmurou consigo. Após chamar Gretel, ela acrescentou, com um sussurro: – Você pode olhar. Talvez ele esteja apenas dormindo.

Gretel tentou apressar o passo, mas as pernas tremiam. Hilda correu ao seu auxílio.

– Acho que está doente também, querida – observou, caridosa.

– Doente não, *jufvrouw*, mas meu coração chora o tempo todo agora, mesmo quando meus olhos estão secos como os seus. Mas, *jufvrouw*, seus olhos também parecem úmidos! Está chorando por nós? Oh, *jufvrouw*, se Deus puder vê-la! Agora tenho certeza de que meu pai se recuperará.

E, enquanto se esforçava para espiar pela janela minúscula, a criaturinha beijou a mão de Hilda repetidas vezes.

A cortina era remendada e tinha rasgos; um pedaço de papel rasgado mal a cobria. Gretel comprimiu o rosto contra o vidro.

– Vê alguma coisa? – cochichou Hilda, por fim.

– Sim. Meu pai deitado, imóvel, a cabeça enfaixada, e todos olham para ele. Oh, *jufvrouw*! – Gretel quase gritou ao dar um passo para trás; e, com um movimento ágil e rápido, tirou os pesados tamancos de madeira. – *Preciso* ficar com minha mãe! Virá comigo?

– Agora não, o sino está chamando. Voltarei logo. Até mais!

Gretel mal ouviu aquelas palavras. Mas, por muitos dias depois, ela se lembraria do sorriso bonito, misericordioso, no rosto de Hilda antes que a jovem se afastasse.

O despertar

Nem mesmo um anjo teria entrado no chalé de maneira mais discreta. Gretel, que não ousava olhar para ninguém, caminhou lentamente até ficar ao lado da mãe.

O quarto estava em silêncio total. Ela percebia a respiração do médico e quase podia ouvir as fagulhas que caíam nas cinzas da lareira. A mão da senhora estava muito fria, mas o rosto refletia um brilho ardente, e seus olhos eram como os de uma gazela: brilhantes, tristes, ansiosos.

Por fim, houve um movimento na cama, muito leve, mas suficiente para deixar todos atentos. O doutor Boekman se inclinou.

Outro movimento. As mãos grandes, tão brancas e macias para um trabalhador pobre, se contraíram, e uma se ergueu até a testa.

Apalpou a bandagem, não de uma forma histérica e inquieta, mas com um movimento inquiridor que fez até o doutor Boekman prender a respiração.

– Devagar! Devagar! – disse uma voz que para Gretel parecia muito estranha. – Mais alto com a plataforma, pessoal! Agora joguem a argila. As águas estão subindo depressa; não dá tempo para...

A senhora Brinker deu um salto, como uma pantera.

Segurou as mãos do marido, curvou-se sobre ele e chamou:

– Raff! Raff, fale comigo!

– É você, Meitje? – o homem perguntou, com a voz fraca. – Dormi muito, acho que me machuquei. Onde está o pequeno Hans?

– Aqui, meu pai! – adiantou-se Hans, quase louco de alegria. Mas o doutor o deteve.

– Ele nos reconhece! – gritou a senhora Brinker. – Bondoso Deus, ele nos reconhece! Gretel, Gretel, venha ver seu pai!

Em vão, o doutor Boekman ordenou que se silenciassem, e tentou forçá-los a se afastar do lado da cama. Era impossível.

Hans e a mãe riam e choravam ao mesmo tempo, pairando sobre o homem quase desperto. Gretel não disse nada, mas seus olhos observavam os outros com um brilho de espanto e felicidade. O pai falava baixo.

– O bebê está dormindo, Meitje?

– O bebê! – repetiu a senhora Brinker. – Oh, Gretel, é você! E ele disse "pequeno Hans". Dez anos adormecido! Oh, *mynheer*, o senhor nos salvou. Ele não sabe nada do que aconteceu nestes dez anos. Meus filhos, não agradecem ao *meester*?

A bondosa senhora não cabia em si de alegria. O doutor Boekman nada disse, mas, quando seus olhos encontraram os dela, ele apontou para cima. Ela compreendeu. Hans e Gretel, também.

Com um gesto único, os três se ajoelharam ao lado do leito. A senhora Brinker tocou a mão do marido enquanto rezava. O médico baixou a cabeça; o assistente permaneceu de pé rente à lareira, de costas para eles.

– Por que estão rezando? – murmurou o pai, acompanhando-os com o olhar ainda confuso, enquanto os três se levantavam. – É dia do Senhor?

Não era domingo, mas sua *vrouw* assentiu com a cabeça; não conseguia falar.

– Então devemos ler um capítulo – disse Raff Brinker, devagar e com dificuldade. – Não sei se consigo. Estou muito, muito fraco. Talvez o ministro possa ler para nós.

Gretel ergueu a grande Bíblia Holandesa de sua prateleira entalhada. O doutor Boekman, perplexo por ser chamado de ministro, tossiu e entregou o volume ao assistente.

– Leia – murmurou. – Essas pessoas precisam se aquietar, ou o homem ainda poderá morrer.

Terminada a leitura do capítulo, a senhora Brinker fez um gesto misterioso para os demais, indicando-lhes que seu marido estava dormindo.

– Agora, *jufvrouw* – disse o médico, em um tom discreto, enquanto recolocava as grossas luvas de lã –, ele precisa de repouso absoluto. Entenda: este é um caso realmente notável. Voltarei amanhã. Não dê comida ao paciente hoje. – E, com uma reverência rápida e formal, saiu do chalé, seguido pelo assistente.

Seu suntuoso coche não estava longe; o condutor mantivera os cavalos trotando pelo canal quase o tempo todo em que o médico ficara na casa.

Hans também saiu.

– Que Deus o abençoe, *mynheer*! – ele disse, ruborizado e trêmulo. – Jamais poderei lhe pagar, mas se…

– Poderá, sim – interrompeu o médico, brusco. – Pode usar sua sabedoria quando o paciente acordar de novo. Aquele falatório e a choradeira são suficientes para matar um homem são, que dizer de alguém que estava à beira do túmulo. Se quer que seu pai se recupere, obrigue sua mãe e irmã a ficarem quietas.

Sem mais uma única palavra, o doutor Boekman caminhou até o coche, deixando Hans ali parado, boquiaberto e com os olhos arregalados.

Hilda foi repreendida com severidade por voltar tarde à escola depois do recreio, e também pelas recitações imperfeitas.

Na verdade, a menina ficara perto do chalé até ouvir o riso da senhora Brinker, até ouvir Hans dizer: "Aqui, meu pai!". Só então, voltou para a aula. Que importava ter perdido as lições? Como poderia decorar uma lista longa de verbos em latim, se não dava a mínima importância a eles, mas repetia para si mesma: "Ah, como estou feliz! Como estou feliz!"

Ossos e línguas

Os ossos são coisas estranhas. Você pode pensar que eles nada sabem a respeito dos problemas escolares, mas se engana. Até os ossos de Jacob Poot, soterrados em gordura, eram afiados na questão das horas de estudo.

Bem cedo, na manhã em que ele voltou, eles doíam muito, causando em Jacob um tremor a cada toque do sino da escola, como se dissessem: "Pare com essa barulheira! Ela é nociva!" Depois da escola, porém, estavam tranquilos e confortáveis; na verdade, pareciam tirar uma soneca em meio às almofadas de carne.

Também os ossos dos outros meninos se comportavam de maneira semelhante, mas no caso deles não era tão estranho. Estando mais próximos da luz do sol que os de Jacob, podemos esperar que fossem mais escolados nas questões do mundo. A situação do pequeno Ludwig, particularmente, era como aquilo que se fala da beleza: superficial. Eram os ossos mais sábios de que já ouvimos falar, e bastaria colocarmos discretamente diante do garoto um livro de gramática com lições compridas assinaladas, para imediatamente o astuto osso acima dos olhos permitir arquear as sobrancelhas! Peça-lhe que vá ao sótão buscar um banquinho para os pés, e seus ossos logo informam que ele está "cansado demais". Mas, se o pedido for para ir à confeitaria, a uma milha de distância, eis que nenhum osso se lembra do menor sinal de fadiga.

Ciente de tudo isso, você não se surpreenderá quando eu lhe disser que nossos cinco garotos eram os mais felizes no meio da multidão jubilosa que desembocava para fora da escola naquele dia.

Peter estava de muito bom humor. Hilda lhe contara sobre o riso da senhora Brinker e as palavras alegres de Hans, e ele não precisava de mais nenhuma prova de que Raff Brinker estava curado. Na verdade, a notícia se espalhara por todas as direções, em várias milhas pela vizinhança. Pessoas que pouco se importavam com os Brinkers, ou sequer os mencionavam, exceto com um riso de deboche ou uma pretensa misericórdia, de repente conheciam cada ponto da história daquela família. E a quantidade de histórias ridículas que se contavam parecia não ter fim.

Hilda, em meio à agitação do momento, parou para trocar uma palavra com o cocheiro do médico, que estava de pé ao lado dos cavalos e batia no peito ou esfregava as mãos. O coração bondoso da garota transbordava. Disse ao cocheiro com ar de cansado que o médico provavelmente sairia logo, e que ela desconfiava (apenas desconfiava) que ocorrera uma cura maravilhosa: um louco recuperara o juízo. Não, ela *tinha certeza* disso, pois ouvira o riso da viúva… Viúva, não, claro: esposa. Afinal, o homem estava vivo e naquele instante talvez se sentasse na cama, tagarelando como um advogado.

A atitude de conversar nesse tom com o cocheiro fora indiscreta. Hilda sabia disso, mas não se importava.

É sempre delicioso, afinal, ser o portador de notícias agradáveis ou surpreendentes!

E ela prosseguiu saltitante pelo canal, disposta a repetir o pecado, *ad infinitum*, e contar a novidade a cada menina e menino na escola.

Nesse ínterim, Janzoon Kolp apareceu de patins. Claro que, dali a dois segundos, o garoto já demonstrava uma atitude agressiva e gritava desaforos para o cocheiro, que o olhava com um desdém indolente. Isso, para

Janzoon, equivalia a um convite para se aproximar. O cocheiro já se sentara, segurando as rédeas e grunhindo com os cavalos.

Janzoon o abordou.

– Ei. O que acontece no chalé do louco? Seu patrão está lá?

O cocheiro fez que sim com a cabeça, mantendo um ar de mistério.

Janzoon assobiou e se aproximou mais um passo.

– O velho Brinker morreu?

O cocheiro se sentiu inchar de importância e manteve um silêncio proporcional.

– Escute aqui, velha almofada de alfinetes. Eu correria para casa e lhe traria um pedaço de pão de gengibre se achasse que assim você abriria a boca.

A velha almofada de alfinetes era um ser humano. As longas horas de espera o tinham deixado com fome. Sob a sugestão de Janzoon, seu semblante mostrou sinais de um colapso.

– É isso mesmo, velho – insistiu o provocador. – Vamos! Qual é a notícia? O velho Brinker morreu?

– Não. Ele se curou! Recuperou a razão – revelou o cocheiro, disparando as palavras uma por vez, como balas.

E como balas (figurativamente) atingiram Janzoon Kolp. Ele pulou, como que ferido.

– *Goede Gunst*! Não me diga!

O homem apertou os lábios e dirigiu um olhar significativo para a residência malcuidada do jovem Kolp.

Janzoon viu, então, um grupo de garotos a distância. Chamando-os de uma maneira rude, comum a meninos daquele tipo em qualquer lugar do mundo, seja na África, seja no Japão, em Amsterdã ou em Paris, ele voou em direção a eles, esquecendo-se o cocheiro, do pão de gengibre e de todo o resto, exceto da surpreendente notícia.

Portanto, antes do pôr do sol, já se sabia em toda a região que o doutor Boekman, em visita ao chalé, dera ao louco Brinker uma dose tremenda de remédio, marrom como pão de gengibre. Seis homens tiveram de segurá-lo enquanto o remédio era despejado pela garganta. O louco imediatamente se levantou, em plena posse de suas faculdades, derrubou ou bateu no médico (não se sabia ao certo qual dessas penalidades foi imposta), sentou-se e começou a falar com ele como se fosse um advogado. Depois, dirigiu palavras belas à esposa e aos filhos. A senhora Brinker rira até ter um violento surto histérico. Hans teria dito: “Estou aqui, meu pai, seu querido filho!” E Gretel: “Estou aqui, meu pai, sua querida filha!” Pouco depois disso, o médico se reclinava na carruagem, branco como um cadáver.

Mais um susto

Ao voltar à casa dos Brinkers no dia seguinte, o doutor Boekman não deixou de perceber a energia animada, confortável, do local. Um clima de felicidade o recepcionou, assim que ele abriu a porta. Sentada, a senhora Brinker tricotava ao lado da cama, o marido dormia tranquilamente, e Gretel amassava pão de centeio sobre a mesa no canto, sem o menor barulho.

O médico não se demorou. Fez algumas perguntas simples, pareceu gostar das respostas e, após tomar o pulso do paciente, disse:

– Ah, muito fraco ainda, *jufvrouw*. Muito fraco. Precisa se alimentar. Agora, a senhora pode começar a lhe dar algo. Mas não muito! Que seja nutritivo e da melhor qualidade.

– Pão preto é o que temos, *mynheer*, e mingau – disse a senhora Brinker, animada. – Sempre fizeram bem a ele.

– De jeito nenhum – contradisse o médico, franzindo a testa. – Nada disso. Ele precisa de uma carne suculenta, pão branco, seco e torrado, um bom vinho Malaga e... Hum... Ele parece frio. Cubra-o melhor, com algo leve e quente. Onde está o garoto?

– *Mynheer*, Hans foi a Broek em busca de trabalho. Voltará logo. O senhor não quer se sentar?

Se o banquinho de madeira polida oferecido pela senhora Brinker não pareceu muito convidativo, ou se a mulher o assustava, em parte só por ser mulher, mas também porque uma expressão ansiosa, agitada, aparecera subitamente em seu rosto, não sei dizer. O fato é que nosso excêntrico doutor deu uma rápida olhada em volta, murmurou algo sobre "um caso extraordinário", fez uma reverência e desapareceu antes que a senhora Brinker dissesse mais uma palavra.

Parecia estranho a visita do benfeitor deixar uma nuvem, mas era essa a sensação. Gretel franziu a testa, nervosa, infantil, e continuou batendo a massa sem levantar a cabeça. A senhora Brinker correu até o leito do marido, curvou-se sobre ele e começou a chorar em silêncio, porém profusamente.

Dali a pouco, Hans entrou.

– Mamãe! – ele exclamou, assustado. – O que foi? Papai piorou?

Ela virou o rosto trêmulo para o filho, sem tentar esconder o nervosismo.

– Sim. Está morrendo de fome. Assim disse o *meester*.

Hans empalideceu.

– Como assim, minha mãe? Vamos alimentá-lo agora mesmo. Gretel, traga-me o mingau.

– Não! – protestou a mãe, aflita, mas sem erguer a voz. – Pode até matá-lo. Nossa comida simples é pesada demais para ele. Oh, Hans, ele vai morrer. Seu pai vai morrer se não fizermos alguma coisa. Precisamos de carne, vinho doce e uma coberta melhor. Oh, o que farei? O que farei? – Ela soluçava, esfregando as mãos. – Não há um *stiver* sequer em casa.

O rosto de Gretel se contorceu de tristeza. Era a única maneira de expressar empatia naquele momento. As lágrimas começaram a cair, uma a uma, na massa.

– O *meester* disse que ele *precisa* dessas coisas, mamãe? – quis saber Hans.

– Sim, disse.

– Bem, então, não chore. *Ele as terá.* Trarei carne e vinho antes do anoitecer. Pegue a coberta da minha cama. Posso dormir sobre a palha.

– Sim, Hans, mas é pesada, apesar de fina. O *meester* disse que ele precisa de algo leve e quente. Do contrário, morrerá. Nossa turfa está acabando, Hans. Seu pai a desperdiçou, jogando-a fora enquanto eu não via, pobre homem.

– Não se preocupe, mamãe – sussurrou Hans, firme. – Podemos cortar o salgueiro e queimá-lo, se necessário, mas trarei algo para casa hoje à noite. *Deve* haver trabalho em Amsterdã, apesar de não encontrar nada em Broek. Não tenha medo, minha mãe, o pior já passou. Podemos enfrentar qualquer coisa agora que papai se recuperou.

– Isso é verdade – concordou a senhora Brinker, rapidamente enxugando os olhos.

– Claro que é. Olhe para ele, mamãe, como dorme tranquilo. Acha que Deus o deixaria morrer de fome, após trazê-lo de volta a nós? Ora, mãe, tenho certeza de que consigo tudo de que papai precisa, como se meu bolso transbordasse de ouro. Acalme-se agora, não se preocupe.

Com um rápido beijo na mãe, Hans pegou os patins e saiu do chalé.

Pobre Hans! Decepcionado com a busca infrutífera daquela manhã, nervoso com aquele novo problema, forçou-se para exibir coragem e tentou assobiar enquanto marchava resoluto na firme intenção de encontrar soluções.

As privações nunca haviam marcado tanto a família Brinker. Seu estoque de turfa estava quase no fim, e toda a farinha no chalé estava na massa de Gretel. Mal se esforçaram para comer nos últimos dias, nem pensavam em suas condições. A senhora Brinker tinha tanta certeza de que ela e os filhos ganhariam algum dinheiro antes de acontecer o pior que se entregara à alegria da recuperação do marido. Nem contou a Hans que as poucas moedas de prata na velha luva tinham quase acabado.

Hans se censurava por não ter chamado o médico quando o viu entrar no coche e se afastar rapidamente em direção a Amsterdã.

Talvez haja algum engano, pensava. O *meester* devia saber que carne e vinho estavam além de suas posses. Entretanto, seu pai parecia mesmo muito fraco. Ele precisava encontrar trabalho. Se *mynheer* Van Holp voltasse de Roterdã, haveria bastante ocupação. Mas Peter lhe dissera que o avisaria, assim que aparecesse algo útil. Iria procurá-lo. Ah, se ao menos fosse verão!

Enquanto refletia, Hans se apressava na direção do canal. Assim que calçou os patins, deslizou rapidamente até a residência de *mynheer* Van Holp.

– Papai precisa de carne e vinho imediatamente – murmurou. – Mas como posso ganhar o dinheiro a tempo de comprá-los hoje? A única saída é mesmo recorrer ao jovem Peter, como prometi. O que custaria a ele uma doação de carne e vinho? Depois que papai se alimentar, posso correr até Amsterdã e ganhar o suprimento para amanhã.

De repente, ocorreram-lhe outros pensamentos, que faziam seu coração bater acelerado e as bochechas arder de vergonha. *Mendigar*: essa era a palavra. Nenhum Brinker jamais fora pedinte. Seria Hans o primeiro? Seu pobre pai, voltando à vida, descobriria que a família teve de pedir caridade, logo ele, sempre tão sábio e parcimonioso?

– Não – disse Hans em voz alta. – Mil vezes melhor vender o relógio.

Em Amsterdã, ele poderia ao menos pegar dinheiro emprestado pelo relógio, concluiu, dando meia-volta. Não seria nenhuma desgraça. Poderia encontrar trabalho logo e recuperar o relógio. Talvez até pudesse *conversar com o pai a respeito*!

Com essa ideia em mente, o jovem quase dançou de alegria. Afinal, por que não falar com o pai? Era um ser racional agora. Talvez acordasse bem disposto, revigorado, e dissesse à família que o relógio não era importante e que poderiam vendê-lo, sem dúvida! Hans quase voou sobre o gelo.

Dali a alguns instantes, os patins novamente se balançavam em suas mãos. Ele correu até o chalé.

A mãe o aguardava junto à porta.

– Oh, Hans! – ela suspirou, o rosto radiante de felicidade. – Aquela jovem esteve aqui com a criada. Trouxe tudo: carne, geleia, vinho e pão, uma cesta cheia! Depois, o *meester* mandou um homem da cidade com mais vinho e uma boa cama e cobertores para seu pai. Ah, agora ele ficará bom. Deus os abençoe!

– Deus os abençoe! – repetiu Hans, e, pela primeira vez naquele dia, seus olhos se encheram de lágrimas.

O retorno do pai

Naquela noite, Raff Brinker sentia-se tão melhor que insistiu em se sentar um pouco na cadeira de espaldar alto, perto do fogo. Por alguns momentos, houve uma comoção no pequeno chalé. A presença de Hans era vital, pois o pai, homem pesado, precisava de algo firme em que se apoiar. A senhora, apesar de não ser frágil como a maioria das mulheres, estava tão agitada com o passo ousado que davam ao levantá-lo sem as ordens do *meester*, que quase o deixou cair por cima dela, por tentar ser seu principal suporte.

– Devagar, *vrouw*, devagar – pediu Raff, ofegante. – Será que fiquei velho e fraco, ou é a febre que me deixa assim tão indefeso?

– Ora, vejam só! – riu a senhora Brinker. – Falando como qualquer outro cristão! Você está fraco por causa da febre, Raff. Pronto, a cadeira está firme e confortável. Agora, sente-se.... Vamos lá. Isso!

Com essas palavras, a senhora Brinker deixou sua metade do fardo ajeitar-se lentamente na cadeira. Prudentemente, Hans fez o mesmo.

Gretel, por sua vez, corria pela casa e trazia de tudo para a mãe acomodar atrás das costas do pai ou estender sobre seus joelhos. Em seguida, empurrou o banco entalhado sob os pés do pai, e Hans agitou o fogo para aumentá-lo.

Finalmente Raff Brinker estava sentado. Olhava tudo à sua volta com total perplexidade. O "pequeno Hans" quase podia carregá-lo. "O bebê" tinha mais de um metro e vinte de altura e atiçava a lareira com um punhado de ramos de salgueiro. Meitje, a *vrouw*, encantadora e bela como sempre, engordara no mínimo uns vinte quilos, no que lhe parecia um período de poucas horas. Além disso, algumas rugas em seu rosto o intrigavam. As únicas coisas conhecidas no ambiente eram a mesa de pinho que ele fizera antes de se casar, a Bíblia sobre a prateleira e o armário no canto.

Ah! Raff Brinker, era natural seus olhos se encherem de lágrimas quentes enquanto você contemplava os rostos felizes de seus entes queridos. Dez anos extraídos da vida de um homem não são uma perda pequena; dez anos de determinação, de felicidade e atenção doméstica; dez anos de trabalho honesto, de desfrute consciente da luz do sol e da beleza das paisagens, dez anos de uma vida grata; um dia, você apreciava todas essas coisas; no dia seguinte, tudo se passava como um nada. Não era à toa que as lágrimas escaldantes rolavam, uma a uma, por seu rosto!

Doce, meiga, pequena Gretel! Encontrara a resposta à prece de sua vida naquelas lágrimas. Ela *amava* o pai no silêncio daquele momento. Hans e a mãe se entreolharam brevemente, sem falar, quando a viram correr em direção ao pai e se dependurar em seu pescoço.

– Papai querido – ela sussurrava, comprimindo o rosto contra o dele. – Não chore. Estamos todos aqui.

– Deus a abençoe – balbuciou Raff, choroso e beijando-a várias vezes. – Eu não me lembrava mais disso!

Dali a pouco, porém, ele ergueu a cabeça de novo e falou, com a voz carregada de ânimo:

– Como não a conheci, *vrouw*! – Segurou o rosto delicado entre as mãos e olhou-o como se o visse crescer naquele momento. – Como não a conheci? Os mesmos olhos azuis, e os lábios, e ah! A cantiga que ela cantava antes de aprender a ficar de pé. Mas foi há tanto tempo – acrescentou, com um suspiro, ainda absorto pela visão da filha, como em um sonho. – Tanto tempo. E tudo passou.

– Nem tudo – contradisse a senhora Brinker, entusiasmada. – Acha que eu a deixaria se esquecer? Gretel, cante aquela velha canção que você conhece há tanto tempo, querida!

Cansada, a mão de Raff Brinker caiu, e ele fechou os olhos. Mas que bela era a visão do sorriso nos lábios do pai, enquanto a voz de Gretel se elevava no ar até ele, como incenso.

Era uma ária simples; ela não sabia a letra.

Com um instinto amoroso, a menina suavizava cada nota, até Raff ter a impressão de que sua garotinha de dois anos de idade estava de volta, ali ao seu lado.

Assim que a canção terminou, Hans subiu em um banquinho de madeira e começou a remexer o armário.

– Cuidado, Hans – alertou a senhora Brinker, que mesmo na pobreza sempre fora uma dona de casa exemplar. – Cuidado. O vinho está aí, à sua direita, e atrás dele, o pão branco.

– Não se preocupe, mamãe – retrucou Hans, estendendo o braço para o fundo de uma das prateleiras superiores. – Não derrubarei nada.

O jovem desceu, caminhou em direção ao pai e colocou um bloco oblongo de madeira em suas mãos. Uma das extremidades estava arredondada, e havia alguns cortes profundos na parte de cima.

– Sabe o que é isso, meu pai? – Hans perguntou.

O rosto de Raff Brinker se iluminou.

– E como sei, filho! É o barco que eu fazia para você ontem... Ora, ontem coisa nenhuma! Dez anos atrás.

– Guardei-o todo esse tempo, papai. O senhor pode terminar quando as mãos estiverem fortes de novo.

– Sim, mas não para você, meu garoto. Quero esperar pelos netos. Ora, você já é um homenzinho. Ajudou sua mãe, todos estes anos?

– Sim, e com muito capricho – respondeu a senhora Brinker.

– Deixem-me pensar – murmurou o pai, dirigindo um olhar intrigado para todos. – Quanto tempo se passou desde aquela noite em que as águas começaram a invadir? É a última coisa de que me lembro.

– Dissemos-lhe a verdade, Raff. Completou dez anos na semana de Pentecoste.

– Dez anos. Então, eu caí, pelo que você me explicou? E tive febre desde aquele dia?

A senhora Brinker mal sabia como responder. Deveria contar-lhe tudo? Dizer que perdera a lucidez, tornando-se quase um lunático? O médico havia recomendado não aborrecer nem preocupar o paciente.

Hans e Gretel estavam atônitos.

– Não importa, Raff – a mulher respondeu, vaga, arqueando as sobrancelhas. – Quando um homem pesado como você cai de cabeça, é difícil saber o que acontecerá. Mas agora você está bem, Raff. Graças ao bom Deus!

O recém-desperto baixou a cabeça.

– Sim, estou bem, minha *vrouw* – disse, após um momento de silêncio. – Mas meu cérebro gira como uma roda. Não voltará a funcionar direito enquanto eu não retornar aos diques. Quando você acha que poderei voltar ao trabalho?

– Ouçam só este homem! – exclamou a senhora Brinker, maravilhada e ao mesmo tempo temerosa. – Precisamos levá-lo de volta para a cama, Hans. Trabalho! Até parece!

Tentaram erguê-lo da cadeira, mas ele não queria ainda.

– Podem parar! – disse, com uma amostra do velho sorriso, que Gretel nunca vira. – Será que um homem gosta de ser içado como um tronco? Pois eu lhes digo que, antes de o sol nascer três vezes, estarei de volta aos diques. Ah, aqueles homenzarrões me cumprimentarão. Jan Kamphuisen e o jovem Hoogsvliet. Tornaram-se bons amigos seus também, Hans, espero.

Hans olhou para a mãe. O jovem Hoogsvliet morrera cinco anos atrás. Jan Kamphuisen estava na cadeia em Amsterdã.

– Sim, teriam feito mais, sem dúvida – disse a senhora Brinker, desviando da pergunta. – Quero dizer, se tivéssemos pedido. Mas, com o trabalho e o estudo, Hans esteve ocupado demais para procurar amigos.

– Trabalho e estudo! – repetiu Raff, meditativo. – As crianças sabem ler e fazer contas, Meitje?

– Precisa vê-los! – ela respondeu, orgulhosa. – Conseguem ler um livro enquanto lavo o assoalho. Hans fica tão feliz com uma página cheia de palavras importantes como um coelho em um campo de repolhos. E quanto a fazer contas…

– Meu filho, ajude-me aqui – interrompeu Raff Brinker. – Preciso voltar para a cama.

Os mil florins

Quem visse a refeição simples no chalé dos Brinkers naquela noite jamais sonharia com o repasto suntuoso escondido no armário. Hans e Gretel olhavam para ele como que em um sonho, enquanto bebiam uma xícara de água e comiam sua parcimoniosa porção de pão preto; mas nem em pensamentos ousariam roubar o pai.

– Ele comeu muito bem – disse a senhora Brinker, apontando com a cabeça na direção da cama. – E caiu no sono logo depois. Ah, o coitado ainda estará fraco por muitos dias. Insistiu em se sentar novamente, mas, enquanto eu fingia atender a esse desejo e prepará-lo, ele adormeceu. Lembre-se, minha filha, de que, quando se casar (e que isso demore muito tempo ainda), nunca mandará em nada se ficar discutindo. "Esposa submissa é a esposa que manda no marido". Ei! Não engula um pedaço tão grande de uma vez, menina. Puxa, poderíamos fazer uma refeição com dois pedaços assim. O que foi, Hans? Parece até que há teias de aranha nas paredes.

– Nada, minha mãe. Só estava pensando…

– Em quê? Ah, nem preciso perguntar… – ela acrescentou, mudando o tom. – Pensei a mesma coisa, pouco tempo atrás. Bem, ninguém pode nos culpar por querermos notícias dos mil florins, mas até agora nada. É óbvio que ele não sabe o que aconteceu.

Hans olhou para a mãe com preocupação, temeroso de que se agitasse, como sempre, cada vez que falava do dinheiro perdido; mas ela mordia o pão em silêncio e lançava um olhar vazio para a janela.

– Mil florins – balbuciou uma voz fraca na cama. – Ah, tenho certeza de que foram úteis para vocês, *vrouw*, nestes anos todos em que seu marido ficou ocioso.

A pobre mulher se chocou. Aquelas palavras destruíam toda e qualquer esperança recente que começara a se acender.

– Está acordado, Raff? – perguntou.

– Sim, Meitje, e me sinto muito melhor. Nosso dinheiro ficou bem guardado, *vrouw*, é disso que falo. Durou todos estes dez anos?

– Eu... não o usei, Raff. Eu...

Ela ia lhe contar toda a verdade, quando Hans levantou o dedo em alerta e sussurrou:

– Lembre-se do que o *meester* nos recomendou. Papai não pode se preocupar.

– Fale com ele, filho – ela pediu, trêmula.

Hans apressou o passo até o leito do pai.

– Que bom que se sente melhor – disse, curvando-se sobre Raff. – Mais um dia, e suas forças terão voltado.

– Ah, provavelmente. O dinheiro durou muito tempo, Hans? Não entendi o que sua mãe disse.

A senhora Brinker gaguejou, muito nervosa:

– Eu disse que o dinheiro se foi.

– Bem, minha esposa, não se preocupe com isso. Mil florins não é muito para dez anos e dois filhos para criar. Mas pelo menos os ajudou a ter conforto. Tiveram de enfrentar muitas doenças?

– Não, não – choramingou a senhora Brinker, enxugando os olhos com o avental.

– Ora essa, minha esposa, por que chora, então? – disse Raff, em tom gentil. – Logo encheremos outra bolsa, assim que eu puder me levantar. Ainda bem que lhe contei tudo antes de cair.

– Contou-me o quê, homem?

– Ora, que enterrei o dinheiro. No sonho que tive agora, pareceu-me que nunca lhe revelei isso.

A senhora Brinker se inclinou para a frente. Hans segurou-lhe o braço.

– Calma, mamãe! – sussurrou, rapidamente desviando-a dali. – Temos de tomar muito cuidado. – Em seguida, enquanto ela aguardava de pé, com as mãos entrelaçadas e quase sem fôlego de tamanha ansiedade, o rapaz se aproximou da cama. Trêmulo e agitado, disse: – Que sonho complicado. O senhor se lembra de *quando* enterrou o dinheiro, meu pai?

– Sim, meu garoto. Foi pouco antes do amanhecer, no mesmo dia em que me machuquei. Jan Kamphuisen disse algo no dia anterior que me fez desconfiar da honestidade dele. Além de sua mãe, ele era a única pessoa ciente de que havíamos economizado mil florins; por isso, levantei-me de madrugada e enterrei o dinheiro. Como fui estúpido por desconfiar de um velho amigo!

– Aposto, meu pai – persistiu Hans, com a voz risonha, fazendo um gesto para a mãe e a irmã ficarem quietas –, que se esqueceu de onde o enterrou.

Raff Brinker riu.

– De jeito nenhum! – disse. – Mas agora, boa noite, meu filho. Quero dormir de novo.

Hans teria se afastado, mas os gestos da mãe não podiam ser desobedecidos. Então, ele disse, delicadamente:

– Boa noite, pai. Onde o senhor disse que enterrou o dinheiro? Eu era muito pequeno, dez anos atrás.

– Perto da muda de salgueiro, atrás do chalé – disse Raff Brinker, sonolento.

– Ah, sim. Do lado norte da árvore, não foi, pai?

– Não, do lado sul. Ah, você sabe muito bem, malandro. Como se não tivesse visto quando sua mãe tirou o dinheiro de lá. Agora, filho, por favor, afofe esse travesseiro. Boa noite.

– Boa noite, pai! – respondeu Hans, pronto para dançar de alegria.

A lua apareceu muito tarde naquela noite, iluminando perfeitamente a pequena janela, mas os raios do luar não perturbavam Raff Brinker. Ele dormia um sono profundo. Assim como Gretel. Quanto a Hans e sua mãe, tinham algo a fazer.

Após algumas preparações apressadas, os dois saíram furtivamente, com uma expressão de expectativa no rosto, carregando uma pá e um instrumento enferrujado, útil no serviço de vários dias quando Raff tinha saúde e trabalhava nos diques.

Estava tão claro no quintal que eles viam o salgueiro com nitidez. O chão congelado parecia duro como pedra, mas Hans e a mãe tinham tomado uma decisão. O único temor era acordar os adormecidos dentro de casa.

– Este quebra-gelo é o mais apropriado, mãe – disse Hans, desferindo vários golpes. – Mas o solo está tão firme que será muito difícil.

– Não se preocupe, Hans – ela retrucou, observando-o, afoita. – Deixe-me tentar um pouco.

Logo conseguiram uma rachadura. O resto não seria difícil.

Os dois pelejaram, revezando e conversando em sussurros. De vez em quando, a senhora Brinker caminhava até a porta e prestava atenção, para ter certeza de que o marido dormia.

– Que ótima notícia será para ele – a mulher comentou, rindo –, quando tiver forças para recebê-la. Quero muito colocar a bolsa e a meia, do jeito que encontrarmos, cheias de dinheiro, perto dele nesta noite abençoada, para seu querido pai vê-lo assim que acordar.

– Primeiro, precisamos encontrá-lo, mamãe – resfolegou Hans, ainda empenhado em cavar.

– Sem dúvida. Esse dinheiro não poderá escapar de nós agora – ela disse, tremendo de frio e expectativa, agachada ao lado da abertura. – Provavelmente encontraremos a bolsa e a meia em um velho pote de barro que perdi muito tempo atrás.

De repente, Hans também começou a tremer, mas não de frio. Penetrara uns trinta centímetros em um bom espaço, do lado sul da árvore. A qualquer momento, poderiam encontrar o tesouro. As estrelas cintilavam e piscavam uma para outra, como se dissessem: "País estranho, a Holanda! Cada coisa que a gente vê, com certeza!"

– Estranho seu pai tê-lo enterrado tão fundo – comentou a senhora Brinker, em um tom nervoso. – Bem, o solo devia estar mais macio, na época. Fez bem em desconfiar de Jan Kamphuisen, apesar de ele ser um homem tão respeitado. Nunca imaginei que aquele sujeito bonitão, sempre alegre, acabaria na cadeia! Deixe-me tentar agora, Hans. Quanto mais fundo cavamos, mais fácil fica o trabalho, percebe? Detestaria danificar a árvore. Será que faremos mal a ela, filho?

– Não sei dizer – foi a resposta séria.

As horas passavam, com mãe e filho empenhados. O buraco ficava maior e mais profundo. Começaram a se formar nuvens no céu, projetando sombras fantasmagóricas. Quando a lua e as estrelas sumiram e o dia começava a raiar, Meitje Brinker e Hans se entreolharam, sem esperança.

Haviam vasculhado todo o solo da área em volta da árvore, desesperadamente; norte, sul, leste, oeste. *O dinheiro escondido não estava lá!*

Visões

Annie Bouman abominava Janzoon Kolp. Janzoon Kolp, em seus modos rudes, idolatrava Annie. Ela declarava que, mesmo que "custasse a vida", não seria capaz de dizer uma única palavra gentil àquele garoto detestável. Janzoon a achava a criatura mais meiga e esperta do mundo. Com as amigas, Annie ria do aspecto cômico do casaco imundo e puído de Janzoon; ele suspirava sozinho ante a graça e elegância das saias ondulantes da garota.

Annie agradecia às estrelas pelo fato de seus irmãos não serem como os Kolps, e desdenhava da irmã de Janzoon por ela não ser como os Boumans. A presença dele tornava-a rude e insensível, mas a mera visão de Annie o deixava gentil como um cordeiro. Claro que os dois se encontravam com frequência. Em situações assim, por algum motivo misterioso, convencemo-nos de nosso erro e nos curamos do preconceito. Nesse caso, porém, o esquema falhava. A cada encontro, o ódio de Annie por Janzoon aumentava, e ele gostava dela cada dia mais.

O miserável matou uma cegonha, ela repetia para si mesma.

Ela sabe que sou forte e destemido, pensava Janzoon.

Como ele é corado, sardento e feio, era o comentário secreto de Annie, quando o via.

Como ela olha para mim, pensava Janzoon. Bem, sou um sujeito do bem e calejado.

– Janzoon Kolp, moleque impertinente, afaste-se de mim! – Annie costumava dizer. – Não quero saber de sua companhia.

Janzoon ria sozinho. As garotas nunca dizem o que sentem de verdade. Ele patinaria ao lado dela sempre que fosse possível.

Certa manhã, a bonita donzela nem se atrevia a olhar para os lados enquanto patinava de Amsterdã para casa, quando se deu conta de um garoto musculoso descendo o canal, em direção a ela.

"Ora, se for ele, eu...", Annie começou a pensar.

– Bom dia, Annie Bouman – disse uma voz agradável.

Como o rosto de uma menina se ilumina com um sorriso!

– Bom dia, jovem Hans. Que bom ver você.

Como o rosto de um garoto se ilumina com um sorriso!

– Bom dia de novo, Annie. Muita coisa mudou em nossa casa desde que você se ausentou.

– É mesmo? – ela perguntou, arregalando os olhos.

Hans, até então irritado e com pressa, tornou-se comunicativo e descontraído sob a luz de Annie.

Deu meia-volta e patinou devagar ao lado dela, em direção a Broek, enquanto lhe contava a boa notícia de seu pai. Annie era uma amiga tão sincera que Hans lhe contou inclusive da tensão atual, de como o dinheiro era necessário e tudo dependia de ele arrumar trabalho, mas nada encontrara na vizinhança.

Todo esse desabafo não viera como uma queixa, mas, sim, porque ela realmente tinha interesse em saber. Hans não podia revelar a profunda decepção da noite anterior, pois o segredo não era só dele.

– Até logo, Annie! – disse, por fim. – A manhã passa rápido, e devo correr até Amsterdã e vender estes patins. Minha mãe precisa de dinheiro agora mesmo. Antes do anoitecer, certamente encontrarei emprego em algum lugar.

– Vender seus patins novos, Hans? – lamentou Annie. – Você é o melhor patinador na região de Broek! E a corrida é daqui a cinco dias!

– Sei disso – ele retrucou, resoluto. – Até mais. Voltarei para casa usando os velhos patins de madeira.

Que visão maravilhosa! Tão diferente do sorriso horrendo de Janzoon. E Hans se afastou com a velocidade de uma flecha.

– Hans, volte! – ela chamou.

A voz transformou a flecha em um pião. Girando, ele deslizou em direção a Annie.

– Vai mesmo vender os patins novos, se achar alguém que os compre? Bem, Hans, se é inevitável... – disse Annie, um tanto confusa. – Quero dizer, conheço uma pessoa que gostaria de comprá-los.

– Não Janzoon Kolp? – Hans perguntou, ruborizado.

– Ah, não – ela disse, fazendo uma careta. – Ele não é amigo meu.

– Mas você o conhece – insistiu Hans.

Annie riu.

– Sim, conheço-o, e o azar é dele. Por favor, Hans, nunca mais me fale de Janzoon. Eu o odeio!

– Odeia? *Você* odeia alguém, Annie?

Ela balançou a cabeça, nervosa.

– Sim, e odiarei você também, se persistir em dizer que ele é meu amigo. Vocês, garotos, podem gostar dele porque apanhou o ganso engordurado na gincana, no verão passado, e subiu o mastro com aquele corpo feio amarrado em um saco. Mas não ligo para coisas assim. Detesto-o desde o dia em que o vi tentando empurrar a irmãzinha para fora do carrossel em Amsterdã, e não é nenhum segredo para nós quem matou a cegonha no telhado da casa da mãe dele. Mas não devemos falar de um sujeito tão mau, tão perverso. E é sério, Hans: conheço uma pessoa que adoraria comprar seus patins. Não conseguirá nem metade do preço em Amsterdã. Por favor, entregue-os a mim. Receberá o dinheiro hoje à tarde.

Se Annie era encantadora ao dizer "odeio", muito mais ao pronunciar as palavras "por favor"; pelo menos, essa era a opinião de Hans.

– Annie – ele disse, tirando os patins e esfregando-os cuidadosamente com um pedaço de cordão, antes de entregá-los. – Desculpe insistir, mas, se seu amigo não os quiser, pode me devolvê-los ainda hoje? Preciso comprar turfa e comida para minha mãe amanhã cedo.

– Meu amigo *vai* querê-los – Annie riu, fazendo um sinal afirmativo com a cabeça, e deslizou velozmente dali.

Enquanto Hans pegava os velhos patins de madeira dos vastos bolsos e os calçava da melhor maneira possível, não ouviu Annie murmurar:

– Eu não devia ter sido tão rude. Pobre, bravo Hans! Que garoto nobre!

E, enquanto patinava para casa, com a cabeça cheia de pensamentos agradáveis, Annie não ouviu Hans dizer:

– Rosnei como um urso. Mas Deus a abençoe! Algumas garotas são como anjos.

Melhor assim. Ninguém pode saber de tudo o que acontece pelo mundo afora.

Procurando trabalho

O luxo dificulta a volta a uma adversidade antes tolerada. Os patins de madeira guinchavam mais do que nunca. Para Hans, era doloroso adaptar-se de novo aos velhos patins improvisados; mesmo assim, não se arrependia de ter vendido os novos, e tentou não pensar na tristeza de menino por não os ter aproveitado um pouquinho mais, pelo menos até depois da corrida.

"Mamãe não se aborrecerá comigo", ele pensou, "por vendê-los sem a permissão dela. Já tem preocupações demais. Nem falaremos disso quando eu trouxer o dinheiro para casa".

Naquele dia, Hans percorreu as ruas de Amsterdã à procura de trabalho. Conseguiu ganhar alguns *stivers* por auxiliar um homem a conduzir uma parelha de mulas carregadas até a cidade, mas emprego fixo não arrumou em lugar nenhum. Ficaria satisfeito com um cargo como carregador ou menino de recados, mas, embora passasse por muitos sujeitos carregando pacotes, não havia uma ocupação para ele. Alguns lojistas já tinham uma equipe completa; outros precisavam de um sujeito mais delicado, de melhor postura (queriam dizer "mais bem-vestido", mas foram educados); outros, ainda, pediram que voltasse dali a um ou dois meses, quando os canais provavelmente estariam descongelando; e muitos simplesmente balançaram a cabeça sem dizer uma única palavra.

Nas fábricas, não teve melhor sorte. Parecia-lhe que, ao menos em um daqueles grandes edifícios que produziam quantidades enormes de roupas de lã, algodão e linho, tinturas e tintas de renome internacional, diamantes valiosos lapidados, grandes suprimentos de metal, tijolos, vidro e porcelana, um garoto de braços fortes, capaz e ávido por trabalhar, pudesse ser aproveitado. Mas não. Quase sempre ouvia a mesma resposta. Não precisamos de mais funcionários no momento. Se os tivesse procurado antes do Dia de São Nicolau, talvez lhe dessem um emprego temporário; mas, no presente, havia mais meninos trabalhando do que eles precisavam. Hans gostaria que vissem, pelo menos por um instante, sua mãe e Gretel. Mas ele não sabia o quanto a preocupação das duas transparecia em seus olhos quando pedia emprego, nem tinha ideia de que as bruscas respostas negativas eram ditas com uma consciência desconfortável de que o rapaz não deveria ser recusado. Ao voltarem para casa à noite, alguns pais falavam com seus jovens filhos com mais ternura que de costume, pois se lembravam do rosto jovem e franco, triste ante as recusas; e antes do amanhecer um desses homens resolveu instruir seu gerente, Blankert, a contratar o menino de Broek para fazer alguma coisa, caso ele retornasse.

Mas Hans não sabia de nada disso. Perto do pôr do sol, decidiu voltar a Broek, incerto se a sensação de aperto na garganta vinha do desânimo ou da resolução. Claro que havia ainda uma chance. Talvez *mynheer* Van Holp já estivesse de volta. Ouvira dizer que o jovem Peter fora a Haarlem na noite anterior, a fim de cuidar de algo relacionado à grande corrida de patins. Mesmo assim, Hans queria tentar.

Felizmente, Peter voltara naquela manhã. Estava em casa quando Hans apareceu, e ia sair para uma visita ao chalé dos Brinkers.

– Ah, Hans! – ele cumprimentou o rapaz cansado, à porta. – Era você mesmo que eu queria ver. Você mesmo. Entre e se aqueça.

Após ajeitar o chapéu puído, que sempre grudava na cabeça quando ele se sentia pouco à vontade, Hans se ajoelhou, não ao estilo de um cumprimento oriental, nem para venerar a deusa da limpeza que reinava naquela casa, mas porque seus sapatos pesados teriam enchido de horror qualquer dona de casa de Broek. Quando o dono dos sapatos entrou, deixou-os do lado de fora para servirem de sentinela até ele voltar.

Hans saiu da residência dos Van Holps com o coração leve. Peter trouxera de Haarlem a notícia de que o jovem Brinker deveria começar no trabalho na casa de verão imediatamente. Havia uma oficina confortável no local e estaria à disposição dele até o trabalho de marcenaria terminar.

Peter não lhe contou que patinara até Haarlem com o único propósito de arrumar esse trabalho com *mynheer* Van Holp. Para ele, bastava ver a expressão feliz e esperançosa no rosto do jovem Brinker.

– Acho que sei fazer isso – disse Hans. – Embora não tenha aprendido o ofício.

– *Tenho certeza* de que sabe – afirmou Peter, animado. – Encontrará todas as ferramentas necessárias na oficina. Fica quase oculta atrás do paredão de galhos. No verão, quando a cerca está verde, é impossível ver a oficina dali. Como está seu pai hoje?

– Recuperando-se, *mynheer*. Melhor a cada hora.

– É a história mais impressionante que já ouvi. Aquele médico ranzinza é um ótimo sujeito, afinal.

– Ah, *mynheer* – disse Hans, com afeição. – Ele é melhor que ótimo. É uma pessoa boa. Não fossem o coração bondoso e a grande habilidade do *meester*, meu pobre pai ainda estaria perdido. Penso, *mynheer* – acrescentou, com um brilho nos olhos –, que a cirurgia é a ciência mais nobre no mundo!

Peter balançou os ombros.

– Pode ser muito nobre, mas não para o meu gosto. Esse doutor Boekman certamente é habilidoso. Quanto ao coração, proteja-me de corações como o dele!

– Por que diz isso, *mynheer*? – Hans perguntou.

Nesse momento, uma senhora entrou lentamente de uma sala contígua. Era *mevrouw* Van Holp, vestindo um chapéu luxuoso e um longo avental de cetim, adornado de renda. Cumprimentou Hans com um aceno da cabeça, enquanto este se afastava da lareira e também a cumprimentava com uma reverência.

Peter logo puxou uma cadeira com espaldar alto para perto do fogo, e a senhora se sentou. Havia um bloco de cortiça de cada lado da saída da chaminé. Ele pegou um dos blocos e o colocou sob os pés da mãe.

Hans se virou para sair.

– Espere um instante, por favor, jovem – pediu a senhora. – Por acaso ouvi você e meu filho falando, creio, de meu amigo, o doutor Boekman. Tem razão, rapaz. O doutor Boekman tem um coração bondoso. Entenda, Peter, que podemos nos enganar quando julgamos alguém por suas maneiras, embora uma postura cortês não deva ser desprezada.

– Não pretendi ser desrespeitoso, minha mãe – disse Peter. – Mas certamente ninguém tem o direito de andar pelo mundo rosnando e resmungando, como dizem que ele faz.

– "Dizem". Ah, Peter, "dizem" pode significar todos ou ninguém. O cirurgião Boekman sofreu uma grande tristeza. Muitos anos atrás, perdeu seu filho único, em circunstâncias muito dolorosas. Um bom rapaz, exceto por ser um tanto precipitado e exuberante. Antes disso, Gerard Boekman era um dos cavalheiros mais agradáveis que conheci.

Depois de revelar tal informação, *mevrouw* Van Holp lançou um olhar gentil para os dois garotos, levantou-se e saiu da sala com a mesma dignidade com que entrara.

Peter, apenas parcialmente convencido, resmungou algo sobre "o pecado de deixar a tristeza transformar mel em fel", enquanto acompanhava o visitante até a porta lateral estreita. Antes de se despedirem, aconselhou Hans a se manter em forma na patinação.

– Pois, agora que seu pai está bem – acrescentou –, você ficará animado para a corrida. Será o mais belo espetáculo de patinação já visto nesta parte do mundo. Todos só falam disso. Deve almejar o prêmio, lembre-se.

– Não participarei da corrida, *mynheer* – disse Hans, cabisbaixo.

– Ora, por que não? – E imediatamente os pensamentos de Peter se voltaram para uma suspeita contra Carl Schummel.

– Porque não posso, *mynheer* – respondeu Hans, curvando-se para pôr os pés nos sapatos grandes.

Algo em seus modos alertava Peter de que não seria gentil insistir. Despediu-se de Hans, e ficou a observá-lo, pensativo, enquanto se afastava.

Dali a um minuto, Peter chamou:

– Hans Brinker!

– Sim, *mynheer*?

– Retiro tudo o que disse sobre o doutor Boekman.

– Sim, *mynheer*.

Os dois riram. Mas o sorriso de Peter mudou para um olhar de perplexidade quando viu Hans se ajoelhar ao lado do canal e calçar os patins de madeira.

– Muito estranho – o jovem murmurou, balançando a cabeça enquanto dava meia-volta para entrar na casa. – Por que, afinal, aquele garoto não usa os novos?

A fada madrinha

O sol já não era visível enquanto nosso herói marchava, esperançoso, em direção à pequena construção com aspecto de cabana, conhecida nos últimos anos como "o chalé do louco". Tinha o coração feliz, apesar de um sorriso meio debochado quando arrancou dos pés os "patins" de madeira.

Olhos mais embaçados que os dele teriam distinguido duas figuras delicadas movendo-se perto da entrada.

O casaco cinza, remendado, e a saia azul-clara coberta com um avental azul ainda mais claro, aquela touca apertada e quase sem cor, e os pezinhos rápidos calçando sapatos que pareciam barcos eram de Gretel, sem dúvida. Ele os reconheceria em qualquer lugar.

O casaco elegante e vistoso, a saia bonita com barra preta, o chapéu gracioso sobre os cachos dourados, o avental delicado e os finos sapatos de couro que pareciam fazer parte dos pés, ainda que o próprio Papa os tivesse enviado de Roma a ele pelo correio, Hans poderia jurar que eram de Annie.

As duas garotas andavam devagar, de um lado para outro, na frente do chalé. De braços dados, claro, balançavam a cabeça enfaticamente, como se discutissem todas as questões do reino.

Com um chamado cheio de entusiasmo, Hans se apressou.

– Meninas, arrumei trabalho!

A voz atraiu a mãe até a porta.

Ela também tinha notícias agradáveis. O pai melhorara. Conseguira passar quase o dia todo sentado e agora dormia “tranquilo como um carneirinho”, nas palavras da senhora Brinker.

– Minha vez agora, Hans – disse Annie, puxando-o para um lado depois de ele contar à mãe sobre a oferta de *mynheer* Van Holp. – Seus patins foram vendidos, e aqui está o dinheiro.

– Sete florins! – exclamou Hans, contando as moedas, atônito. – Puxa, é o triplo do que paguei por eles.

– Não pude evitar – disse Annie. – Se o comprador não sabia, não é culpa nossa.

Hans olhou-a, preocupado.

– Oh, Annie!

– Oh, Hans! – Ela imitou seu tom, apertando os lábios e tentando parecer desesperadamente perversa e inescrupulosa.

– Ora, Annie, sei que estava brincando. Precisa devolver parte desse dinheiro.

– Nem pensar! – insistiu a menina. – Foram vendidos e pronto. – Ao ver que o garoto parecia mesmo agoniado, acrescentou em um tom mais baixo: – Acredita, Hans, se eu lhe disser que não houve engano algum, a pessoa que comprou seus patins *insistiu* em pagar sete florins?

– Acredito – Hans respondeu, e a luz de seus olhos azuis parecia cintilar sob os cílios de Annie.

A senhora Brinker se alegrou ante a visão de tanta prata, mas, quando soube que Hans se desvencilhara de seu tesouro para obtê-lo, suspirou e, por fim exclamou:

– Deus o abençoe, meu filho! Sei que é uma perda amarga!

– Pegue estes também, mamãe – disse o garoto, enfiando as mãos no fundo do bolso. – Ficaremos ricos, se continuarmos assim.

– De fato – ela concordou, estendendo a mão. Depois, em um tom mais baixo, acrescentou: – Já estaríamos ricos se aquele Jan Kamphuisen não tivesse passado pela árvore três anos atrás, Hans. Pode crer!

– Provavelmente – suspirou Hans. – Bem, minha mãe, devemos nos esquecer daquele dinheiro e tomar coragem. Sumiu. Papai nos contou o que sabia. Não pensemos mais nisso.

– É fácil falar, Hans. Tentarei, mas é difícil quando o coitado de meu marido precisa de tantos cuidados. Por Deus, como essas meninas não param! Estavam aqui agora mesmo. Para onde correram?

– Para trás da casa – disse Hans. – Brincando de se esconder de nós. Psiu, vou pegá-las para a senhora. São mais rápidas e delicadas que aquele coelho, mas vou lhes dar um bom susto.

– É mesmo, há um coelho ali. Espere, Hans, o coitadinho deve estar desesperado, já que saiu da toca nesse frio. Vou buscar algumas migalhas.

A bondosa mulher, então, entrou no chalé. Logo saiu de novo, mas Hans se esquecera de esperar, e o coelho, após fazer um bom levantamento da região, havia desaparecido. A senhora Brinker deu a volta no chalé e deparou com as crianças. Hans e Gretel estavam de pé, parados diante de Annie, que se sentara em um toco de árvore.

– Daria um quadro e tanto! – exclamou a senhora Brinker, admirando o grupo. – Já vi muitos na galeria em Heidelberg que não eram tão bonitos. Meus dois filhinhos são mais broncos, Annie, mas você parece uma fada!

– Pareço? – riu Annie, brilhando de animação. – Bem, então, Gretel e Hans, imaginem que sou sua fada madrinha em visita. Concederei um desejo a cada um de vocês. O que quer, jovem Hans?

O rosto da menina demonstrava sua franqueza, talvez porque ela desejasse do fundo do coração que, ao menos uma vez, tivesse realmente os poderes de uma fada.

Uma ideia se insinuou a Hans: talvez por um instante, aquela garota fosse mais que uma criatura mortal.

– Desejo – disse, solene – encontrar uma coisa que procurei ontem à noite!

Gretel riu, alegre. A senhora Brinker gemeu.

– Que vergonha, Hans!

Cansada, ela voltou para o interior do chalé.

A fada madrinha se levantou e bateu o pé no chão três vezes.

– Seu desejo será concedido – disse. – Não importa o que os outros digam. – Então, pretensamente solene, ela pôs a mão no bolso do avental e tirou uma grande conta de vidro. – Enterre isso – instruiu, entregando-a a Hans – onde eu bati o pé, e, antes que a lua apareça, seu desejo será realizado.

Gretel riu, divertindo-se como nunca.

A fada madrinha fingiu irritação.

– Garota malvada – disse, com uma careta. – Como castigo por rir de uma fada, seu desejo não será concedido.

– Ah! – fez Gretel, animada. – É melhor esperar até eu fazer o pedido, fada madrinha. Não me decidi ainda!

Annie representava bem o seu papel. Sem sorrir, apesar dos risos exuberantes dos outros dois, ela se afastou, a própria personificação da dignidade ofendida.

– Boa noite, fada madrinha! – os irmãos disseram, repetidas vezes.

– Boa noite, mortais! – ela respondeu finalmente, enquanto saltava por cima de uma vala congelada e apressava o passo em direção à sua casa.

– Oh, ela não é meiga como uma flor? Linda e adorável! – exclamou Gretel, acompanhando a outra com um olhar de profunda admiração. – E pensar que passa tantos dias naquele quarto escuro com a avó. Meu irmão, qual é o problema? Para onde vai?

– Espere e verá! – respondeu Hans, e sumiu dentro de casa. Dali a pouco, saiu com a pá e o quebra-gelo nas mãos. – Vou enterrar minha conta de vidro mágica!

Raff Brinker ainda dormia tranquilamente. Sua esposa pegou um pequeno bloco de turfa do depósito quase vazio e o pôs sobre as brasas. Depois, ao abrir a porta, chamou:

– Entrem, crianças!

– Mamãe! Mamãe! Venha ver! – gritou Hans.

– Santo Bavon! – exclamou a senhora enquanto corria até o degrau da frente. – O que tem esse menino?

– Venha logo, mãe – ele continuava gritando, agitado, golpeando o solo com o quebra-gelo enquanto dizia: – Está vendo isso? *Este* é o local. Bem aqui, no lado sul do toco de árvore. Por que não pensamos nisso ontem? *Esse toco* é o salgueiro velho, aquele que a senhora cortou na última primavera porque fazia sombra sobre as batatas. Aquela arvorezinha não estava aqui quando papai… Viva!

A senhora Brinker ficou sem palavras. Ajoelhou-se ao lado de Hans bem a tempo de vê-lo arrastar para fora *o velho pote de barro*!

O garoto mergulhou a mão no pote e tirou um pedaço de tijolo, depois outros, até puxar para fora a meia e a bolsa, pretas e emboloradas, mas cheias do tesouro perdido há tanto tempo!

Quanta alegria! Quanto riso! Quantas lágrimas! Quanto contar e recontar depois que entraram no chalé! Foi uma surpresa não terem acordado Raff. Entretanto, ele tinha sonhos agradáveis, pois sorria durante o sono.

Garanto ao leitor que a senhora Brinker e seus filhos tiveram um delicioso jantar. Não era mais preciso economizar comida.

– Providenciaremos coisas boas e frescas para seu pai amanhã – ela disse, enquanto punha carne fria, vinho, pão e geleia na mesa de pinho limpa. – Sentem-se, meus filhos, sentem-se.

Naquela noite, Annie dormiu perguntando-se se Hans teria perdido uma faca, e pensando como seria engraçado se a encontrasse.

Hans mal fechara os olhos quando se viu caminhando por um bosque; potes de ouro eram vistos em todo lugar, além de relógios e patins, contas brilhantes penduradas em todos os galhos.

O detalhe estranho era que cada árvore, assim que ele chegasse perto, virava um toco, e no toco sentava-se a mais bela fada madrinha que se possa imaginar, trajando um casaco vermelho e uma saia azul.

O relógio misterioso

No dia da visita da fada madrinha, outra questão foi resolvida além do desaparecimento dos florins. Era a história do relógio, que por dez longos anos fora zelosamente guardado pela fiel *vrouw* de Raff. Em vários momentos de terrível tentação, ela temia sequer olhar para ele, pois poderia desobedecer ao pedido do marido. Era difícil ver os filhos com fome e saber que o relógio, se fosse vendido, permitiria que seus rostinhos recuperassem a cor.

– Mas não – ela se justificava. – Meitje Brinker não se esquecerá do último desejo de seu marido, custe o que custar.

– Tome conta disto, minha *vrouw* – ele tinha dito ao entregar-lhe o relógio.

Sem explicação, pois os dois não mais se falaram quando seu colega de trabalho entrou correndo no chalé e gritou:

– Venha, homem! As águas estão subindo! Precisam de você nos diques.

Raff saiu imediatamente, e foi a última vez que a senhora Brinker o viu com o juízo perfeito.

No dia em que Hans foi para Amsterdã à procura de trabalho, e Gretel, após terminar as tarefas domésticas, saiu para juntar lascas, gravetos ou qualquer coisa que pudesse ser queimada, a senhora Brinker, suprimindo a agitação, pôs o relógio na mão do marido.

– Não faria sentido esperar mais – posteriormente ela disse ao filho –, pois uma palavra de seu pai resolveria tudo. Qualquer mulher desejaria saber como o marido obteve aquele relógio.

Raff Brinker virou o objeto reluzente de um lado para outro na mão, e examinou o pedaço de fita preta passada a ferro, presa a ele. Parecia não o reconhecer. Por fim, disse:

– Ah, me lembrei! Puxa, *vrouw*, você deve ter polido tanto este relógio que ele brilha como um florim novo.

– Sim – confirmou a senhora Brinker, complementando com um gesto afirmativo com a cabeça.

Raff olhou mais uma vez para objeto.

– Pobre garoto! – murmurou, e recaiu em silêncio.

Era demais para a senhora.

– Pobre garoto? – ela repetiu, um tanto irritada. – Por que será que estou aqui, Raff Brinker, com a minha costura a esperar, senão para ouvir uma explicação?

– Mas já disse a vocês todos, há muito tempo – afirmou Raff, convicto, demonstrando surpresa.

– Não, nunca nos falou– insistiu a *vrouw*.

– Bem, como não é assunto nosso, não mencionaremos mais isso – disse Raff, balançando a cabeça, tristonho. – Provavelmente, enquanto estive morto na terra todo esse tempo, o pobre garoto já faleceu e foi para o céu. Pelo menos, parecia perto da morte, coitado!

– Raff Brinker, se é assim que me trata, depois de eu cuidar de você e aguentá-lo desde meus vinte e dois anos, deveria se envergonhar. Sim, que desgraça – esbravejou a *vrouw*, vermelha e quase sem fôlego.

A voz de Raff ainda soava fraca.

– Assim que a trato? Do que está falando, Meitje?

– Do quê? – disse a senhora Brinker, imitando a voz e os modos do marido. – De que seria? Simplesmente, do modo como toda mulher no mundo é tratada depois de apoiar seu marido nos piores momentos, como uma...

– Meitje!

Raff se inclinou para a frente com os braços estendidos e os olhos cheios de lágrimas.

No minuto seguinte, a senhora Brinker já estava aos pés dele, tomando-lhe as mãos.

– Ora, o que fiz? Meu bom marido chora, e só voltou para mim há quatro dias! Levante a cabeça, Raff, e desculpe-me se o magoei. É difícil não ter a menor informação sobre esse relógio depois de esperar dez anos para saber, mas não lhe perguntarei mais, Raff. Vamos guardar o objeto que criou o primeiro conflito entre nós depois que Deus o trouxe de volta para mim.

– Fui tolo ao chorar, Meitje – ele disse, beijando-a. – Afinal, nada mais justo que você saiba a verdade. Mas tive a impressão de que revelaria o segredo dos mortos se mencionasse o assunto.

– O homem, esse garoto, de que você falou morreu? – perguntou a *vrouw*, escondendo o relógio na mão, enquanto se sentava, curiosa, na outra ponta do longo banquinho sob os pés do marido.

– É difícil saber – foi a resposta.

– Estava muito doente, Raff?

– Doente, não. Mas em situação muito complicada, *vrouw*.

– Cometeu algum deslize, você acha? – ela insistiu, em um tom mais discreto.

Raff assentiu com a cabeça.

– *Assassinato?* – sussurrou sua esposa, sem a coragem de olhar para ele.

– Ele disse que era algo semelhante.

– Oh, Raff! Está me assustando. Explique-me melhor. Fala de um jeito tão estranho e está trêmulo. Quero saber.

– Meu tremor deve ser por causa da febre. Não tenho a menor culpa em minha alma, graças a Deus!

– Beba um pouco deste vinho, Raff. Isso, agora se sentirá melhor. Estava dizendo que houve algum crime.

– Sim, Meitje, semelhante a um assassinato. Foi o que ele me disse. Mas nunca acreditei. Um rapaz de tão boa índole, aparência honesta, assim como nosso menino, mas menos corajoso e direto.

– Sim, sei disso – concordou a mulher, com medo de interromper a história.

– Chegou a mim de repente – continuou Raff. – Nunca o tinha visto antes, e seu rosto era tão pálido e assustado. Segurou-me pelo braço e disse: "O senhor parece um homem honesto".

– E ele estava certo – interrompeu a esposa, enfática.

Raff pareceu confuso.

– Onde parei, minha *vrouw*?

– O garoto segurou seu braço, Raff – ela respondeu, ansiosa.

– Ah, sim. Não acho as palavras. Tudo parece um sonho, entende?

– Também, pudera! – Ela suspirou, acariciando a mão do marido. – Se a boa fortuna não tivesse sorrido para nós, talvez nunca se recuperasse. Enfim, o garoto segurou seu braço e disse que parecia honesto. E acertou! E depois? Isso aconteceu na hora do almoço?

– Não, foi antes do amanhecer e dos primeiros sinos da alvorada.

– No mesmo dia em que você se machucou – concluiu a senhora. – Sei que parece que saiu para o trabalho no meio da noite. Mas o que aconteceu depois que o garoto o segurou, Raff?

– Ah, sim – recomeçou a contar. – Ainda vejo o rosto dele, tão lívido e assustado. "Deixe-me descer um trecho deste rio", ele disse. Se você se lembra, eu trabalhava do outro lado da via aquática, desde Amsterdã. Expliquei que não era barqueiro. "É uma questão de vida ou morte", o rapaz insistiu. "Leve-me até algumas milhas de distância. Este barco não está preso, mas pode pertencer a um homem pobre, e não quero roubá-lo!". Não me lembro das palavras exatas, *vrouw*, pois tudo ainda parece um sonho. Bem, levei-o talvez por seis ou sete milhas. Ele disse que iria a pé o resto do caminho pela praia. Quanto a mim, tinha pressa para levar o barco de volta. Antes de ele descer, disse, choroso: "Confio no senhor. Fiz algo errado. Deus sabe que não pretendia, mas o homem morreu. Preciso fugir da Holanda".

– O que ele fez? O que ele disse, Raff? Estava praticando tiro com um colega, como fazem na Universidade de Gottingen?

– Não me lembro. Talvez me tenha dito, mas parece tudo um sonho. Respondi, enfim, que, sendo um bom cidadão holandês, não me cabia burlar as leis do país ajudando-o naquela fuga, mas ele não parava de repetir: "Deus sabe que sou inocente!" E me olhava sob a luz das estrelas com olhos tão claros e honestos como de nosso Hans. Então, simplesmente deixei-o e voltei com o barco.

– Devia ser o barco de Jan Kamphuisen – comentou a senhora Brinker, secamente. – Ninguém mais teria abandonado os remos sem o menor cuidado.

– Sim, era dele, sem dúvida. Virá me visitar no domingo, provavelmente, se já ouviu a notícia, assim como o jovem Hoogsvliet. Onde parei?

– Onde parou? Não foi muito longe, com certeza. O garoto ainda não lhe tinha dado o relógio. Aliás, creio que não o obteve de forma honesta!

– Ora, *vrouw*! – exclamou Raff Brinker, em tom injuriado. – Vestia-se bem como um verdadeiro príncipe. Certamente o relógio pertencia a ele.

– Por que o deu a você, então? – insistiu a senhora, dirigindo um olhar preocupado para o fogo, pois precisaria de outro bloco de turfa.

– Acabei de lhe dizer – ele respondeu, confuso.

– Diga de novo – pediu a senhora Brinker, sabiamente evitando outro desvio da conversa.

– Bem, pouco antes de descer do barco, ele me deu o relógio e disse que ia sair do país como um fugitivo, coisa que nunca lhe passara pela cabeça. Confiava em mim porque eu parecia honesto. Pediu-me que levasse o relógio ao pai dele, não naquele dia, mas uma semana depois, e lhe dissesse que seu desafortunado filho o mandou. Devia dizer também que o garoto enfrentaria tudo e iria procurá-lo se o pai assim desejasse. Poderia enviar uma carta para... para... Não me lembro mais. Não consigo me lembrar para quem seria a carta. Pobre garoto. Pobre garoto! – concluiu Raff, pesaroso, pegando do colo de sua *vrouw* o relógio, enquanto ainda falava. – E, até hoje, o pai não recebeu o relógio.

– Eu o levarei, Raff, não se preocupe. Assim que Gretel voltar. Ela não demora. Qual era o nome do pai do garoto, você se lembra? Onde ele deveria estar?

– Diacho! – bufou Raff, vagaroso. – Não me lembro mais. Consigo ver o rosto do rapaz e seus olhos grandes; a imagem é clara. E lembro-me de que abriu o relógio, tirou algo de dentro e beijou. Mas só isso. Todo o resto é um torvelinho. Quando penso no caso, parece que ouço o bramido de águas correntes.

– É compreensível, Raff. Já senti a mesma coisa quando tive febre. Você está cansado agora. Precisa se deitar de novo. Afinal, onde está aquela menina?

A senhora Brinker abriu a porta e chamou:

– Gretel! Gretel!

– Deixe-me levantar, *vrouw* – pediu Raff, com a voz fraca, inclinando o corpo para a frente e esforçando-se para ver a paisagem desoladora de inverno. – Tenho vontade de pôr os pés para fora da porta, ao menos uma vez.

– Não, não – ela riu. – Direi ao *meester* que você não se aquieta e quer ficar ao ar livre. Se ele concordar, posso agasalhá-lo amanhã e apoiá-lo para ficar de pé. Mas você está congelando, com essa porta aberta. Ora, veja se não é Gretel, com o avental cheio, patinando no canal como uma doida. E você – ela continuou, quase com um grito enquanto batia a porta. – Voltando para a cama sem meu apoio! Cuidado para não cair!

Os sentimentos mistos de medo e alegria transpareciam mais no tom da senhora que na pressa com que se aproximou do marido. Dali a instantes, Raff estava confortavelmente acomodado debaixo da coberta nova, declarando, enquanto a *vrouw* ajudava-o a se cobrir, que era a última vez que a luz do sol o veria acamado.

– Ah, espero que sim – riu a senhora Brinker. – Já que não para quieto mesmo!

Raff fechou os olhos, e sua esposa se apressou em atiçar o fogo, ou pelo menos em mantê-lo firme, pois a turfa holandesa é como um homem daquele país: lento para se animar, mas muito dinâmico assim que as chamas se acendem. Depois de guardar a roca, ela pegou o tricô de algum bolso invisível e se sentou ao lado da cama.

– Caso se lembre do nome do homem, Raff – ela retomou o assunto, com cautela –, posso entregar-lhe o relógio enquanto você dorme. Gretel não deve demorar.

Raff tentou pensar, mas não adiantava.

– Seria Boomphoffen? – sugeriu a mulher. – Ouvi dizer que a família teve dois filhos que desviaram por um mau caminho: Gerard e Lambert.

– Talvez – grunhiu Raff. – Veja se há letras no relógio. Poderiam nos dar uma pista.

– Bendito seja, homem! – exclamou a senhora, feliz, enquanto erguia o relógio. – Está mais esperto que nunca! Veja só estas letras: L. J. B. Lambert Boomphoffen, sem dúvida. O que significa o J, não sei, mas eram pessoas muito finas, verdadeiras aves raras. O tipo de família que dá nomes duplos aos filhos, apesar de não ser nada bíblico fazer isso.

– Quanto a isso, não sei, *vrouw*. Parece-me que há nomes mistos longos no Livro sagrado, difíceis de decifrar. Mas acho que está certa quanto ao dono do relógio. Sua intuição sempre foi muito boa – disse Raff, fechando os olhos. – Experimente levá-lo aos Boompkinks.

– O nome não é Boompkinks. É Boomphoffen.

– Certo, vá procurá-los.

– Procurá-los, homem! O clã inteiro se mudou para a América nos últimos quatro anos. Mas volte a dormir, Raff. Está um pouco pálido e enfraquecido. Pela manhã, saberá o que é melhor fazer. Ah, senhorita Gretel, voltou finalmente!

Antes de Raff acordar naquela noite, a fada madrinha, como sabemos, tinha passado pelo chalé, os florins já estavam guardados com segurança na urna grande, e a senhora Brinker e seus filhos se fartavam com um jantar suntuoso de carne, pão branco e vinho.

E a mãe, com alegria no coração, contou-lhes a história do relógio até onde achava prudente divulgá-la. Nada mais justo, pensou ela, que os pobrezinhos soubessem do caso, depois de guardarem aquele segredo desde que tinham idade para entender qualquer coisa.

Uma descoberta

O novo sol trouxe um dia movimentado para os Brinkers. Em primeiro lugar, claro que a notícia dos mil florins fora dada ao pai. Um bom augúrio como aquele certamente não lhe faria mal. Depois, enquanto Gretel obedecia prontamente à instrução da mãe de "limpar a casa para deixá-la nova em folha", Hans e a mãe saíram para comprar turfa e mantimentos.

Hans se sentia leve e feliz; a senhora fervia de um contentamento ansioso causado pelas demandas insensatas de novas necessidades que surgiram da noite para o dia, incentivadas pelos mil florins. A afortunada mulher falava animadamente com Hans a caminho de Amsterdã e voltou com tantos pacotes que o garoto coçou a cabeça enquanto se encostava na lareira e se perguntou se a frase "quanto maior a bolsa, mais apertado o cordão" era realmente de Jacob Cats e, portanto, verdadeira, ou se a sonhara um dia em que teve febre.

– No que está pensando, menino de olhos grandes? – brincou a mãe, quase lendo os pensamentos do garoto, enquanto se ocupava dos preparativos para o jantar. – Raff, acredita que ele queria carregar metade de Amsterdã na cabeça e trazer para casa? Pelos céus! Ia comprar tanto café que encheria o fogão! "Não, não, meu filho", eu disse. "Agora que o barco está cheio, não vamos provocar transbordo". E ficou assim, com os olhos vidrados, como agora. Toda essa reflexão e esse olhar fixo no fogão vão acabar atiçando o fogo. Raff, sua cadeira é a da ponta da mesa, pois agora o homem da casa voltou. Isso eu diria até na frente do rei. Pronto, assim mesmo... Apoie-se em Hans. Ele é uma bengala forte para você! Esse menino cresce como mato, ontem mesmo engatinhava. Sente-se, meu marido, sente-se.

– *Vrouw* – Raff a chamou, ajeitando-se com todo o cuidado na cadeira. – Lembra-se da bela caixa de música que alegrava seu trabalho na casa em Heidelberg?

– Ah, se me lembro – respondeu a senhora. – Três voltas daquela chave de bronze e a caixinha mágica produzia uma música que arrepiava a espinha. Lembro-me muito bem. Mas, Raff – emendou, em som subitamente solene –, você jamais jogaria fora nossos florins com esse tipo de coisa, não é?

– Não mesmo, *vrouw*, pois o bom Deus já me deu uma caixa de música sem eu ter de pagar.

Os outros três trocaram olhares confusos, assustados, e depois se voltaram para Raff. Estaria delirando novamente?

– Sim – ele insistiu. – Uma caixinha de música que eu não venderia por cinquentas bolsas cheias de dinheiro. E funciona quando a gente segura o cabo de um esfregão e o passa pela sala, e a música percorre tudo velozmente, até dar a impressão de que os pássaros voltaram.

– Bendito São Bavon! – grunhiu a senhora. – O que deu nesse homem?

– Conforto e alegria, *vrouw*, foi isso! Pergunte a Gretel. Pergunte à minha caixinha de música chamada Gretel se seu marido não tem motivo para se sentir confortável e alegre hoje.

– Se tem, mamãe – riu Gretel. – Ele também é a minha caixa de música. Cantamos juntos metade do tempo em que vocês estiveram fora de casa.

– Ah, é isso – suspirou a senhora, com enorme alívio. – Ei, Hans, não conseguirá comer um pedaço assim tão grande. Mas não importa, meu querido, está em jejum há muito tempo. Gretel, coma mais um pedaço de salsicha. Vai dar sangue às suas bochechas.

– Oh, mamãe – riu a menina de novo, oferecendo o prato, ávida. – As bochechas das meninas não têm cor de sangue, só de rosas. Não é assim, Hans?

Enquanto Hans engolia, apressado, um bocado gigantesco de comida antes de dar uma resposta apropriada àquele recurso poético da irmã, a senhora Brinker encerrou a questão:

– Ora, sangue ou rosas, para mim não importa. De qualquer forma, o vermelho tinge seu rosto ensolarado. Já basta a mãe ser pálida e ter esta cara cansada sem...

– Espere aí, *vrouw* – interrompeu Raff. – Você parece mais jovial e rosada agora que nossas duas crianças juntas.

O comentário, embora não fosse um forte testemunho da clareza do intelecto recém-recuperado, trouxe imensa satisfação à senhora. A partir dali, a refeição transcorreu de maneira agradabilíssima.

Depois do jantar, a questão do relógio e das iniciais misteriosas foi devidamente discutida.

Hans acabara de empurrar para trás o banquinho, decidido a partir imediatamente para a casa de *mynheer* Van Holp, e sua mãe se levantara para guardar o relógio no velho esconderijo, quando ouviram o som de rodas no solo congelado.

Alguém bateu à porta e, ao mesmo tempo, abriu-a.

– Entre – balbuciou a senhora Brinker, afoita ao esconder o relógio no peito. – Ah, é o senhor, *mynheer*! Bom dia! O homem da casa está quase bom, como pode ver. Queira desculpar a bagunça, *mynheer*, ainda não tiramos a louça do jantar.

O doutor Boekman mal prestou atenção ao pedido de desculpas da mulher. Evidentemente estava com pressa.

– Muito bom! – exclamou. – Minha presença não é necessária. O paciente se recupera rápido.

– E por um bom motivo, *mynheer* – acrescentou a senhora. – Pois, ontem à noite, encontramos mil florins que estavam perdidos há dez anos.

O doutor Boekman arregalou os olhos.

– Sim, *mynheer* – disse Raff. – Pedi à *vrouw* que lhe contasse, embora seja um segredo entre nós, pois vejo que é capaz de manter os lábios selados, como todo homem de bom caráter.

O médico franziu a testa. Nunca gostava de comentários pessoais.

– Agora, *mynheer* – continuou Raff –, o senhor receberá seu pagamento justo. Deus sabe como o merece, pelo serviço de trazer esta pobre ferramenta que sou eu de volta ao mundo e à sua família. Diga à minha mulher quanto lhe devemos, *mynheer*. Ela lhe dará o dinheiro com muito gosto.

– Esqueça – disse o médico, em tom gentil. – Não me fale de dinheiro. Sou pago no dia a dia, mas gratidão é algo raro. O agradecimento daquele garoto – acrescentou, apontando com a cabeça na direção de Hans – é o meu melhor pagamento.

– Provavelmente o senhor também tem um filho – disse a senhora Brinker, feliz ao notar que aquele grande homem de repente se tornava tão sociável.

A boa vontade do doutor Boekman desapareceu imediatamente. Ele emitiu um rosnado (ao menos foi a impressão de Gretel), mas não deu resposta alguma.

– Perdoe a bisbilhotice de minha *vrouw*, *mynheer* – interveio Raff. – Ela se comoveu recentemente com a história de um garoto cujos pais foram embora, ninguém sabe para onde. O jovem deixou comigo um recado para eles.

– O nome era Boomphoffen – disse a senhora, entusiasmada. – Sabe algo sobre essa família, *mynheer*?

A resposta do médico foi curta e grossa.

– Sim. Pessoas muito encrenqueiras. Faz tempo que partiram para a América.

– Talvez, Raff – persistiu a senhora Brinker, um tanto tímida –, o *meester* conheça alguém nos Estados Unidos, embora, pelo que saiba, a maior parte da população daquele país seja de selvagens. Se ele pudesse levar o relógio aos Boomphoffens com a mensagem do pobre garoto, seria uma bênção.

– Ora, *vrouw*, para que incomodar o bom *meester*, quando homens e mulheres à beira da morte o esperam? Como sabe, aliás, que o nome verdadeiro é esse?

– Tenho certeza – ela respondeu. – Eles tinham um filho chamado Lambert, e aqui há um L e um B, de Boomphoffen, na parte de trás. Mas há também um J, o *meester* pode ver por si mesmo, se quiser.

Ela lhe mostrou o relógio.

– L. J. B.! – exclamou o doutor Boekman, quase dando um pulo na direção dela.

Nem preciso descrever a cena a seguir. Basta dizer que a mensagem do garoto foi dada ao pai finalmente, enquanto o grande cirurgião chorava como uma criancinha.

– Laurens! Meu Laurens! – repetia, com os olhos fixos no relógio que carinhosamente ele segurava. – Ah, se soubesse antes! Laurens, vagando pelas ruas. Meu Deus! Talvez esteja sofrendo, ou até morrendo agora! Pense, homem, onde ele estaria? Para onde meu garoto disse que a carta deveria ser endereçada?

Raff balançou a cabeça, muito triste.

– Pense! – implorou o médico. Certamente a memória recém-recuperada graças ao auxílio do doutor não poderia recusar seu pedido em um momento como aquele.

– Não me lembro, *mynheer* – suspirou Raff.

Hans, esquecendo-se das distinções de posição e classe, ciente apenas de que seu bom amigo sofria, pôs os braços em torno do pescoço do médico.

– Posso encontrar seu filho, *mynheer*. Se ele estiver vivo, está em *algum lugar*. A terra não é tão grande. Dedicarei todo dia de minha vida a essa busca. Minha mãe pode se virar sem mim agora. O senhor é rico, *mynheer*. Envie-me para qualquer lugar.

Gretel começou a chorar. Era correto Hans fazer aquilo, mas como eles viveriam sem ele?

O doutor Boekman nada disse, tampouco se desvencilhou de Hans. Aflito, não parava de olhar para Raff Brinker. De repente, ergueu o relógio e, com as mãos trêmulas, tentou abri-lo. A mola enrijecida finalmente cedeu; o pequeno estojo revelou um pedaço de papel com a imagem da flor miosótis. Notando a sombra de decepção no rosto do médico, Raff apressou-se a dizer:

– Havia mais alguma coisa aí, *mynheer*, mas o jovem a tirou antes de me dar o relógio. Vi-o beijar o que quer que fosse.

– Era a imagem da mãe dele – gemeu o médico. – Ela morreu quando meu filho tinha dez anos. Graças a Deus o menino não a esqueceu! Ambos mortos? É impossível! – ele gritou, levantando-se. – Meu filho está vivo. Vou lhes contar a história dele. Laurens trabalhava como meu assistente. Por engano, ele deu um remédio errado a um de meus pacientes, um veneno mortal, mas nunca foi administrado, pois descobri o erro a tempo. De qualquer forma, o homem morreu naquele dia. Fiquei ocupado com outros casos graves até a noite seguinte. Quando voltei para casa, Laurens sumira! Pobre Laurens! – balbuciou o médico, descontrolando-se totalmente. – Todos estes anos, sem notícias minhas. Sua mensagem negligenciada. Oh, como deve ter sofrido!

A senhora Brinker arriscou-se a falar. Qualquer coisa seria melhor que ver o *meester* em prantos.

– É uma bênção saber que o jovem era inocente. Ah, como pesava nele! Imagine dizer a você, Raff, que seu crime era semelhante a assassinato. Na verdade, referia-se ao remédio errado. Não houve crime algum. Até nossa Gretel poderia ter feito isso! Provavelmente, o pobre rapaz ouviu dizer que o homem morrera; por isso, deve ter fugido, *mynheer*. Ele comentou com Raff que nunca voltaria à Holanda, a menos que... – ela hesitou. – Ah, doutor, dez anos é tempo demais para aguardar contato de...

– Quieta, *vrouw*! – ordenou Raff, severo.

– Aguardar contato – o médico grunhiu. – E eu, tolo, teimoso, sentado em casa achando que meu filho me abandonara. Nunca imaginei, Brinker, que o garoto percebera o próprio erro. Achei que era apenas fanfarronice de moleque, brincadeira, ingratidão, amor pelas aventuras, que o fizeram sumir. Meu pobre, pobre Laurens!

– Mas agora sabe de tudo, *mynheer* – sussurrou Hans. – Sabe que ele é inocente, que amava o senhor e a mãe falecida. Nós o encontraremos. O senhor o verá de novo, querido *meester*.

– Deus o abençoe! – exclamou o doutor Boekman, segurando a mão do garoto. – Talvez tenha razão. Tentarei. Tentarei e, Brinker, se lhe ocorrer qualquer lembrança, por mais tênue que seja, vai me procurar?

– Claro, imediatamente! – respondeu Hans, cuja promessa silenciosa teria contentado o doutor, mesmo enquanto os outros se calavam.

– Os olhos de seu menino – ele disse, voltando-se para a senhora Brinker – são estranhamente parecidos com os de meu filho. Quando o conheci, parecia-me que o próprio Laurens me olhava.

– Sim, *mynheer* – comentou a mãe, orgulhosa. – Notei como o senhor era atraído por meu filho.

Por alguns momentos, o *meester* pareceu absorto em pensamentos; de repente, despertou e disse, com um tom de voz diferente:

– Perdoe-me, Raff Brinker, por esse tumulto. Não se estresse por minha causa. Saio de sua casa hoje mais feliz que em qualquer outro momento durante todos estes anos. Posso levar o relógio?

– Certamente. Deve levá-lo, *mynheer*. Era o desejo de seu filho.

– Mesmo assim – retrucou o médico, fitando o relógio, com um estranho frangir da testa, pois seu rosto não poderia mudar seus hábitos ranzinzas em uma hora. – Mesmo assim... Preciso ir agora. Meu paciente não precisa de medicamentos, apenas de paz e alegria, e há muito disso aqui. Que os céus os abençoem, meus queridos amigos! Serei eternamente grato a vocês.

– Que os céus o abençoem também, *mynheer*, e espero que encontre logo seu filho – disse a senhora Brinker, muito sincera, depois de enxugar os olhos com a ponta do avental.

Raff disse:

– Amém!

Gretel lançou um olhar tão pesaroso, aflito, para o médico que ele lhe acariciou a cabeça antes de sair do chalé. Hans o acompanhou.

– Quando precisar de mim, *mynheer*, estarei pronto.

– Obrigado, jovem – disse o doutor Boekman, com uma delicadeza incomum. – Peça à sua família que não comente com ninguém o que aconteceu. Por enquanto, Hans, quando estiver na companhia de seu pai, observe o comportamento dele. Você tem tato. De uma hora para outra, é possível que ele nos dê mais informações.

– Conte comigo, *mynheer*.

– Tenha um bom dia, meu garoto! – despediu-se o médico enquanto entrava em seu suntuoso coche.

"Ah!", pensou Hans, ao observar as rodas do veículo que se afastava. "O *meester* tem mais vida do que eu imaginava".

A corrida

Finalmente chegou o dia 20 de dezembro, trazendo consigo a perfeição do inverno. Sobre toda a paisagem lisa fulgia a calorosa luz do sol, experimentando seu poder sobre lago, canal e rio, mas o gelo cintilava desafiadoramente, sem mostrar sinais de derretimento. Os próprios cata-ventos se mantinham imóveis, dispostos a contemplar a vista. Os moinhos de vento receberam uma folga. Durante quase a última semana inteira, eles haviam girado sem cessar; agora, ofegantes, se refestelavam naquele ar limpo e parado. Imagine um moinho a trabalhar quando os cata-ventos não têm o que fazer!

Nada de moer, amassar e serrar naquele dia. Isso era bom para os moleiros perto de Broek. Muito antes do meio-dia, resolveram içar velas e ir à corrida. Todo o mundo estaria lá, o lado norte do Y congelado já estava repleto de espectadores entusiasmados. A notícia da grande competição de patins se espalhara. Homens, mulheres e crianças em trajes de feriado marchavam em direção ao local. Alguns usavam casacos de pele e mantos ou xales de inverno, mas muitos, consultando os sentimentos em vez do almanaque, vestiam-se como se fosse um dia de outubro.

O lugar escolhido para a corrida era uma superfície plana e impecável de gelo perto de Amsterdã, no grande braço do Zuider Zee, que os holandeses, claro, chamam de o Olho. Os aldeões surgiam em grandes números. Forasteiros na cidade sentiam que era uma grande chance de ver algo atraente. Muitos camponeses do norte haviam sabiamente escolhido o dia 20 para o próximo dia de comércio municipal. Parecia que todos, jovens e velhos, que possuíssem rodas, patins ou domínio dos pés compareciam à cena.

A elite chegava em suas carruagens, todos vestidos como parisienses, recém-chegados dos bulevares; as crianças de Amsterdã em uniformes de caridade; meninas do Orfanato Católico Romano, em túnicas pretas e fitas brancas na cabeça; meninos da Casa do Cidadão, com calças pretas e casacos curtos de arlequim. Não menciono esses detalhes com menosprezo. Tanto os meninos quanto as meninas dessa instituição usam roupas vermelhas e pretas, alternadamente. Trajando esses uniformes chamativos, as crianças são até certo ponto impedidas de se comportarem mal quando andam pela cidade. O Orfanato Casa do Cidadão oferece um lar confortável para centenas de crianças de ambos os sexos. A Holanda é famosa por suas instituições de caridade. Havia também senhores antiquados em chapéus pontudos e calças de veludo até os joelhos; senhoras também antiquadas, em saias pregadas sóbrias e corpete de brocado exuberante. Eram acompanhadas por criados que carregavam banquinhos para os pés e mantos. Os camponeses se apresentavam em todas as formas de trajes holandeses possíveis, jovens rústicos e tímidos com suas fivelas de latão; donzelas simples das aldeias escondendo os cabelos loiros sob fitas douradas; mulheres em aventais longos sobrecarregados de bordado; mulheres cujos cachos desciam, encaracolados, sobre a testa; mulheres com a cabeça raspada e toucas apertadas; e mulheres em saias listradas e chapéu de moinho. Homens usando couro, ou roupas simples, ou veludo, ou tecido cru; cidadãos em trajes-modelo europeus, e aldeões em casacos curtos, calças largas e chapéus pontiagudos.

Chegavam belas garotas da Frísia com tamancos de maneira e meias-calças grossas, crescentes de ouro sólido adornando a cabeça e que terminam nas têmporas com uma roseta dourada, enfeitadas com renda do século passado. Algumas usavam colar, pingente e brincos do mais puro ouro. Muitas se contentavam com folheado de ouro ou até bronze, mas não é raro uma mulher da Frísia usar todas na cabeça as joias da família. Várias donzelas rústicas exibiam o valor de dois mil florins na cabeça, naquele dia.

Espalhados em meio à multidão havia camponeses da Ilha de Marken, com tamancos, meias longas pretas, e as calças mais largas possíveis; também mulheres de Marken com meias-calças curtas azuis e casaco preto se distinguiam na frente. Viam-se mangas vermelhas, aventais brancos e toucas como a mitra dos bispos em cima dos cabelos dourados.

De modo geral, as crianças eram tão pitorescas quanto seus pais. Ou seja, um terço da multidão parecia ter saído fisicamente de uma coleção de quadros holandeses.

Por toda parte se viam mulheres altas e homens encorpados, garotas de rosto animado e jovens cuja expressão nunca muda do alvorecer até o pôr do sol.

Parecia haver ao menos um espécime de cada cidade conhecida na Holanda. Carregadores de água de Utrecht, produtores de queijo de Gouda, oleiros de Delft, destiladores de Schidam, lapidadores de diamantes de Amsterdã, mercadores de Roterdã, vendedores de arenque seco e dois pastores com olhos sonolentos de Texel. Todo homem desse grupo usava cachimbo e bolsinha de tabaco. Alguns carregavam o que se pode chamar de equipamento completo de um fumante: cachimbo, tabaco, um limpador para o fornilho, uma rede prateada para proteger o corpo e uma caixa dos mais fortes palitos de enxofre.

Como você deve se lembrar, um autêntico holandês raramente aparece sem seu cachimbo, seja qual for a ocasião. Ele pode até se esquecer de respirar um instante, mas, quando o cachimbo é esquecido, é porque deve estar morrendo. Mas não havia nenhum caso assim tão triste ali. Círculos de fumaça subiam de todos os cantos. Quanto mais fantástico parecesse o círculo, mas plácido e solene era o fumante.

Veja só aqueles meninos e meninas com pernas de pau! Que boa ideia. Conseguem ver tudo por cima das pessoas mais altas. É tão estranho vislumbrar aqueles corpinhos lá no alto, carregados por pernas misteriosas. Todos eles têm uma expressão tão resoluta em seus rostinhos redondos, que não é à toa que os senhores idosos e nervosos, com pés doloridos, se encolhem e tremem enquanto os monstrinhos de pernas compridas passam por eles.

Talvez você leia em certos livros que os holandeses são um povo quieto. Normalmente, sim. Mas preste atenção! Já ouviu tamanho burburinho? Uma amálgama de vozes humanas; não, os cavalos também colaboram, sem falar nos violinos guinchando dolorosamente (será que os próprios instrumentos sentem dor?), mas a massa do som vem mesmo da grande *vox humana* que pertence à multidão.

Aquele anãozinho esquisito com um cesto pesado, serpenteando entre as pessoas, contribui para a barulheira. Ouve-se a vozinha aguda dele acima de todos os outros sons:

– *Pypen en tabac! Pypen en tabac!*

Outro anão, irmão daquele e obviamente alguns anos mais jovem, vende rosquinhas e balas. Chama as crianças de longe e de perto, para que venham logo ou os bolos acabarão.

No meio dos espectadores, há muitos rostos conhecidos. No pavilhão alto, montado sobre a borda do gelo, aparecem pessoas que já vimos recentemente. No centro está a senhora Van Gleck. É o aniversário dela, lembra-se? Ela tem um posto de honra. Ao lado, *mynheer* VanGleck, cujo *meerschaum* não está bem seguro nos lábios, embora pareça que sim. E lá estão a *oma*[25] e o *opa*[26] que você conheceu na festa de São Nicolau. Todas as crianças vieram com eles. Que lindo, trouxeram até o bebê. A pobre criaturinha está enrolada como uma múmia egípcia, mas consegue se mexer, e se diverte quando a banda toca, abrindo e fechando as luvinhas ao compasso perfeito da música.

---

[25] Avó, em holandês. (N.T.)

[26] Avô, em holandês. (N.T.)

O vovô, com seu cachimbo, óculos e boné de peles, forma uma imagem e tanto com o bebê sobre o joelho. Acomodado no alto das plataformas cobertas por um toldo, o grupo consegue ver tudo o que se passa. Não é à toa que as senhoras olham para o gelo com complacência; com um banquinho para os pés, qualquer um se sentaria confortavelmente mesmo ao lado do polo Norte.

Há um senhor com eles que lembra um pouco São Nicolau, conforme foi visto pelos jovens Van Glecks no dia 5 de dezembro. Mas o santo tinha uma barba branca espessa, e o rosto desse é macio como uma uva. Sua santidade era maior em volta do corpo também, e (cá entre nós) ele tinha um par de protetores na boca, que esse senhor certamente não tem. Afinal de contas, não pode ser São Nicolau.

Perto dali, no pavilhão seguinte, sentam-se os Van Holps, com a filha e o genro de Haia (os Van Gends). A irmã de Peter não é do tipo que esquece suas promessas. Trouxe buquês de belas flores da estufa para os vencedores.

Esses pavilhões e outros além deles têm sido montados desde a manhã. Aquele semicircular, que contém a família de *mynheer* Korbes, é muito bonito e prova que os holandeses são hábeis fazedores de tendas, mas gosto mais da tenda dos Van Glecks: listrada em vermelho e branco e decorada com folhas perenes (chamadas *evergreen*).

Aquele com bandeiras azuis é o dos músicos. As construções em forma de pagode, ornamentadas com conchas e guirlandas de tudo quanto é cor, são para a bancada dos juízes, e as colunas e os mastros sobre o gelo assinalam o limite do percurso da corrida. As duas colunas brancas entrelaçadas de verde, ligadas no alto pela faixa longa e esvoaçante, formam o ponto de partida. Esses mastros, a meia milha de distância, se erguem em cada extremidade da margem, que é cortada com profundidade suficiente para que os patinadores a vejam, embora não tão profunda que os faça tropeçar quando se virarem para voltar ao ponto inicial.

O ar está tão limpo que nem parece possível que as colunas e os mastros estejam tão longe. Claro que os assentos dos juízes ficam apenas um pouco mais próximos.

Meia milha no gelo, com a atmosfera daquele jeito, é uma distância curta, principalmente se ladeada por uma corrente viva de espectadores.

A música começou. A própria melodia parece que se diverte ao ar livre! Os violinos se esqueceram da agonia, e tudo é harmonioso. Se você não olha para a tenda azul, tem a impressão de que a música vem da luz do sol, pois flui tão solta, e é tão alegre. Porém, olhe para os músicos, com suas expressões compenetradas, e enxergará a verdade.

Onde estão os corredores? Todos reunidos perto das colunas brancas. É uma cena bela. Quarenta meninos e meninas em trajes pitorescos, deslizando com uma rapidez elétrica entre si, ou velejando em duplas ou trios, trocando sinais, bate-papos e sussurros em plena juventude.

Alguns mais cautelosos apertam melhor as correias; outros se apoiam em uma perna, com o rosto ansioso e ruborizado, examinam o patim suspeito cruzado sobre o joelho, e retomam o treino. Todos estão possuídos pelo espírito de movimento. Não podem ficar parados. Os patins são parte deles, e cada corredor parece enfeitiçado.

Afinal de contas, a Holanda é o lugar dos patinadores. Onde mais quase todos os meninos e meninas poderiam fazer peripécias no gelo que, se estivessem no Central Park, atrairiam uma multidão? Olhem o jovem Ben! Ele deslumbra os holandeses, o que não é nada fácil. Poupe as forças, Ben, logo precisará delas. Agora outros garotos tentam! Ben já é superado. Que saltos e que poses! Como giram, e que flexibilidade! Aquele garoto com boné vermelho é o leão agora: as costas dele são uma mola de relógio, o corpo é uma rolha... Não, é ferro; do contrário, quebraria! Ele é um pássaro, um pião, um coelho, um saca-rolha, um duende, uma bolinha pula-pula, tudo ao mesmo tempo. Quando você pensa que está de pé, curvou-se; quando acha que se curvou, está de pé. Ele joga a luva no gelo, gira, dá um salto mortal e a pega de volta. Sem parar, arranca o boné da cabeça estupefata de Jacob Poot e o coloca de volta, "ao contrário". Os espectadores o saúdam e aplaudem. Garoto tolo! É um clima ártico sob seus pés, mas mais que temperado acima da cabeça. Gotas já escorrem por sua testa. Um exímio patinador, porém talvez perca a corrida.

Um viajante francês, de pé e segurando um caderno, vê nosso amigo inglês, Ben, comprar uma rosquinha do irmão do anãozinho e comê-la. Em seguida, anota no caderno que os holandeses engolem bocados enormes e todos adoram batata assada com melado.

Há rostos conhecidos perto das colunas brancas. Lambert, Ludwig, Peter e Carl estão lá, tranquilos e em boa forma para patinar. Hans não está muito longe. Evidentemente, vai participar da corrida, pois calçou os patins, os mesmos que vendeu por sete florins! Logo desconfiou de que sua fada madrinha era o "amigo" misterioso que os comprou. Disse isso a ela com todas as letras, e a garota, sabendo que todas as suas economias foram embora na compra, não teve coragem de negar. Graças à própria fada madrinha, ele pôde, contudo, comprá-los de volta e, assim, dar-lhe o dinheiro. Portanto, Hans está na corrida. Carl se sente mais indignado que nunca, mas outros três meninos camponeses se inscreveram, Hans não foi o único.

Vinte meninos e vinte meninas. As últimas já estão na fileira da frente, preparadas para a largada, pois sairão antes dos garotos. Hilda, Rychie e Katrinka estão entre as competidoras, duas ou três se curvam rapidamente para apertar as correias dos patins pela última vez. É bonito vê-las bater os pés para verificar se estão firmes. Hilda fala simpaticamente com uma criaturinha graciosa com um casaco vermelho e meias-calças novas. Ora, é Gretel! Que diferença fazem aqueles sapatos elegantes, assim como a saia e o boné novo. Annie Bouman também se inscreveu. Até a irmã de Janzoon Kolp foi admitida, mas Janzoon foi rejeitado pelos diretores porque matou a cegonha, e no último verão foi pego no ato de roubar um ninho de pássaros, infração séria na Holanda.

Esse Janzoon Kolp foi... É melhor não contar a história agora. A corrida já vai começar.

Vinte garotas se enfileiraram. A música parou.

Um homem, que chamaremos de anunciador, se coloca entre as colunas e a bancada dos juízes. Lê as regras em voz alta: "As meninas e os meninos devem correr alternadamente, até uma menina e um menino vencerem duas vezes. Começarão em fila, das colunas unidas, patinarão até a linha do mastro, para então virarem e retornarem ao ponto de partida, completando uma milha a cada volta".

Na bancada dos juízes, uma bandeira é acenada. A senhora Van Gleck se levanta no pavilhão. Inclina-se para a frente, com um lenço branco na mão. No momento em que ela o soltar, o corneteiro dará o sinal de largada.

O lenço flutua até o chão! Preparar!

Partiram!

Não. Todas voltam. Segundo os juízes, não estavam posicionadas na linha certa.

O sinal é repetido.

Partem de novo. Dessa vez, sem erros. Puxa! Como são rápidas!

A multidão se aquieta por um momento, absorta em assistir, ansiosa e sem respirar.

Nas fileiras de espectadores, de repente, começam os gritos de celebração. Viva! Cinco garotas tomam a dianteira. Quem voa de volta da margem demarcatória? Não podemos ver. Algo vermelho. Há um ponto azul flutuando por perto, e uma mancha amarela mais próxima ainda. Espectadores desse lado apertam as pálpebras e lamentam não terem se posicionado nas proximidades do mastro.

A onda de gritos volta. Dá para ver agora. Katrinka está na frente!

Ela passa pelo pavilhão Van Holp. Depois pelo da senhora Van Gleck. Aquela figura debruçada é um ímã. Hilda voa à frente de Katrinka, acenando para a mãe enquanto passa. Outras duas estão bem perto, deslizando como flechas. O que é aquele relâmpago vermelho e cinza? Viva, é Gretel! Ela também acena, mas não para um dos vistosos pavilhões. A multidão vibra, mas ela só ouve a voz do pai:

– Muito bem, minha pequena Gretel!

Dali a pouco, Katrinka, com um riso rápido e alegre, passa à frente de Hilda. A garota de amarelo está ganhando. Passa por todas, menos Gretel. Os juízes se debruçam para a frente, aparentemente sem levantar os olhos dos relógios. Vivas e mais vivas cortam o ar; as próprias colunas parecem tremer. Gretel passou por elas. Venceu.

– Gretel Brinker, uma milha! – grita o anunciador.

Os juízes fazem que sim com a cabeça. Cada um escreve algo em sua prancheta.

Enquanto as outras garotas descansam (algumas se reúnem, animadas, em volta de nossa pequena e assustada Gretel, enquanto outras se mantêm a distância, olhando-a com desdém), os meninos se perfilam.

Dessa vez, é *mynheer* Van Gleck que solta o lenço. As cornetas soam com vigor! Os garotos partem!

Metade do caminho. Você já viu coisa igual?

Trezentas pernas passam como um relâmpago. Mas há só vinte meninos. Não importa, tenho certeza de que vi centenas de pernas! Onde se encontram agora? Há tanto barulho que a gente fica confusa. Do que as pessoas estão rindo? Ah, aquele garoto gordo, no fim. Veja como ele se move. Olhe só! Vai cair logo... Não, não vai. Será que ele percebe que está sozinho? Os outros garotos já quase chegaram à linha final. Sim, ele sabe. Parou e está enxugando o rosto quente.

Ele tira o boné e olha ao redor. Melhor desistir com elegância. Ganhou cem amigos com aquele riso caloroso e espantado. Bom Jacob Poot!

O jovial menino já virou espectador, assistindo com o mesmo entusiasmo dos outros.

Uma nuvem de flocos de gelo voa dos calcanhares dos patinadores, conforme "aportam" e giram diante dos mastros.

Algo preto está chegando, um dos garotos. É só o que sabemos. Atiçou a *vox humana* da multidão, que praticamente ruge. Agora os outros se aproximam: vemos o boné vermelho. Lá estão Ben... Peter... e Hans!

Hans está na dianteira! A jovem senhora Van Gend quase esmaga as flores na mão; tinha certeza de que Peter seria o primeiro. Carl Shummel é o próximo, seguido de Ben e do menino com boné vermelho. Uma figura alta se destaca. Passa pelo boné vermelho, Ben e Carl. Agora a corrida está equiparada entre ele e Hans. A senhora Van Gend respira de novo.

É Peter! Está na frente! Hans o ultrapassa. Os olhos de Hilda se enchem de lágrimas. Peter *precisa* vencer. Os olhos de Annie cintilam de orgulho. Gretel assiste com os dedos entrelaçados. Mais quatro passos e seu irmão alcançará as colunas.

Já está lá! Sim, mas o jovem Schummel também, um segundo antes. No último instante, Carl, ganhando força, ultrapassou todos e atingiu a meta.

– Carl Schummel, uma milha! – grita o anunciador.

Logo a senhora Van Gleck se levanta de novo. O lenço caído faz soar a corneta, e dali a pouco vinte garotas disparam como flechas.

Que visão gloriosa, mas não dá para olhar por muito tempo. Antes que possamos distingui-las, já estão muito longe. Dessa vez, estão todas muito próximas umas das outras. Quando voam de volta do mastro, é difícil saber quem chegará primeiro às colunas. Novos rostos estão na dianteira: rostos ansiosos, radiantes, não observados antes. Katrinka e Hilda estão lá, mas Gretel e Rychie ficaram no fim. Gretel oscila, mas, quando Rychie a ultrapassa, ela recupera o vigor. De repente, estão quase ao lado de Katrinka. Hilda avança, está quase "em casa". Não fraquejou desde o toque da corneta; como uma flecha, ainda desliza velozmente em direção à meta. O ar se enche de gritos festivos. Peter está em silêncio, mas seus olhos brilham como estrelas. E da multidão ecoa:

– Viva! Viva!

Novamente se ouve a voz do anunciador:

– Hilda van Gleck, uma milha!

Um murmúrio ensurdecedor de apoio percorre a multidão e pega a música no caminho, até tudo parecer um único som, com um pulso rítmico alegre. Quando a bandeira se agita, o silêncio é total.

Mais uma vez, a corneta soa, estrondosa. Os meninos partem como joio ao vento; porém, um joio escuro, e em blocos grandes.

Venta muito em torno do mastro, e os gritos da multidão parecem acelerar a corrente. Começamos a ver o que se passa. Três garotos avançam desta vez, e todos próximos: Hans, Peter e Lambert. Carl logo irrompe, voando como o próprio vento! Voe também, Hans! E você, Peter! Não deixe Carl ganhar de novo. Carl, o mal-humorado. Carl, o insolente. Van Mounen começa a fraquejar, mas vocês são sempre os mais fortes. Hans e Peter, Peter e Hans; quem está na frente? Amamos os dois. Não importa se um ou outro vencer.

Hilda, Annie e Gretel, sentadas no longo banco carmesim, não conseguem mais se manter quietas. Saltam e ficam de pé; tão diferentes e, no entanto, igualmente ansiosas. Hilda logo se senta de novo. Ninguém saberá seu interesse, ninguém saberá como está preocupada e cheia de esperança. Feche os olhos, então, Hilda. Esconda o rosto radiante de alegria. Peter venceu.

– Peter van Holp, uma milha! – grita o anunciador.

O mesmo burburinho de antes, enquanto os juízes anotam, a mesma música pulsante em meio ao zumbido; mas algo está diferente. Uma pequena multidão se aglomera em volta de um objeto, perto da coluna. Carl está caído. Não se feriu, apesar de atordoado. Se fosse menos hostil, poderia contar mais com a solidariedade daqueles corações jovens e calorosos. Sendo como é, no entanto, logo se esquecem dele assim que se levanta.

As garotas precisam patinar para a terceira milha.

Resolutas, as pequenas donzelas se perfilam. Algumas são solenes, com um senso de responsabilidade, outras mostram um sorriso meio envergonhado e meio provocado, mas todas têm um ar de determinação.

A terceira milha pode decidir a corrida. Mesmo assim, se nem Gretel nem Hilda ganhar, ainda haverá uma chance entre as demais para os patins prateados.

Cada garota tem a convicção de que dessa vez cobrirá a distância em metade do tempo. Olhe como batem os pés para verificar a firmeza dos patins! E como examinam cada correia, tão nervosas! Agora, todas preparadas, fixam os olhos na senhora Van Gleck.

A corneta soa novamente. Com uma avidez trêmula, elas se lançam na corrida, curvando-se, mas em perfeito equilíbrio. Cada passo de relâmpago parece mais longo que o último.

Já desaparecem a distância.

Mais uma vez, os olhos aflitos para ver; mais uma vez, os gritos de apoio; mais uma vez, a emoção da expectativa e, dali a pouco, quatro ou cinco meninas avançam, destacando-se das demais, e logo voltam, sempre mais perto das colunas brancas.

Quem é a primeira? Não é Rychie, nem Katrinta, nem Annie, nem Hilda, nem a garota de amarelo, mas Gretel. Gretel é a ninfa mais rápida que já patinou. Apenas brincava nas primeiras corridas, mas *dessa vez* levou a sério, ou melhor, em seu íntimo havia uma determinação de vencer. Aquela pequena forma tão ágil não faz esforço, mas não consegue parar, até atingir a meta!

Em vão, o anunciador ergue a voz. Ninguém o ouve. E ele não tem nenhuma notícia para dar: já circula pela multidão. *Gretel ganhou os patins de prata!*

Como um pássaro, ela voou sobre o gelo; e como um pássaro, olha à sua volta de um jeito um tanto assustado, tímido. Quer correr até a tenda coberta de onde seus pais assistem à corrida. Mas Hans está ao lado dela, e as meninas vão se achegando. A voz gentil e alegre de Hilda sopra em seu ouvido. A partir daquele dia, ninguém mais a desprezará. Pastora de gansos ou não, Gretel é reconhecida como a rainha das patinadoras!

Com orgulho natural, Hans se vira para ver se Peter van Holp testemunhou o triunfo de sua irmã. Peter não está olhando para eles. Ajoelhado, volta o rosto carregado de ansiedade para os patins e mexe afoitamente na correia. Hans se aproxima imediatamente.

– Algum problema, *mynheer*?

– Ah, Hans, é você? Para mim a diversão acabou. Tentei apertar minha correia, fazer mais um furo, e essa porcaria de faca quase a cortou pelo meio.

– *Mynheer* – disse Hans, enquanto tirava um dos patins. – Precisa usar a minha correia!

– Não posso fazer isso, Hans Brinker – protestou Peter, levantando os olhos para Hans. – Mas lhe agradeço de coração. Assuma o seu posto agora, meu amigo, a corneta vai soar daqui a pouco.

– *Mynheer* – insistiu Hans, com a voz rouca. – Chamou-me de amigo. Então, pegue esta correia, rápido! Não há um minuto a perder. Não vou patinar desta vez. Aliás, estou fora de forma. *Mynheer*, *precisa* aceitá-la.

E Hans, cego e surdo a qualquer outro protesto, colocou a correia no patim de Peter e implorou-lhe que o calçasse.

– Venha, Peter! – chamou Lambert da linha de partida. – Estamos esperando por você!

– Faça isso pela senhora – suplicou Hans. – Rápido. Ela está gesticulando para você se juntar aos competidores. Pronto, já quase os calçou. Depressa, *mynheer*, afivele-os. Eu não ganharia mesmo. A corrida é entre Schummel e você.

– É um rapaz nobre, Hans! – exclamou Peter, cedendo finalmente. Correu ao seu posto bem no instante em que o lenço branco caía ao chão. E logo se ouviu o toque da corneta, alto, claro e estridente.

Os garotos partem!

– *Mine Gott* – exclama um velho durão de Delft. – Eles superam qualquer coisa, esses jovens de Amsterdã. Veja só!

Sim, veja só! São Mercúrios alados, todos eles. Qual é a louca empreitada dos corredores? Ah, já sei. Estão caçando Peter van Holp. Ele é um fugitivo do Olimpo. Mercúrio e sua tropa de primos alados partem em plena perseguição. Tentarão pegá-lo! Agora Carl é o fugitivo. A perseguição se enfurece. Ben está na frente!

A corrida vira uma neblina. Vem nesta direção. Quem é caçado agora? O próprio Mercúrio. É Peter, Peter van Holp; voe, Peter, Hans está assistindo. O garoto envia toda a rapidez e força dele para os seus pés, Peter. Sua mãe e sua irmã estão pálidas na expectativa. Hilda treme e nem quer olhar. Voe, Peter! A multidão não enlouqueceu, simplesmente vibra sem cessar. Seus perseguidores chegam perto! Toque a coluna branca! Ela o chama. Aguarda-o... Ela...

– Viva! Viva! Peter ganhou os patins de prata!

– Peter van Holp! – gritou o anunciador.

Mas quem o ouviu?

– Peter van Holp! – urram cem vozes, pois ele era o garoto favorito do evento. – Viva! Viva!

Agora a música resolveu ser ouvida. Primeiro, uma ária animada, depois uma tremenda marcha. Os espectadores, achando que algo novo ia acontecer, pararam para ouvir.

Os competidores formaram uma fila única. Peter, o mais alto, em primeiro lugar. Gretel, a de menor estatura, assumiu sua posição no fim. Hans, que tomara emprestado uma correia do menino dos bolos, ficou quase na dianteira.

Três arcadas exuberantemente entrelaçadas foram postas a intervalos sobre o rio, diante do pavilhão dos Van Glecks.

Patinando devagar, e em compasso perfeito com a música, os meninos e meninas se adiantaram, conduzidos por Peter.

Era bela a cena da alegre procissão a deslizar como se fosse um único ser vivo. Curvava-se e abaixava, e se estendia elegantemente em meio às arcadas. Para onde Peter, a cabeça, ia, o corpo acompanhava. Às vezes, manobrava diretamente para a arcada do centro e, depois, como que tomado por um novo impulso, enrolava-se em torno da primeira, desenrolava-se lentamente e, após uma curva baixa e rápida, como uma cobra, atravessava o rio, passando enfim pela arcada mais distante.

Quando a música era lenta, a procissão parecia rastejar como um animal com medo. Mais rápida, e a criatura saltava para a frente como uma mola, flutuando veloz em meio às arcadas, entrando e saindo, enrolando-se, contorcendo-se, girando, sem jamais perder a forma, até o momento em que o som agudo da corneta foi mais alto que a música, e a procissão subitamente se converteu em meninos e meninas de pé em um semicírculo duplo diante do pavilhão da senhora Van Gleck.

Agora Peter e Gretel estão no centro, à frente dos outros. A senhora Van Gleck se levanta, majestosa. Gretel treme, mas sente que precisa olhar para a bela senhora. Não ouve o que ela diz, há muito ruído à sua volta. Pensa que deve prestar-lhe uma reverência, como sua mãe faz com o *meester*, quando, de repente, algo tão deslumbrante é posto em sua mão que ela dá um grito de felicidade.

Ela se arrisca a olhar ao redor. Peter também tem algo nas mãos.

– Oh! Oh! Que esplêndido! – a menina suspira. E as exclamações ecoam pela multidão.

Os patins de prata reluzem sob a luz do sol, lançando raios luminosos sobre aqueles dois rostos alegres.

Mevrouw Van Gend envia um pequeno mensageiro com os buquês. Um para Hilda, um para Carl e outros para Peter e Gretel.

Ante a visão das flores, a rainha da patinação perde o controle. Com um olhar jubiloso de gratidão, ela apoia os patins e o buquê no avental, abraça-os com carinho e corre em busca de seus pais no meio da multidão.

Alegria no chalé

Talvez você esteja surpreso por ter visto Raff e sua *vrouw* na corrida de patins. Pois ficaria ainda mais espantado se estivesse com eles na noite daquele feliz 20 de dezembro. Quem olhasse para o chalé dos Brinkers, sozinho sobre o pântano congelado, com aquelas paredes lúgubres e o telhado com aspecto de um chapéu encolhido sobre os olhos, jamais imaginaria a cena festiva que se passava em seu interior. No lado de fora, nada restava do dia além de uma linha fina cor de fogo no horizonte. Algumas nuvens aventureiras já se incendiavam, e outras, com as bordas em chamas, se perdiam na fumaça.

Um raio de sol desgarrado descia do toco de árvore e se esgueirava furtivamente sob o chalé. Parecia sentir que os moradores lhe dariam as boas-vindas se pudesse se achegar a eles. O cômodo no qual se escondia estava imaculadamente limpo. Até as rachaduras nas vigas tinham sido polidas. Odores deliciosos enchiam o ar. Um enorme fogo de turfa na lareira soltava centelhas inofensivas até as paredes escuras. O brilho passeava entre a grande Bíblia de couro, a cama-armário de Gretel, os objetos domésticos em seus cabides, e os lindos patins de prata e as flores sobre a mesa. O rosto singelo da senhora Brinker se iluminava e cintilava sob a luz mutável. Gretel e Hans, de braços dados, debruçavam-se sobre a lareira, rindo a valer, enquanto Raff Brinker dançava!

Não quero dizer que fazia piruetas ou abria os braços como as asas de um pombo, o que seria totalmente indigno de um pai de família. Afirmo apenas que, enquanto os jovens batiam um papo gostoso, Raff subitamente se levantou, estalou os dedos e executou dois ou três passos muito parecidos com o clímax de um balé das Terras Altas. Em seguida, tomou sua *vrouw* nos braços e a ergueu do chão, tamanha era sua felicidade.

– Que maravilha! – exclamou. – Lembrei-me! Lembrei-me! O nome é Thomas Higgs. Brilhou em minha mente como um relâmpago. Anote-o, meu filho, anote-o!

Bateram à porta.

– É o *meester* – alegrou-se a senhora. – *Goede Gunst!* Como a vida dá voltas!

Mãe e filhos correram, quase colidindo, para abrir.

Não era o médico, afinal, mas três garotos: Peter van Holp, Lambert e Ben.

– Boa noite, jovens cavalheiros – cumprimentou a senhora Brinker, tão feliz e orgulhosa que mal se surpreenderia se recebesse uma visita do próprio rei.

– Boa noite, *jufvrouw* – disse o trio, com uma magnífica reverência.

"Que sorte eu ter aprendido esse gesto de cortesia em Heidelberg!", pensou a senhora Brinker, enquanto se abaixava e se erguia como um pilão de manteiga.

Raff se contentou em cumprimentar os meninos com um respeitável movimento da cabeça.

– Por favor, sentem-se, jovens – pediu a senhora, enquanto a tímida Gretel lhes empurrava um banco. – Não temos cadeiras suficientes, mas esta perto do fogo está à sua disposição, apesar de dura, se não se importarem. O baú de carvalho também é um bom assento. Isso, Hans, puxe-o para cá.

Depois que todos se sentaram, para satisfação da senhora, Peter, o porta-voz, explicou que estavam a caminho de uma palestra em Amsterdã e pararam para devolver a correia de Hans.

– Oh, *mynheer* – disse Hans, singelo. – Nem precisava se incomodar. Sinto muito.

– Não é incômodo nenhum, Hans. Poderia ter esperado até você chegar ao trabalho amanhã, mas queria vê-lo. E, Hans, por falar em trabalho, meu pai está muito satisfeito com o seu. Um entalhador profissional não teria feito melhor. Ele gostaria que você ornamentasse também o caramanchão sul, mas eu lhe expliquei que vai retornar à escola.

– Sim! – interveio Raff Brinker, enfático. – Hans precisa frequentar a escola logo, e Gretel, também. É verdade.

– Fico feliz por isso – retrucou Peter, voltando-se para Raff. – E me alegro também por saber que o senhor melhorou.

– Sim, meu jovem, estou bem e pronto para trabalhar com a mesma firmeza de sempre, graças a Deus!

Enquanto isso, Hans escrevia algo na borda de um almanaque muito velho, pendurado rente à saída da chaminé.

– Isso mesmo, filho, anote. Figgs! Wiggs! Diacho, esqueci de novo – resmungou Raff, desnorteado.

– Está tudo bem, meu pai – disse Hans. – Eu me lembrei e o nome foi anotado. Veja. Talvez com o tempo, o senhor se lembre do resto. Se tivéssemos o nome do lugar, estaria completo! – E então, voltando-se para Peter, prosseguiu, em voz baixa: – Tenho uma tarefa importante na cidade, *mynheer*, e se…

– Ah, não! – interrompeu a senhora, erguendo as mãos. – Amsterdã hoje à noite, não. E você mesmo admitiu que estava com dor nas pernas. Nada disso, pode muito bem ir amanhã de manhã.

– Amanhã de manhã! – repetiu Raff. – Melhor, não. Não, Meitje, ele precisa ir agora.

A *vrouw* refletiu por um instante que a recuperação de Raff tinha um benefício duvidoso: ela não tinha mais a palavra final na casa. Felizmente, o provérbio "Esposa submissa é a esposa que manda no marido" criara raízes profundas em sua mente; mesmo enquanto ela ponderava, as raízes floresciam.

– Muito bem, Raff – retrucou com um sorriso. – O filho é seu também. Ah! Tenho uma família complicada, jovens.

Nesse momento, Peter tirou uma correia comprida do bolso. Entregando-a a Hans, disse, em um tom discreto:

– Nem preciso lhe agradecer por me emprestá-la, Hans Brinker. Rapazes como você não pedem agradecimento, mas preciso dizer que me fez uma grande gentileza, e tenho orgulho de reconhecer isso. Nem eu sabia – acrescentou, rindo –, até vencer, como a corrida era importante para mim!

Hans riu com ele. Rir ajudava a disfarçar seu embaraço e lhe dava uma chance de se tranquilizar. Garotos honestos e generosos como Hans têm um jeito tolo de ruborizar quando menos se espera.

– Não foi nada, *mynheer* – respondeu a senhora, rapidamente aliviando a situação do filho. – A alma de meu Hans só queria que você vencesse a corrida, sei disso!

O comentário ajudou maravilhosamente.

– Ah, *mynheer* – Hans se apressou em dizer. – Desde o começo, senti meus pés duros e estranhos. Passei tanto tempo sem praticar, que não teria chance de vencer.

Peter pareceu incomodado.

– Acho que nossas opiniões divergem quanto a essa questão. Essa parte me aborrece um pouco. É tarde para corrigir, mas seria uma gentileza se você...

O resto da fala de Peter foi dito em tom tão confidencial que não sou capaz de reproduzir aqui. Basta dizer que Hans se espantou, e Peter, parecendo envergonhado, gaguejou algo sobre ficar com eles, já que vencera a corrida, mas lhe parecia "tudo errado".

Nesse momento, Van Mounen tossiu, como se quisesse lembrar Peter da hora da palestra. Ao mesmo tempo, Ben colocou algo sobre a mesa.

– Ah! – exclamou Peter. – Esqueci-me da outra obrigação. Sua irmã foi embora com tanta pressa hoje que a senhora Van Gleck não teve a oportunidade de lhe dar o estojo para os patins.

– Ora essa! – exclamou a senhora Brinker, balançando a cabeça para Gretel. – Foi muito rude, com certeza. – Secretamente pensava que pouquíssimas mulheres tinham uma filha tão maravilhosa.

– Não, senhora, não foi – Peter riu. – Ela fez a coisa certa: correu para casa com seus merecidos tesouros. Quem não agiria assim? Mas não se atrase por nossa causa, Hans – ele continuou, virando-se, mas Hans observava o pai com atenção e parecia ter-se esquecido da presença dos meninos.

Nesse ínterim, Raff, absorto em pensamentos, repetia para si mesmo:

– Thomas Higgs, Thomas Higgs. Sim, esse é o nome. Ora, se ao menos eu me lembrasse também do lugar!

O elegante estojo dos patins era feito de marroquim escarlate, ornamentado com prata. Se uma fada tivesse desenhado seu traçado, não teria sido mais belo. Na capa estava escrito, em letras reluzentes: "Para os mais rápidos". Era forrado de veludo e em uma das quinas vinham impressos o nome e o endereço do fabricante.

Gretel agradeceu a Peter em seu jeito humilde, muito feliz e confusa; incerta quando ao que fazer, ela ergueu o estojo e examinou com cuidado todas as partes.

– É feito por *mynheer* Birmingham – disse, dali a um instante, ruborizada e segurando-o diante dos olhos.

– Birmingham! – repetiu Lambert von Mounen. – É o nome de um lugar na Inglaterra. Deixe-me ver.

Ele riu, segurando o estojo aberto diante da lareira.

– Não é à toa que se confundiu, mas é um errinho de nada. O estojo foi feito em Birmingham, mas o nome do fabricante vem em letras menores. Ora, são tão pequenas que não consigo ler.

– Deixe-me tentar – pediu Peter, virando-se sobre o ombro. – Ora, meu amigo, está muito claro. As letras são T – H... – É um T...

– Ora, se consegue ler tão fácil, diga: T – H e o que mais? – pressionou Lambert, triunfante.

– T – H... Ah! Thomas Higgs, claro – explicou Peter, alegre por ter decifrado o nome, finalmente. Depois, sentindo que ele e os amigos agiram com tão pouca cerimônia, virou-se para Hans.

Peter empalideceu. O que estava acontecendo, afinal? Raff e Hans o encaravam com um brilho de satisfação no olhar. Gretel mal se continha. A senhora Brinker, com uma vela não acesa nas mãos, corria pela sala e chamava:

– Hans! Hans! Onde está seu chapéu? Oh, o *meester*! Oh, o *meester*!

– Birmingham! Higgs! – exclamou Hans. – Você disse Higgs? Encontramos! Preciso ir logo.

– Eu explico, jovens. – A senhora arfava, ao mesmo tempo que tirava o chapéu de Hans da cama. – É que... nós o conhecemos. Ele é nosso... não, não é. Quero dizer... Oh, Hans, vá para Amsterdã agora mesmo!

– Boa noite, *mynheers* – disse Hans, ofegante, explodindo de súbita alegria. Boa noite. Devem desculpar-me, mas preciso ir. Birmingham... Higgs... Higgs... Birmingham. – E, apanhando o chapéu que a mãe lhe oferecia e os patins das mãos de Gretel, ele saiu às pressas do chalé.

O que os garotos pensariam, senão que a família Brinker inteira era louca?

Despediram-se imediatamente e se levantaram para sair. Mas Raff os deteve.

– Esse Thomas Higgs, meus jovens, é... é uma pessoa.

– Ah! – exclamou Peter, convicto de que Raff era o mais louco de todos.

– Quero dizer, uma pessoa conhecida. Um amigo. Achávamos que tivesse morrido. Espero que seja o mesmo homem. Na Inglaterra, você disse?

– Sim, Birmingham – respondeu Peter. – Deve ser Birmingham na Inglaterra.

– Conheço o homem – interpôs-se Ben, dirigindo a Lambert. – A fábrica dele fica a menos de quatro milhas de nossa casa. Um sujeito esquisito. Quieto como uma ostra. Não parece inglês. Já o vi várias vezes, aspecto solene, olhos bonitos. Fez para mim um lindo estojo para objetos de escrita, que dei a Jenny em seu aniversário. Ele confecciona carteiras, estojos para telescópios e todo tipo de trabalho em couro.

Tudo isso foi dito em inglês, claro, e Van Mounen traduziu para que todos entendessem, notando que nem Raff nem sua *vrouw* pareciam tristes, embora o primeiro tremesse e os olhos da senhora estivessem banhados de lágrimas.

Creia o leitor que o médico ouviu cada palavra da história quando, mais tarde, chegou de coche com Hans.

– Já faz algum tempo que os três jovens saíram – disse a senhora Brinker. – Mas, se o senhor correr, com certeza os encontrará na saída da palestra, seja ela onde for.

– É verdade – concordou Raff, acenando com a cabeça. – A *vrouw* sempre acerta. Seria bom, *mynheer*, conversar com o garoto inglês antes que ele se esqueça do tal Thomas Higgs. É um nome escorregadio, não é? Não dá para memorizá-lo. Ah, *mynheer*, eu procuraria logo aquele jovem inglês. Certamente, deve ter visto seu filho muitas vezes. Pense nisso!

A senhora Brinker pegou o fio da meada da conversa.

– Deve encontrá-lo facilmente, *mynheer*, pois está na companhia de Peter van Holp. Os cabelos se enrolam sobre a testa, como é com os estrangeiros, e ele fala rápido e alto, só em inglês, o que não seria um problema para o senhor.

O médico já pegara o chapéu, pronto para sair. Com o rosto radiante, murmurou algo sobre ser bem o estilo do jovem maroto usar um miserável nome inglês, chamou Hans de "meu filho", o que deixou o rapaz mais feliz que um lorde, e saiu do chalé quase sem cerimônia, pensando em como era um excelente *meester*.

O cocheiro resmungão se consolou em extravasar o mau humor enquanto voltava para Amsterdã. Estando o médico confortável no coche, sem ouvir o que o outro dizia, o condutor achou que aquele era um ótimo momento para falar coisas terríveis sobre pessoas que não tinham boas maneiras nem sentimentos pelos outros, e que queriam cavalos tantas vezes à noite.

O misterioso desaparecimento de Thomas Higgs

A fábrica de Higgs era uma mina de ouro para todos os fofoqueiros de Birmingham. Um prédio pequeno, mas com o tamanho suficiente para abrigar um mistério. Quem era o proprietário ou de onde veio ninguém sabia. Parecia um cavalheiro, isso era certo, embora todos soubessem que começara como aprendiz e manejava a caneta como um mestre da escrita.

Anos atrás, chegara como um jovem de dezoito anos, aprendeu o ofício com dedicação e ganhou a confiança de seu empregador. Não tardou a se tornar sócio. Por fim, quando o velho Willett faleceu, Higgs passou a tocar o negócio sozinho. Era só o que se sabia de sua vida.

O comentário comum de alguns daqueles bons cidadãos era que ele jamais tinha nada a dizer a uma alma cristã, enquanto outros declaravam que, embora falasse bonito quando queria, seu sotaque era estranho. Um homem muito ordeiro, diziam também, exceto por aquela escandalosa lagoa verde ao lado da fábrica, que não era funda o suficiente para uma enguia e certamente se convertera em um ninho de doenças.

Sua nacionalidade era um grande enigma. O nome inglês indicava claramente *um lado* da família, mas de que nação seria sua mãe? Se fosse americana, ele devia ter os ossos das faces proeminentes e a pele avermelhada; caso fosse alemã, Higgs conheceria a língua, e o senhor Smith declarava que não era o caso; francesa (e a lagoa de rãs insinuava essa possibilidade), o fato transpareceria na fala de Higgs. Não. Ele só podia ser holandês. E, por estranho que parecesse, embora o homem sempre apurasse os ouvidos quando se falava da Holanda perto dele, parecia nada saber desse país.

De qualquer forma, como jamais chegavam cartas dos familiares da mãe na Holanda e ninguém conhecia o pai de Higgs, sua família não devia ter grande importância. Provavelmente, Thomas Higgs nada mais era do que um homem comum, por mais cordato que se mostrasse; e, no que dizia respeito aos fofoqueiros, não valia a pena quebrarem a cabeça por ele. Consequentemente, Thomas Higgs e seus afazeres jamais eram tema de discussão.

Imagine, então, a comoção causada entre os bons cidadãos quando se anunciou, por parte de "alguém que estava lá e viu", que o carteiro entregara a Higgs naquela mesma manhã uma carta de aparência estrangeira, e o homem "ficou lívido como a parede, correu até a fábrica, conversou um pouco com um dos artesãos-chefes e, sem se despedir do coitado, partiu de mala e cuia". A senhora Scrubbs, sua senhoria, ficou profundamente aflita. Quando falava dele, a pobre mulher mal respirava. "Sair da pensão daquele jeito súbito, sem dar um dia de aviso prévio, coisa que toda mulher que não quer ser passada para trás (graças a Deus não é o meu caso) tem o direito de esperar. Pois é, sem uma semana de aviso prévio, nem ao menos um 'muito obrigado, senhora Scrubbs, por toda a sua gentileza'. Aliás, gentilezas foram tantas que nem falo. Não que eu seja do tipo que procura gratidão a cada minuto. Foi um escândalo, apesar de o senhor Higgs pagar tudo, até o último centavo. E meus olhos se enchem de lágrimas só de ver as botas largadas no canto de seu quarto, o que mostra uma perturbação mental, pois ele sempre cuidava delas tão bem, apesar de já terem só meia-sola; por isso, acho, não valia a pena levá-las".

Logo depois, sua querida amiga, a senhorita Scrumpkins, correu para casa a fim de contar tudo. E, como todos conheciam a família Scrumpkins, uma tela translúcida de notícias logo se desenrolou de um extremo a outro da rua.

Um comitê investigativo se reuniu à noite na casa da senhora Snigham, que presidiu a sessão secreta com seu melhor aparelho de chá. Embora o convite fosse apenas para um tranquilo "chá", a quantidade de questões judiciais discutidas na ocasião era prodigiosa. Os biscoitos esfriaram antes de o comitê ter uma chance de comê-los. Havia tanta conversa, e era tão importante que cada membro afirmasse categoricamente ter "certeza de que havia algo fora do comum com aquele homem", que só perto das oito horas a senhora Snigham serviu uma segunda xícara aos presentes.

Em plena luz do dia

Em uma manhã de janeiro, nevava quando Laurens Boekman e seu pai resolveram visitar a família Brinker.

Raff descansava depois da labuta do dia; Gretel, após encher e acender o cachimbo do pai, esfregava toda a cinza da lareira; a senhora Brinker tecia; e Hans, sentado em um banquinho ao lado da janela, estudava com afinco suas lições. Era uma cena familiar tranquila e feliz, na qual a grande agitação da semana era a espera pela possível visita de Thomas Higgs.

Assim que a calorosa apresentação terminou, a senhora Brinker insistiu em servir chá quente aos convidados; o tempo lá fora, disse ela, era tão louco e feroz que podia congelar qualquer um. Enquanto os dois conversavam com seu marido, ela sussurrou para Gretel que os olhos do jovem e de Hans eram realmente tão parecidos como quatro feijões, sem falar de certos modos aparentemente tolos, quando, na verdade, os dois eram sábios como um avô experiente.

Gretel se decepcionou. Ansiava por uma cena dramática, como Annie Bouman costumava descrever para ela a partir dos livros de historietas; e, de repente, lá estava o cavalheiro que quase cometera um assassinato, vagara pela terra por dez anos, achava-se desprezado e abandonado pelo pai; o jovem que fugira do país por complicações, agora se sentava diante do fogo, absolutamente agradável e natural!

Na verdade, sua voz tremera quando ele falou com os pais de Gretel e Hans, e o olhar dele cruzou com o do pai acompanhado de um sorriso tão bonito que poderia ser o de um matador de dragões trazendo as águas da juventude eterna ao rei, mas que, afinal, não era nem um pouco o herói conquistador no livro de Annie. Ele não disse, levantando o braço para o céu: “Juro ser eternamente fiel ao meu lar, a meu Deus e a meu país!”, o que seria certo e apropriado nas circunstâncias.

Ao levar tudo isso em conta, de fato Gretel estava decepcionada. Raff, porém, ficara satisfeitíssimo. A mensagem foi dada. O doutor Boekman tinha seu filho de volta, são e salvo, e o pobre rapaz nada fizera de pecaminoso, afinal, apenas se enganara ao pensar que o pai o tinha abandonado por causa de um acidente. O esbelto rapaz se tornara um homem de grande porte. Raff esperava apertar uma mão juvenil, mas via que a situação era diferente. Afastou, enfim, todos os pensamentos, exceto o de alegria, enquanto observava pai e filho sentados juntos, diante da lareira de sua casa. Hans, por sua vez, estava absorto pela ideia da felicidade de Thomas Higgs por ser de novo o assistente do *meester*, e a senhora Brinker suspirava discretamente, refletindo como seria bom se a mãe do rapaz estivesse viva para ver que magnífico cavalheiro ele se tornara, e tentava entender como o doutor Boekman não sofria ao ver o relógio de prata ficar sem brilho. Usara-o desde o momento em que o recebera de Raff, isso era claro. O que teria feito com o relógio de ouro que tinha antes?

A luz iluminava em cheio o rosto do doutor Boekman. Como estava contente, e como parecia mais jovem e disposto que no passado! Até as rugas começavam a desaparecer. Ele riu quando disse a Raff:

– Não sou um homem feliz, Raff Brinker? Meu filho vai vender a loja neste mês e abrir um armazém em Amsterdã. Ganharei um estojo para óculos, afinal.

Hans acordou do devaneio.

– Um armazém, *mynheer*! E Thomas Higgs, quero dizer, seu filho, não será seu assistente de novo?

Uma sombra encobriu o semblante do *meester*, mas ele se reanimou com um esforço, ao dizer:

– Ah, não, Laurens se cansou daquilo. Quer ser comerciante.

Hans pareceu tão surpreso e decepcionado que seu amigo perguntou, bem-humorado:

– Por que ficou tão quieto, garoto? É ruim ser um comerciante?

– Não é ruim, *mynheer* – gaguejou Hans. – Mas...

– Mas o quê?

– Ora, a outra vocação é muito melhor – respondeu Hans. – É muito mais nobre. Penso, *mynheer* – acrescentou, com entusiasmo –, que ser um cirurgião, curar os doentes e os deficientes, salvar a vida humana, fazer o que o senhor fez por meu pai, é a mais valiosa tarefa neste mundo.

O médico o olhou com um ar severo. Hans sentiu-se repreendido e logo enrubesceu. Lágrimas quentes se formavam sob os cílios.

– Cirurgia é uma ocupação feia, garoto – disse o médico, franzindo a testa enquanto o observava. – Requer muita paciência, abnegação e perseverança.

– Tenho certeza disso – comentou Hans. – Requer também sabedoria e uma reverência pela obra de Deus. Ah, *mynheer*, é uma ocupação que pode ter suas dificuldades e provações, mas o senhor não fala a sério. É grandiosa e nobre, não feia! Perdoe-me, *mynheer*. Quem sou eu para falar tais coisas.

O descontentamento do doutor Boekman era evidente. Ele deu as costas ao garoto e conversou discretamente com Laurens. A senhora Brinker, por sua vez, lançou um olhar terrível de advertência para o filho. Aqueles homens grandes, ela sabia, não gostavam de ouvir os pobres falar com tanta impertinência.

O *meester* se virou.

– Quantos anos tem, Hans Brinker?

– Quinze, *mynheer* – foi a resposta espantada.

– Gostaria de ser médico?

– Sim, *mynheer* – respondeu Hans, trêmulo de agitação.

– Com o consentimento de seus pais, gostaria de se dedicar ao estudo, ir para a universidade e ser estudante em meu consultório?

– Sim, *mynheer.*

– Não ficaria inquieto a ponto de mudar de ideia, depois de eu já tê-lo escolhido como meu sucessor?

Os olhos de Hans cintilaram.

– Não, *mynheer.* Eu não mudaria de ideia.

– Pode acreditar nele – interveio a senhora, que não podia mais se conter. – Hans é como uma rocha quando toma uma decisão. E, quanto aos estudos, *mynheer*, o menino quase se amarrou aos livros ultimamente. Já consegue tagarelar em latim, como qualquer padre!

O médico sorriu.

– Bem, Hans, nada vejo que nos impeça de pôr esse plano em prática, se seu pai concordar.

– Ora – disse Raff, tão orgulhoso do filho que não conseguiria ser muito humilde naquele momento. – A verdade, *mynheer*, é que prefiro uma vida ao ar livre. Mas, se o garoto tem o desejo de ser um *meester*, e conta com o benefício da boa palavra do senhor para colocá-lo nessa senda, estou de pleno acordo. A única dificuldade é o dinheiro, mas logo estes dois pares de braços fortes superarão esse problema, antes que nós...

O médico o interrompeu:

– Nada disso. Se vou levar comigo seu braço direito, eu é que devo pagar, e farei isso de bom grado. Terei *dois* filhos, não é, Laurens? Um comerciante e um cirurgião. Serei o homem mais feliz na Holanda! Procure-me amanhã de manhã, Hans, e faremos os arranjos necessários.

Hans assentiu com a cabeça. Nem sabia o que dizer.

– E, Brinker – continuou o médico. – Meu filho Laurens precisará de um homem como você, confiável, quando abrir o armazém em Amsterdã, alguém para supervisionar o trabalho e obrigar os preguiçosos a cumprir seus deveres. Alguém que... Ora, fale com ele, seu moleque!

A última frase fora endereçada ao filho e não soou tão dura quanto parece em letras impressas. O moleque e Raff logo se entenderam perfeitamente.

– Incomoda-me um pouco abandonar os diques – disse o último, depois de conversarem por alguns instantes. – Mas a oferta é tão boa, *mynheer*, que estaria roubando minha família se não a aceitasse.

Dê uma boa olhada em *Hans*, sentado ali, com o olhar fixo no *meester*, pois não o verá novamente por vários anos.

E Gretel, ah, que possibilidades intrigantes se abrem para ela! Sim, pois por seu querido Hans ela vai estudar agora. Se ele de fato quer ser um *meester*, ela não deverá envergonhar a grandeza do irmão.

Fielmente, aqueles olhos vibrantes buscarão as joias que se escondem nas rochas dos livros escolares! E brilharão, acabrunhados, ante a chegada daquele que hoje ela só conhece como o garoto que usava um boné vermelho naquele dia maravilhoso em que ganhou os patins de prata!

Mas o médico e Laurens estão de saída. A senhora Brinker se despede em suas mais profundas reverências. De pé ao lado dela, Raff, como o homem completo que sempre fora, aperta a mão do *meester*. Através da porta aberta do chalé, vislumbramos a paisagem plana holandesa, cheia de vida com a neve que cai.

Conclusão

Nossa história quase acabou. O tempo passa na Holanda com a mesma velocidade e constância que aqui na América. Nesse aspecto, nenhum país é velho.

Para a família Brinker, o tempo trouxe grandes mudanças. Hans passou os anos de maneira fiel e proveitosa, vencendo obstáculos e marchando para uma meta com toda a energia de sua natureza. Mesmo quando o caminho era pedregoso, sua resolução nunca fraquejou. Às vezes, ele repete, com seu bom amigo, as palavras ditas muito tempo atrás naquele pequeno chalé perto de Broek: "Cirurgia é uma ocupação feia", mas ao coração sempre volta o eco das palavras mais verdadeiras: "É grandiosa e nobre! Uma reverência pela obra de Deus!"

Se você estivesse em Amsterdã hoje, talvez visse o famoso doutor Brinker em seu grandioso coche em visita aos pacientes; ou poderia avistá-lo patinando com os filhos e filhas no canal congelado. Se perguntasse a respeito de Annie Bouman, a bela camponesa de coração singelo, ninguém conheceria, mas Annie Brinker, a *vrouw* do grande médico, é muito parecida, exceto por ser (nas palavras de Hans) ainda mais amável e sábia e uma melhor fada madrinha que nunca.

Peter van Holp também se casou. Eu poderia ter dito ao leitor antes que ele e Hilda se uniram e hoje singram pela vida juntos, assim como anos atrás patinavam sob a luz do sol no lago congelado, sempre tão próximos.

Houve um momento em que pensei que Katrinka e Carl dariam as mãos, mas isso nunca aconteceu, pois Katrinka mudou de ideia e permanece solteira até hoje. A senhora não é tão alegre como antes, e lamento dizer que alguns sininhos pararam de repicar. Mas ainda é a vida de seu círculo social. Quem me dera ela fosse mais autêntica, pelo menos por algum tempo, mas não; não faz parte de sua natureza. Os interesses e as tristezas de Katrinka só perturbam o repicar dos sinos, que nunca iniciam uma música mais profunda.

A alma de Rychie foi tocada até as profundezas nestes longos anos. Sua história ilustra como uma semente jogada a esmo às vezes gera frutos de angústia, assim como uma colheita dourada pode vir de um plantio difícil. Se não me engano, você logo poderá ler a respeito da história; isto é, se compreender o idioma holandês. No autor espirituoso, porém franco, cujas palavras são bem-vindas até hoje em milhares de lares holandeses, pouco reconheceriam a prepotente e frívola Rychie, que menosprezava a pequena Gretel.

Lambert van Mounen e Ludwig van Holp são bons homens cristãos e, o que mais facilmente se vê à primeira vista, cidadãos prósperos. Ambos vivem em Amsterdã, mas um se apega à velha cidade desse nome e o outro é peregrino na nova[27]. A casa onde mora Van Mounen hoje não é longe do Central Park, e ele diz que, se os nova-iorquinos cumprirem seu dever, o parque logo será igual ao belo Bosch, perto de Haia. Ele pensa muito na Katrinka da infância, mas acha bom que a mulher Katrinka o tenha dispensado, embora esse momento tenha sido a hora mais tétrica de sua vida. A irmã de Ben, Jenny, o deixou muito feliz, mais do que seria com qualquer outra pessoa deste vasto mundo.

Carl Schummel teve uma vida difícil. O pai enfrentou dificuldades nos negócios, e, como Carl não tinha muitos bons amigos nem seguia princípios

[27] Referência a Nova York (N.T.)

nobres, foi afetado pela má sorte até quase todas as suas exuberantes penas terem caído. Ele é guarda-livros na próspera casa de Amsterdã de Boekman e Schimmelpenninck. Voosternwalbert, o sócio minoritário, o trata gentilmente; e ele, por sua vez, é muito respeitoso para com o "macaco com um nome longo demais para um rabo".

De nosso grupo de amigos holandeses, só Jacob Poot faleceu. O rapaz de bom coração, bom humor e altruísta até o fim hoje é lembrado com carinho, da mesma forma que antes riam dele, mas o amavam, quando estava neste mundo. Emagreceu muito antes de morrer, até mais que Benjamin Dobbs, que hoje é o mais robusto de todos.

Raff Brinker e sua *vrouw* vivem confortavelmente em Amsterdã há vários anos, um casal fiel e feliz, simples e contente com a sorte, assim como ambos foram pacientes e confiantes nos dias mais difíceis. Possuem uma *zomerhuis* perto do velho chalé e vão para lá com os filhos e netos nas tardes agradáveis de verão, quando os lírios da lagoa despontam acima da água, majestosos.

A história de Hans Brinker seria contada apenas pela metade se não falássemos de Gretel, perto do irmão. Querida, esperta e paciente, pequena Gretel! O que faz hoje? Pergunte ao velho doutor Boekman, e ele dirá que Gretel é a melhor cantora e mais adorável mulher em Amsterdã. Pergunte a Hans e Annie, e lhe garantirão que é a irmã mais meiga que alguém pode ter. Pergunte ao marido dela, e lhe dirá que é a esposa mais amável e inteligente na Holanda. Já a senhora Brinker e Raff ficarão com os olhos cheios de lágrimas brilhantes de alegria. E, se você perguntar aos pobres, o ar se encherá de bênçãos.

Mas, caso se esqueça de uma figura pequenina, trêmula e chorosa, sentada no montículo diante do chalé dos Brinkers, pergunte aos Van Glecks; estes jamais se cansarão de contar sobre a adorável garotinha que ganhou os patins de prata.